COLLECTION
ARCADES

CIORAN

ENTRETIENS

avec

FRANÇOIS BONDY, FERNANDO SAVATER, HELGA PERZ,
JEAN-FRANÇOIS DUVAL, LÉO GILLET, LUIS JORGE JALFEN,
VERENA VON DER HEYDEN-RYNSCH, J. L. ALMIRA,
LEA VERGINE, GERD BERGFLETH, ESTHER SELIGSON,
FRITZ J. RADDATZ, FRANÇOIS FEJTÖ, BENJAMIN IVRY,
SYLVIE JAUDEAU, GABRIEL LIICEANU, BERNARD-HENRI LÉVY,
GEORG CARPAT FOCKE, BRANKA BOGAVAC LE COMTE,
MICHAEL JAKOB

nrf

GALLIMARD

ENTRETIEN
AVEC FRANÇOIS BONDY

François Bondy : Comment avez-vous eu cet appartement au sixième étage, d'où l'on a une vue magnifique sur les toits du quartier Latin ?

Cioran : Grâce au snobisme littéraire. J'en avais assez depuis longtemps déjà de ma chambre d'hôtel de la rue Racine et j'avais demandé à une agente immobilière de me chercher quelque chose, mais elle ne m'avait rien montré. Je lui ai alors envoyé un livre que je venais de faire paraître, avec une dédicace. Deux jours plus tard elle m'a conduit ici, où le loyer — croyez-le ou non — vaut à peu près cent francs, ce qui correspond à mes moyens d'existence. C'est comme cela avec les dédicaces d'auteur. La séance de la signature chez Gallimard, chaque fois qu'un livre paraît, est une chose qui m'ennuyait et une fois j'ai négligé de signer la moitié de mon contingent de livres. Je n'ai jamais eu d'aussi mauvaises critiques. C'est un rite et une obligation. Même Beckett ne peut pas s'y soustraire. Joyce n'a jamais pu le comprendre. On lui avait dit qu'à Paris un critique attend toujours une lettre de remerciement de l'auteur quand il en a dit du bien. Et une fois il a consenti à envoyer à un critique qui avait publié une étude importante sur lui une carte de visite avec ses salutations. Mais l'autre a trouvé cela trop laconique et n'a plus jamais rien écrit sur Joyce.

F. B. : Commençons par la Roumanie. Vous avez grandi en Transylvanie, vous avez fait vos études à Bucarest et c'est là que vous avez publié vos premiers écrits. Aviez-vous dès ce moment-là comme tant d'intellectuels roumains, de Tzara à Ionesco, les yeux fixés sur Paris ?

C. : Pas le moins du monde. À cette époque la francophilie des Roumains avait quelque chose de grotesque. Lors de la Première Guerre mondiale un ministre avait dit très sérieusement pour justifier l'entrée en guerre de son pays : « Que la Roumanie disparaisse n'est pas si important. Mais la France ne doit pas périr. » Je me souviens d'une revue française de droit constitutionnel, qui tirait à ce moment-là en Roumanie à 1 200 exemplaires, aujourd'hui elle ne vend plus qu'un seul exemplaire de chaque numéro. J'ai eu un admirable professeur de philosophie, Todor Vianu (il est mort il y a quelques années alors qu'il représentait la Roumanie à l'Unesco), et je lisais surtout des philosophes et des esthéticiens allemands, Georg Simmel, Wölfflin, Worringer. Georg Simmel reste pour moi un des plus grands. Ni Ernst Bloch, ni Georg Lukács n'ont suffisamment reconnu tout ce qu'ils lui doivent. Sa compagne avec laquelle il avait eu un enfant s'était cachée pendant le IIIe Reich. Et par un caprice du destin c'est en voulant gagner la Suisse juste avant la fin de la guerre qu'elle a été arrêtée et déportée.

F. B. : Y en avait-il beaucoup à Bucarest à cette époque qui avaient choisi d'étudier l'esthétique ?

C. : Des milliers. L'État voulait former rapidement une couche d'intellectuels, il y avait ainsi cinquante mille étudiants à Bucarest. Ils retournaient dans les villages avec leurs diplômes, sans plus avoir envie de se salir les mains et ils sombraient dans l'ennui, le désespoir. L'immense ennui roumain, c'était comme un très mauvais Tchekhov. En dehors des Allemands, je lisais aussi les spiritualistes russes, comme Leo Chestov. En Transylvanie ? Pour tous ceux qui vivaient là c'était toujours le monde de la monarchie impériale, qu'aujourd'hui encore on n'a pas oubliée, que ce soit là ou en Yougoslavie. J'ai même entendu des communistes parler avec émotion de l'empereur François-Joseph. Mon père était pope — pour des intellectuels roumains dans la Transylvanie hongroise il n'y avait guère d'autres métiers. Vous pouvez aussi remarquer le nombre d'intellectuels roumains aujourd'hui qui sont fils de pope. Mes parents avaient été pendant un temps dans des écoles primaires hongroises et il leur arrivait de parler hongrois entre eux. Pendant la guerre ils ont été déplacés en tant que Roumains, mon père à Sopron (Odenburg), ma mère à Cluj (Klausenburg). Mon père a d'abord été pope dans un village des Carpates, et puis curé de Hermannstadt.

F. B. : Votre propre penchant au mysticisme, votre haine du monde, est-ce que cela vient de la tradition orthodoxe ?

C. : Cela s'apparenterait plutôt à la secte gnostique des bogomiles, les ancêtres des cathares, dont l'influence était surtout grande en Bulgarie. Dans mon enfance j'étais violemment athée, et c'est encore trop peu dire. Quand on récitait la prière du repas, je me levais immédiatement et je sortais de table. Je me reconnais cependant proche de la croyance profonde du peuple roumain, selon laquelle la création et le péché sont une seule et même chose. Dans une grande part de la culture balkanique la création n'a cessé d'être mise en accusation. Qu'est-ce que la tragédie grecque sinon la plainte constante du chœur, c'est-à-dire du peuple, à propos du destin ? Dionysos, du reste, venait de la Thrace.

F. B. : C'est étonnant : vos écrits sont profondément pessimistes, mais le style en est gai, alerte, d'un humour caustique. Dans la conversation aussi vos idées font peur, mais le ton est spirituel, requinquant. Comment expliquez-vous ce contraste ?

C. : Ce doit être une chose héritée de mes parents, qui avaient des tempéraments tout à fait opposés. Je n'ai jamais pu écrire autrement que dans le *cafard* des nuits d'insomnie, et durant sept années je pouvais à peine dormir. Je crois qu'on reconnaît chez chaque écrivain si les pensées qui l'occupent sont des pensées du jour ou de la nuit. J'ai besoin de ce *cafard* et aujourd'hui encore avant d'écrire je mets un disque de musique tsigane hongroise. En même temps j'avais une forte vitalité que j'ai gardée et que je retourne contre elle-même. Il ne s'agit pas d'être plus ou moins abattu, il faut être mélancolique jusqu'à l'excès, extrêmement triste. C'est alors que se produit une réaction biologique salutaire. Entre l'horreur et l'extase, je pratique une tristesse active. J'ai pendant longtemps trouvé Kafka trop déprimant.

F. B. : Vous aimez écrire ?

C. : Je hais cela et j'ai aussi très peu écrit. La plupart du temps je ne fais rien. Je suis l'homme le plus désœuvré de Paris. Je ne vois qu'une putain sans client pour en faire moins que moi.

F. B. : Comment faites-vous pour vivre ?

C. : À quarante ans, j'étais encore immatriculé à la Sorbonne, je mangeais à la cantine des étudiants et j'espérais que cela durerait jusqu'à la fin de mes jours. Et puis est venue une loi qui a interdit l'immatriculation après vingt-sept ans et qui m'a chassé de ce paradis. En arrivant à Paris je m'étais engagé auprès de l'Institut français à écrire une thèse et j'en avais déjà aussi communiqué le sujet — quelque chose sur l'éthique de Nietzsche — mais je ne songeais pas du tout à l'écrire. Au lieu de cela j'ai parcouru la France entière à bicyclette. On m'a finalement laissé ma bourse parce qu'on a trouvé que s'être mis la France dans les jambes n'était pas non plus sans mérite. Mais je lis beaucoup et surtout je relis sans cesse. J'ai lu tout Dostoïevski cinq ou six fois. On ne devrait pas écrire sur ce qu'on n'a pas relu. En France existe aussi le rite du livre annuel. Il faut sortir un livre chaque année, sinon « on vous oublie ». C'est l'acte de présence obligatoire. Vous n'avez qu'à compter. Si l'auteur a quatre-vingts ans, vous savez qu'il a publié soixante livres. Quelle chance ont eue Marc Aurèle et l'auteur de l'*Imitation* de n'avoir eu besoin que d'un seul !

F. B. : Comment avez-vous débuté ?

C. : Avec un livre paru à Bucarest en 1933 : *Sur les cimes du désespoir* et qui contient déjà tout ce qui viendra ensuite. C'est le plus philosophique de mes livres.

F. B. : Qu'est-ce qui s'est passé avec la Garde de Fer, la variante roumaine du fascisme ? On dit que vous avez sympathisé avec elle.

C. : La Garde de Fer, dont je n'ai du reste jamais fait partie, était un phénomène très singulier. Son chef, Codreanu, était en fait un Slave, qui faisait plutôt songer à un général d'armée ukrainien. La plupart des commandos de la Garde étaient faits de Macédoniens en exil ; d'une façon générale elle portait surtout la marque des populations entourant la Roumanie. Comme on dit du cancer qu'il n'est pas *une* maladie mais un complexe de maladies, la Garde de Fer était un complexe de mouvements et plutôt une secte délirante qu'un parti. On y parlait moins du *renouveau* national que des prestiges de la mort. Les Roumains sont généralement sceptiques, ils n'attendent pas grand-chose du destin. C'est pourquoi la Garde était méprisée par la plupart des intellectuels, mais sur le plan psychologique il en allait autrement. Il y a une espèce de folie chez ce peuple profondément fataliste. Et les intellectuels que j'évoquais tout à l'heure, avec leurs diplômes dans des villages où ils s'ennuyaient à mourir, rejoignaient volontiers ses rangs. La Garde de Fer passait pour une espèce de remède à tous les maux, y compris l'ennui, et même la chaude-pisse. Ce goût des extrêmes aurait pu attirer aussi beaucoup de gens vers le communisme, mais il existait alors à peine et n'avait rien à offrir. J'ai éprouvé sur moi-même en ce temps-là comment sans la moindre conviction on peut céder à un engouement. C'est un état que j'ai souvent observé depuis, et pas seulement sur des gens de vingt ans comme ceux dont je faisais alors partie mais malheureusement aussi chez des sexagénaires. J'en suis bien revenu.

F. B. : Vous traite-t-on souvent de *réactionnaire* ?

C. : Je m'en défends. Je vais bien au-delà. Henri Thomas m'a dit un jour : « Vous êtes contre tout ce qui est arrivé depuis 1920 », et je lui ai répondu : « Non, depuis Adam ! »

F. B. : Quels sont vos rapports aujourd'hui avec la Roumanie ?

C. : À la mort de Staline tout le monde était soulagé, il n'y a que moi qui soupirais : « Maintenant le rideau va se lever et tous les Roumains vont rappliquer. » Et c'est bien ce qui s'est produit. J'ai vu tout à coup arriver chez moi les parents les plus éloignés et des camarades de classe, qui me racontaient pendant des heures des histoires de voisins et je ne sais quoi d'autre. Il y avait parmi eux un médecin que je connaissais depuis l'école, et un jour j'ai piqué une crise de rage et je lui ai crié de foutre le camp. Il me dit alors : « Tu ignores que les cellules nerveuses ne se régénèrent jamais et qu'il faut les ménager ? » Cela m'a calmé et nous avons continué à parler. J'avais un ami proche qui était un dirigeant communiste. Je lui conseillai à l'époque de rester ici. Dans la rue il me dit : « Nul n'est prophète hors de son propre pays », et il y est retourné. Il a fait ensuite dix-huit ans de camp pour déviationnisme. C'est en réfléchissant sur des problèmes mathématiques qu'il a pu conserver toute sa tête. Aujourd'hui il est libre et il touche une rente d'État.

F. B. : Vous êtes contre l'histoire mais vous êtes fasciné par les problèmes de l'histoire.

C. : J'observe l'explosion de l'histoire. Nous vivons aujourd'hui dans un temps posthistorique, comme il y a une postchrétienté. Le théologue Paul Tillich, qui avait quitté l'Allemagne en 1934, s'est mis à parler aux États-Unis de la postchrétienté, et cela ne choquait personne. On en parle même en chaire. Mais ensuite il s'est mis à combattre l'idée de progrès, et là les esprits furent choqués. C'était le seul vrai sacrilège. Mais plus aujourd'hui. Nous assistons à la démolition de l'idée de progrès. Même les pessimistes de ce temps-là, comme Eduard von Hartmann, se rattachaient à l'idée de progrès. Leurs idées représentaient pour eux un progrès de la pensée. Mais aujourd'hui cette idée est compromise dans un tout autre sens. On vivait jadis avec la certitude d'un avenir pour l'humanité. Ce n'est plus le cas maintenant. On ajoute souvent en parlant de l'avenir : « S'il y a encore des hommes à ce moment-là. » Jadis la fin de l'humanité prenait un sens eschatologique, elle était liée à une idée de salut ; aujourd'hui on la considère comme un fait, sans connotation religieuse, elle est entrée dans les prévisions. On sait que cela peut finir. Et depuis lors il y a quelque chose de pourri dans l'idée de progrès. Rien n'est plus comme avant, et nous verrons encore de nos jours intervenir un changement inouï, impensable, chez l'homme. Le christianisme est fichu, mais l'histoire aussi. L'humanité a pris un mauvais chemin. N'est-ce pas insupportable ce grouillement d'hommes qui prennent la place de toutes les autres espèces ? Nous finirons par devenir une seule et unique métropole, un universel Père-Lachaise. L'homme salit et dégrade tout ce qui l'entoure et il sera touché lui-même très durement dans les cinquante prochaines années.

F. B. : Dans quelle figure de la tradition vous reconnaissez-vous ?

C. : Celle de Bouddha serait encore la plus proche. Il a compris le vrai problème. Mais j'ai trop de tempérament pour en venir à bout à sa façon. Il y aura toujours un conflit entre ce que je sais et ce que je sens.

F. B. : Vous n'avez jamais été tenté comme votre ami Ionesco de mettre ces conflits sur la scène ?

C. : Impossible. Ma pensée ne se produit pas comme un processus, mais comme un résultat, un résidu. C'est ce qui reste après la fermentation, les déchets, la lie.

Entretien paru dans l'ouvrage de François Bondy : Gesprache mit James Baldwin, Carl Burckhardt, Mary McCarthy, E.M. Cioran, Witold Gombrowicz, Eugène Ionesco, Karl Jaspers, Hans Mayer, S. Mrożek, N. Sarraute, I. Silone, Jean Starobinski, Europa Verlag, Vienne, 1970.

Traduit de l'allemand par Jean Launay.

ENTRETIEN AVEC FERNANDO SAVATER

Cioran : Si je vous comprends bien, vous me demandez pourquoi je n'ai pas tout bonnement choisi le silence, au lieu de marauder autour de lui, et vous me reprochez de me répandre en lamentations alors que je ferais mieux de me taire. Pour commencer, tout le monde n'a pas la chance de mourir jeune. Mon premier livre, je l'ai écrit en roumain, à vingt et un ans, en me promettant de ne plus rien écrire ensuite. Puis, j'en ai écrit un autre, suivi de la même promesse. La comédie s'est répétée pendant plus de quarante ans. Pourquoi ? Parce que écrire, si peu que ce soit, m'a aidé à passer d'une année à l'autre, car les obsessions *exprimées* restent affaiblies et en partie surmontées. Je suis sûr que si je n'avais pas noirci du papier, je me serais tué depuis longtemps. Écrire est un soulagement extraordinaire. Publier aussi. Cela vous paraîtra ridicule, et c'est pourtant très vrai. Car un livre est votre vie, ou une partie de votre vie, qui vous rend *extérieur.* On s'y déprend de tout ce qu'on aime, et surtout de tout ce que l'on déteste, en même temps. J'irai plus loin : si je n'avais pas écrit, j'aurais pu devenir un assassin. L'expression est une libération. Je vous conseille d'essayer l'exercice suivant : quand vous haïssez quelqu'un, que vous avez envie de le liquider, prenez un morceau de papier, et écrivez que X est un porc, un bandit, une crapule, un monstre. Vous vous rendrez tout de suite compte que vous le haïssez moins. C'est précisément ce que j'ai fait en ce qui me concerne. J'ai écrit pour injurier la vie et pour m'injurier. Résultat ? Je me suis mieux supporté, et j'ai mieux supporté la vie.

Fernando Savater : Cioran, que pourriez-vous ajouter à cela ?

C. : Réellement, je ne pourrais rien dire de plus... Ou peut-être dire quelque chose ! En fait, c'est une question de *vitalité*. Pour que ce soit clair, je dois parler de mon origine. Il y a en moi beaucoup du paysan ; mon père était un pope de campagne, et je suis né parmi les montagnes, dans les Carpates, dans un milieu très primitif. C'était un village réellement barbare, où les paysans travaillaient énormément toute la semaine, pour ensuite gaspiller leur paye en une nuit, à boire comme des tonneaux. J'étais un garçon assez robuste. Tout ce qui en moi est à présent maladif était alors très vigoureux ! Vous serez sans doute intéressé de savoir que ma plus grande ambition, à cette époque, était d'être le meilleur joueur aux quilles. J'y jouais, à douze ou treize ans, pour de l'argent ou de la bière, avec des paysans. Je passais le dimanche à jouer contre eux, et il m'arrivait souvent de les battre, bien qu'ils fussent plus forts que moi, parce que, comme je n'avais rien d'autre à faire, je passais la semaine à m'exercer...

ROUMANIE

F. S. : Votre enfance a-t-elle été heureuse ?

C. : Cela est très important : je ne connais pas un cas

d'enfance plus heureuse que la mienne. Je vivais près des Carpates, jouant librement dans les champs et dans la montagne, sans obligations ni devoirs. Ce fut une enfance *extraordinairement* heureuse. Plus tard, en parlant avec les gens, je n'ai rien trouvé d'équivalent. J'aurais aimé ne jamais quitter ce village ; je ne peux oublier le jour où mes parents m'ont fait prendre une voiture pour me conduire au lycée, en ville. Ce fut la fin de mon rêve, la ruine de mon monde.

F. S. : Que vous rappelez-vous de la Roumanie, avant tout ?

C. : Ce qu'avant tout j'ai aimé de la Roumanie a été son côté extrêmement primitif. Il y avait, bien sûr, des gens civilisés, mais ce que je préférais, c'étaient les illettrés, les analphabètes... Jusqu'à ma vingtième année, je n'aimais rien tant que quitter Sibiu pour les montagnes, et parler avec les bergers, avec les paysans complètement illettrés. Je passais mon temps à bavarder et à boire avec eux. Je crois qu'un Espagnol peut comprendre ce côté primitif, très primitif. Nous parlions de n'importe quoi, et j'arrivais presque immédiatement à établir un contact avec eux.

F. S. : Quels souvenirs conservez-vous de la situation historique de votre pays pendant votre jeunesse ?

C. : Bien. L'Europe occidentale était alors l'Empire austro-hongrois. Sibiu, enclavée dans la Transylvanie, appartenait à l'empire ; notre capitale de rêve était Vienne. Je me suis toujours senti lié, d'une manière ou d'une autre, à l'empire... dans lequel nous autres Roumains étions pourtant des esclaves ! Pendant la guerre de 14, mes parents ont été déportés par les Hongrois... Je me sens, psychologiquement, proche des Hongrois, de leurs goûts et de leurs coutumes. La musique hongroise, tsigane, m'émeut profondément. Je suis un mélange de Hongrois et de Roumain. Le peuple roumain, c'est curieux, est le peuple le plus *fataliste* du monde. Quand j'étais jeune, cela m'indignait — l'utilisation de concepts métaphysiques douteux, comme le destin, la fatalité, pour expliquer le monde. Ainsi donc, plus je vieillis, plus je me sens proche de mes origines. À l'heure actuelle, je devrais me sentir Européen, Occidental ; mais il n'en va absolument pas ainsi. Après une existence au cours de laquelle j'ai connu bien des pays et lu bien des livres, je suis arrivé à la conclusion que c'était le paysan roumain qui avait raison. Ce paysan qui ne croit en rien, qui pense que l'homme est perdu, qu'il n'y a rien à faire, qui se sent écrasé par l'histoire. Cette idéologie de victime est aussi ma conception actuelle, ma philosophie de l'histoire. Réellement, toute ma formation intellectuelle ne m'a servi à rien !

UN LIVRE EST UNE BLESSURE

F. S. : Vous avez écrit : « Un livre doit fouiller les blessures, et même les irriter. Un livre doit être un danger. » En quel sens vos livres sont-ils *dangereux* ?

C. : Bien, écoutez : on m'a dit plusieurs fois que ce que j'écris dans mes livres ne se dit pas. Quand le *Précis* est sorti, le critique du *Monde* m'a envoyé une lettre de reproches : « Vous ne vous rendez pas compte ; ce livre pourrait tomber en des mains de jeunes ! » C'est absurde. À quoi les livres vont-ils servir ? À apprendre ? Cela n'a aucun intérêt, car pour cela, il suffit d'aller en classe. Non ; je crois qu'un livre doit être réellement une blessure, qu'il doit changer la vie du lecteur d'une façon ou d'une autre. Mon idée, quand j'écris un livre, est d'*éveiller* quelqu'un, de le fustiger. Étant donné que les livres que j'ai écrits ont surgi de mes malaises, pour ne pas dire de mes souffrances, c'est cela même qu'ils doivent transmettre en quelque sorte au lecteur. Non, je n'aime pas les livres qui se lisent comme on lit un journal : un livre doit tout bouleverser, tout remettre en question. Pourquoi ? Eh bien, je ne me préoccupe pas beaucoup de l'utilité de ce que j'écris, parce que je ne pense vraiment *jamais* au lecteur : j'écris pour moi, pour me libérer de mes obsessions, de mes tensions, rien de plus. Une dame écrivait à mon sujet, il y a peu, dans *Le quotidien de Paris* : « Cioran écrit ce que chacun se répète à voix basse. » Je n'écris pas dans le but de « faire un livre » pour qu'on le lise. Non, j'écris pour me défaire d'un fardeau. Mais c'est ensuite, en méditant sur la fonction de mes livres, que je me dis qu'ils devraient être comme une blessure. Un livre qui laisse le lecteur pareil à ce qu'il était avant de le lire est un livre raté.

F. S. : Dans tous vos livres, à côté de l'aspect que nous pourrions appeler pessimiste, noir, brille une étrange *allégresse*, une joie inexplicable mais réconfortante, et même vivifiante.

C. : C'est curieux, ce que vous me dites, beaucoup de gens me l'ont dit. Je n'ai pas trop de lecteurs, mais je pourrais vous citer nombre de personnes qui ont confié à l'une ou à l'autre de mes connaissances : « Je me serais suicidé si je n'avais pas lu Cioran. » Donc, je crois que vous avez tout à fait raison. Je crois que cela vient de la *passion* : je ne suis pas pessimiste, mais *violent*... c'est ce qui rend ma négation vivifiante. En fait, quand nous parlions tout à l'heure de blessure, je ne considérais pas cela sur un mode négatif : blesser quelqu'un n'équivaut en aucune manière à le paralyser ! Mes livres ne sont ni dépressifs ni déprimants. Je les écris avec fureur et passion. Si mes livres pouvaient être écrits *à froid*, ce serait dangereux. Mais je ne peux écrire à froid, je suis comme un malade qui, en toute circonstance, surmonte fébrilement son infirmité. La première personne qui a lu le *Précis de décomposition,* qui n'était encore qu'un manuscrit, a été le poète Jules Supervielle. C'était un homme déjà très âgé, profondément enclin aux dépressions, et il m'a dit : « C'est incroyable à quel point votre livre m'a stimulé. » Dans ce sens, si vous voulez, je suis pareil au diable, qui est un individu actif, un négateur qui met les choses en branle...

F. S. : Bien que vous-même vous soyez chargé de distinguer votre œuvre de la philosophie proprement dite, il n'est en aucune manière arbitraire de l'inscrire dans le cadre de ces activités diverses, autocritiques, qui occupent la place vacante de la philosophie, après la déroute des grands systèmes du XIXe siècle. Quel sens la philosophie a-t-elle encore, Cioran ?

C. : Je crois que la philosophie n'est plus possible qu'en tant que *fragment.* Sous forme d'explosion. Il n'est plus possible, désormais, de se mettre à élaborer un chapitre après l'autre, sous forme de traité. En ce sens, Nietzsche a été éminemment libérateur. C'est lui qui a saboté le style de la philosophie académique, qui a *attenté* à l'idée de système. Il a été libérateur, parce que après lui, on peut tout dire... Maintenant, nous sommes tous fragmentistes, même lorsque nous écrivons des livres en apparence coordonnés. Ce qui va aussi avec notre style de civilisation.

F. S. : Cela s'accorde également avec notre probité. Nietzsche disait que dans l'ambition systématique, il y a un manque de probité...

C. : À propos de la probité, je vais vous dire quelque chose. Quand quelqu'un entreprend un essai de quarante pages sur quoi que ce soit, il part de certaines affirmations préalables et il en reste *prisonnier.* Une certaine idée de la probité l'oblige à aller jusqu'au bout en les respectant, à ne pas se contredire ; cependant, tandis qu'il progresse, le texte lui présente d'autres tentations, qu'il lui faut rejeter, parce qu'elles s'écartent de la voie tracée. On est enfermé dans un cercle que l'on a soi-même tracé. C'est ainsi qu'en se voulant probe, on tombe dans la fausseté, et dans le manque de véracité. Si cela se produit dans un essai de quarante pages, que ne se passera-t-il pas dans un système ! Là est le drame de toute réflexion structurée : ne pas permettre la contradiction. C'est ainsi que l'on tombe dans le faux, que l'on se ment pour sauvegarder la cohérence. En revanche, si l'on produit des fragments, on peut, en une même journée, dire une chose et son contraire. Pourquoi ? Parce que chaque fragment est issu d'une *expérience* différente, et que ces expériences, elles, sont vraies : elles sont l'essentiel. On dira que c'est être irresponsable, mais si tel est le cas, ce le sera au sens même où la vie est irresponsable. Une pensée fragmentaire reflète tous les aspects de votre expérience ; une pensée systématique n'en reflète qu'un seul aspect, l'aspect *contrôlé,* et par là même, appauvri. En Nietzsche, en Dostoïevski, s'expriment tous les types d'humanité possibles, toutes les expériences. Dans le système, seul parle le contrôleur, le *chef.* Le système est toujours la voix du chef : c'est pour cela que tout système est totalitaire, alors que la pensée fragmentaire demeure libre.

F. S. : Quelle a été votre formation philosophique, quels sont les philosophes qui vous ont le plus intéressé ?

C. : Eh bien, dans ma jeunesse, j'ai beaucoup lu Lev Chestov, qui était alors très connu en Roumanie. Mais celui qui m'a le plus intéressé, que j'ai le plus *aimé,* c'est le mot, a été Georg Simmel. Je sais que Simmel est assez connu en Espagne, grâce à l'intérêt que lui portait Ortega, alors qu'il est complètement ignoré en France. Simmel était un écrivain merveilleux, un magnifique philosophe-essayiste. Il a été l'ami intime de Lukács et de Bloch, qu'il a influencés, et qui l'ont par la suite renié, ce que je trouve absolument malhonnête. Aujourd'hui, Simmel est complètement oublié en Allemagne, et même passé sous silence, mais, de son temps, il a été admiré par des personnages comme Thomas Mann ou Rilke. Simmel a été lui aussi un penseur fragmentaire. Le meilleur de son œuvre, ce sont les fragments. J'ai également été beaucoup influencé par les penseurs allemands de ce qu'on a appelé la « philosophie de la vie », comme Dilthey, etc. Bien entendu, j'ai aussi beaucoup lu Kierkegaard, à cette époque, quand il n'était pas encore à la mode. D'une manière générale, ce qui m'a toujours le plus intéressé, c'est la philosophie-confession. Aussi bien en philosophie qu'en littérature, ce sont les *cas* qui m'intéressent, ces auteurs desquels on peut dire qu'ils sont un « cas » au sens quasi clinique du terme. M'intéressent tous ceux qui vont à la catastrophe, et également ceux qui sont parvenus à se situer au-delà de la catastrophe. Ma plus grande admiration va à qui s'est trouvé sur le point de s'écrouler. C'est pour cela que j'ai aimé Nietzsche ou Otto Weininger. Ou encore les auteurs russes comme Rozanov, écrivains religieux qui grattent constamment la blessure, type Dostoïevski. Les auteurs qui n'ont été qu'une expérience intellectuelle, comme Husserl, ne m'ont pas marqué. De Heidegger m'intéresse le côté kierkegaardien, pas le côté husserlien. Mais, avant tout, je cherche le *cas* : dans la réflexion, la littérature, mon intérêt va surtout au fragile, au précaire, à ce qui s'effondre, et aussi à ce qui résiste à la tentation de l'effondrement mais garde la constante de la menace...

F. S. : Que dites-vous de la « nouvelle philosophie » française, bourgeon polémique du jour ?

C. : Bien, je ne peux pas dire que je les connais à fond, mais dans l'ensemble, je crois qu'il s'agit de gens qui commencent à sortir de leur rêve dogmatique...

F. S. : Vous avez écrit l'un de vos meilleurs livres sur le thème de l'utopie.

C. : Je me rappelle très bien comment mon intérêt a été éveillé, au cours d'une conversation dans un café de Paris avec María Zambrano, dans les années cinquante. J'ai alors décidé d'écrire quelque chose sur l'utopie. Je me suis mis à lire les utopistes : Thomas More, Fourier, Cabet, Campanella... Au commencement avec une exaltation fascinée, ensuite avec lassitude, et pour finir, avec un ennui mortel. C'est incroyable, la fascination que les utopistes ont exercée sur les grands esprits : Dostoïevski, par exemple, lisait Cabet avec admiration. Cabet, qui était un parfait imbécile, un sous-Fourier ! Tous croyaient à la venue prochaine du millénium ; quelques années, une décennie, tout au plus... Leur optimisme aussi était déprimant, leur vision rose à l'excès, ces femmes de Fourier en train de chanter tout en travaillant dans les ateliers... Cet optimisme utopique est franchement *impitoyable.* Je me souviens, par exemple, d'une rencontre avec Teilhard de Chardin : l'homme pérorait avec enthousiasme sur l'évolution du cosmos vers le Christ, le point Oméga, etc. Je lui ai alors demandé ce qu'il pensait de la douleur humaine. « La douleur et la souffrance, m'a-t-il dit, sont un simple accident de l'évolution. » Je suis parti, indigné, refusant de discuter avec ce débile mental. Je crois que l'utopie et les utopistes ont eu un aspect positif, au XIXe siècle, en attirant l'attention sur l'inégalité sociale et l'urgence d'y remédier. N'oublions pas que le socialisme est en fin de compte fils des utopistes. Mais ils se fondent sur une idée erronée, celle de la perfectibilité indéfinie de l'homme. Plus pertinente me semble la théorie du *péché originel*, une fois dépouillée de ses connotations religieuses, purement au niveau anthropologique. Il y a eu une chute irrémédiable, une *perte* que rien ne peut combler. En fait, je crois que ce qui m'a éloigné définitivement de la tentation utopiste, c'est mon goût pour l'histoire ; car l'histoire est l'*antidote* de l'utopie. Mais bien que la pratique de l'histoire soit essentiellement antiutopique, il est indubitable que l'utopie fait avancer l'histoire, la stimule. Nous n'agissons que par la fascination de l'impossible, ce qui revient à dire qu'une société incapable de donner le jour à une utopie et de s'attacher à elle est menacée de sclérose et de ruine. L'utopie, la construction de systèmes sociaux parfaits, est une faiblesse très française, ce qui manque au Français d'imagination métaphysique est compensé par l'imagination politique. Il fabrique d'impeccables systèmes sociaux, mais sans tenir compte de la réalité. C'est un vice national : mai 68, par exemple, a été une production constante de systèmes de tous types, plus ingénieux et irréalisables les uns que les autres.

LE POUVOIR, C'EST LE MAL

F. S. : L'utopie est, pour ainsi dire, le problème d'un pouvoir immanent et non transcendant à la société. Qu'est-ce que le pouvoir, Cioran ?

C. : Je crois que le pouvoir est mauvais, très mauvais. Je suis résigné et fataliste devant le fait de son existence, mais je pense que c'est une calamité. Écoutez, j'ai connu des gens qui sont parvenus au pouvoir, et c'est quelque chose de terrible. Quelque chose d'aussi terrible qu'un écrivain qui parvient à se rendre célèbre. C'est comme porter un uniforme ; quand on porte un uniforme, on n'est plus le même : eh bien, accéder au pouvoir, c'est porter un uniforme *invisible*, toujours le même. Je me demande : pourquoi un homme normal ou apparemment normal accepte-t-il le pouvoir, accepte-t-il de vivre préoccupé du matin au soir, etc. ? Sans doute parce que dominer est un plaisir, un vice. C'est pour cela qu'il n'y a pratiquement aucun cas de dictateur ou de chef absolu qui renonce au pouvoir de bon gré : le cas de Sylla est le seul dont je me souvienne. Le pouvoir est diabolique : le diable n'était qu'un ange avec une ambition de pouvoir. Désirer le pouvoir est la grande malédiction de l'humanité.

F. S. : Pour en revenir à l'utopie...

C. : La quête de l'utopie est une quête religieuse, un désir d'absolu. L'utopie est la grande fragilité de l'histoire, mais aussi sa grande force. En un sens, c'est l'utopie qui *rachète* l'histoire. Considérez la campagne électorale en France, par exemple : n'était sa composante utopique, ce serait une querelle de boutiquiers... Écoutez, je ne pourrais être un politique parce que je crois à la catastrophe. Pour ma part, je suis certain que l'histoire n'est pas le chemin du paradis. Pourtant, si je suis un vrai sceptique, je ne peux même pas être sûr de la catastrophe... Disons que j'en suis *presque* sûr ! C'est pour cela que je me sens détaché de tout pays, de tout groupe. Je suis un apatride *métaphysique*, un peu comme ces stoïciens de la fin de l'Empire romain qui se sentaient « citoyens du monde », ce qui est une façon de dire qu'ils n'étaient citoyens de nulle part.

F. S. : Vous n'avez pas seulement abandonné votre patrie, mais encore, et c'est le plus important, votre langue.

C. : C'est le plus grand accident qui puisse arriver à un écrivain, le plus dramatique. Les catastrophes historiques ne sont rien, à côté. J'ai écrit en roumain jusqu'en 1947. Cette année-là, je me trouvais dans une petite maison près de Dieppe, et je traduisais Mallarmé en roumain. Soudain, je me suis dit : « Quelle absurdité ! À quoi bon traduire Mallarmé dans une langue que personne ne connaît ? » Alors, j'ai renoncé à ma langue. Je me suis mis à écrire en français, et ce fut très difficile, parce que, par tempérament, la langue française ne me convient pas : il me faut une langue *sauvage*, une langue d'ivrogne. Le français a été pour moi comme une camisole de force. Écrire dans une autre langue est une expérience terrifiante. On réfléchit sur les mots, sur l'écriture. Quand j'écrivais en roumain, je le faisais sans m'en rendre compte, j'écrivais, tout simplement. Les mots n'étaient pas alors *indépendants* de moi. Lorsque je me suis mis à écrire en français, tous les mots se sont imposés à ma conscience ; je les avais devant moi, hors de moi, dans leurs cellules, et j'allais les chercher : « Toi, maintenant, et maintenant, toi. » C'est une expérience qui ressemble à une autre, que j'ai vécue à mon arrivée à Paris. Je logeais dans un petit hôtel du quartier Latin, et le premier jour, quand je suis descendu téléphoner à la réception, j'ai trouvé l'employé de l'hôtel, sa femme et son fils, en train d'établir le menu du repas : ils le préparaient comme s'il s'agissait d'un plan de bataille ! Je demeurai stupéfait : en Roumanie, je m'étais toujours nourri comme un animal, je veux dire, inconsciemment, sans prendre garde à ce que manger veut dire. À Paris, je me suis rendu compte que manger est un rituel, un acte de civilisation, presque une prise de position philosophique... De la même manière, écrire, en français, a cessé d'être un acte instinctif, comme c'était le cas quand j'écrivais en roumain, et a acquis une dimension délibérée, tout comme j'ai cessé, aussi, de manger innocemment... En changeant de langue, j'ai aussitôt liquidé le passé : j'ai changé complètement de vie. Même à présent, il me semble encore que j'écris une langue qui n'est liée à rien, sans racines, une langue de serre.

F. S. : Cioran, vous avez souvent parlé de l'ennui. Quel rôle l'ennui, le dégoût, a-t-il joué dans votre vie ?

C. : Je peux dire que ma vie a été dominée par l'expérience de l'ennui. J'ai connu ce sentiment dès mon enfance. Il ne s'agit pas de l'ennui que l'on peut combattre par des distractions, la conversation ou les plaisirs, mais d'un ennui, pourrait-on dire, *fondamental* ; et qui consiste en ceci : plus ou moins brusquement, chez soi ou chez les autres, ou devant un très beau paysage, tout se vide de contenu et de sens. Le vide est en soi et hors de soi. Tout l'univers demeure frappé de nullité. Et rien ne nous intéresse, rien ne mérite notre attention. L'ennui est un vertige, mais un vertige *tranquille, monotone* ; c'est la révélation de l'insignifiance universelle, c'est la certitude, portée jusqu'à la stupeur ou jusqu'à la clairvoyance suprême, que l'on ne peut, que l'on ne doit rien faire en ce monde ni dans l'autre, que rien n'existe au monde qui puisse nous convenir ou nous satisfaire. À cause de cette expérience — qui n'est pas constante, mais récurrente, car l'ennui vient par *accès,* mais qui dure beaucoup plus longtemps qu'une fièvre —, je n'ai rien pu faire de sérieux dans ma vie. Pour dire la vérité, j'ai vécu intensément, mais sans pouvoir m'intégrer à l'existence. Ma marginalité n'est pas accidentelle, mais essentielle. Si Dieu s'ennuyait, il n'en serait pas moins Dieu, mais un Dieu marginal. Laissons

Dieu en paix. Depuis toujours, mon rêve a été d'être inutile, et inutilisable. Ainsi donc, grâce à l'ennui, j'ai réalisé ce rêve. Une précision s'impose : l'expérience que je viens de décrire n'est pas nécessairement déprimante, car elle est parfois suivie d'une exaltation qui transforme le vide en incendie, en un enfer *désirable*...

Et tandis que je m'apprête à sortir, Cioran insiste : « N'oubliez pas de leur dire que je ne suis qu'un marginal, qui écrit pour éveiller. Redites-le : mes livres prétendent éveiller. »

Entretien paru sous le titre « Escribir para despertar », dans le quotidien espagnol El País *du 23 octobre 1977.*

Traduit de l'espagnol par Gabriel Iaculli.

ENTRETIEN AVEC HELGA PERZ

Helga Perz : Monsieur Cioran, la question du sens est-elle une question qu'il faille absolument éviter ?

Cioran : Cette question m'a tourmenté toute ma vie, mais je n'ai trouvé aucune réponse. Après avoir pas mal lu et réfléchi, je suis arrivé à la même conclusion que le paysan du Danube ou les analphabètes de la préhistoire : il n'y a pas de réponse. Il faut s'y résigner et subir la vie comme elle vient.

H. P. : Est-ce que la conscience d'être incompris et de devoir le rester n'a pas aussi quelque chose d'encourageant comme le montrent les efforts toujours renouvelés pour s'expliquer, et ne pourrait-on déduire de cela un intérêt inébranlable pour le sens ?

C. : Je suis un peu influencé par le taoïsme qui dit qu'on doit imiter l'eau. Ne faire aucun effort et envisager calmement la vie. Mais par mon tempérament je suis tout le contraire de cela. Un peu hystérique, une sorte d'épileptique manqué, au sens où je n'ai pas eu la chance d'être épileptique. Si j'avais eu une vraie maladie, elle aurait été pour moi une délivrance. Mais j'ai dû vivre toujours déchiré intérieurement parce que je n'ai pas trouvé d'issue hors de moi, et dans une grande tension, contraire à ma vision de la vie. Bien que j'aie de la vie une sombre conception, j'ai toujours eu une grande passion pour l'existence. Une passion si grande qu'elle s'est inversée en une négation de la vie, parce que je n'avais pas les moyens de satisfaire mon appétit de la vie. Ainsi, je ne suis donc pas un homme déçu, mais un homme intérieurement abattu par trop d'efforts. La passivité était pour moi un idéal inaccessible. On m'a demandé pourquoi je ne choisis pas le suicide. Mais le suicide pour moi n'est pas quelque chose de négatif. Au contraire. L'idée que le suicide existe me permettait de supporter la vie et de me sentir libre. Je n'ai pas vécu comme un esclave mais comme un homme libre.

H. P. : Mais cela prouve bien que vous êtes un fanatique de la vie ?

C. : Le paradoxe de ma nature est que j'ai une passion pour l'existence mais qu'en même temps toutes mes pensées sont hostiles à la vie. J'ai depuis toujours deviné et ressenti le côté négatif de la vie, que tout est vide. J'ai souffert fondamentalement de l'ennui. C'est peut-être inné, je n'y peux rien. Le mot français qui désigne cela est absolument intraduisible : le cafard. J'ai le cafard. On ne peut rien faire contre cela. Il faut que cela passe tout seul.

H. P. : Monsieur Cioran, la vie, avec les années, est-elle devenue plus simple ou plus difficile pour vous ?

C. : Imaginez-vous cela : plus simple. Mon enfance était le paradis terrestre. Je suis né non loin de Hermannstadt dans un village de montagne roumain, et du matin au soir j'étais constamment dehors. Lorsque j'ai dû quitter ce village à dix ans pour entrer au lycée, j'ai eu le sentiment d'une grande catastrophe. Le pire vint quand j'eus seize ou dix-sept ans. Ma jeunesse a vraiment été une catastrophe. Je commençai à souffrir d'insomnie, et j'étais incapable de rien faire. Je restais couché toute la journée. Le contraste avec mon enfance a été pour moi une grande expérience. Mais maintenant, disons après cinquante ans, je me sens plus heureux, car je ne vis plus dans la même tension. Je considère cela comme une défaite. Jadis j'étais comme un démon, je pouvais m'effondrer à tout moment, mais je vivais vraiment intensément.

En somme, en comparaison du jeune homme que j'étais, je suis maintenant ce que les Français appellent un raté, quelqu'un qui a manqué sa vie. Un pauvre type. À cause de cette idée grandiose que j'ai de ma jeunesse.

H. P. : Et vous n'avez jamais retrouvé l'harmonie de votre enfance ?

C. : Non, mais je me souviens d'elle comme de quelque chose de tout à fait perdu, comme ayant eu lieu dans un monde antérieur. Elle me paraît si loin dans le passé et en même temps si présente. Je me souviens très exactement de mon enfance, comme tous les gens âgés, mais comme de quelque chose d'absolument éloigné. Quelque chose qui n'est pas même ma vie, mais une autre vie, une vie antérieure. Si j'avais eu une enfance triste, j'aurais été beaucoup plus optimiste dans mes idées. Mais j'ai toujours senti, même inconsciemment, ce contraste, cette contradiction entre mon enfance et tout ce qui est venu ensuite. Cela m'a détruit intérieurement en quelque sorte.

H. P. : La nostalgie du paradis perdu ?

C. : Oui. Il y a trois lieux qui sont importants pour moi. Ce sont Paris, Dresde et cette région de Hermannstadt où je suis né. Paris me fascinait ; quand j'étais jeune, je voulais aller à Paris et vivre à Paris. J'y suis parvenu, mais aujourd'hui je suis un peu fatigué de cette ville, j'y ai vécu trop longtemps. Dresde était la ville qu'après Paris j'aimais le plus. Hermannstadt est plus ou moins hors de mon atteinte. Je pourrais y retourner mais je ne le veux pas. Je n'ai plus de patrie. Mais l'endroit où j'ai passé mon enfance est pour moi aussi présent que si je l'avais vu il y a quelques jours.

H. P. : Vous avez dit un jour que c'était le monde du vieil Empire austro-hongrois. Est-ce que ce style de vie signifie encore quelque chose pour vous ?

C. : Au fond plus rien ne signifie quelque chose pour moi, je vis sans avenir. L'avenir est pour moi exclu à tous égards ; quant au passé c'est vraiment un autre monde. Je ne vis pas à proprement parler hors du temps, mais je vis comme un homme arrêté, métaphysiquement et non historiquement parlant. Il n'y a pour moi aucune issue parce qu'il n'y a aucun sens à ce qu'il y ait une issue. Je vis ainsi dans une sorte de présent éternel sans but, et je ne suis pas malheureux d'être sans but. Les hommes doivent s'habituer à vivre sans but et ce n'est pas aussi simple qu'on le croit. C'est en tout cas un résultat. Je crois que mes pensées se ramènent à cela : vivre sans but. C'est pourquoi j'écris très peu, je travaille peu, j'ai toujours vécu en marge de la société, je suis apatride et c'est bien ainsi. Je n'ai plus besoin de patrie, je ne veux appartenir à rien.

H. P. : Monsieur Cioran, les réflexions sur la mort ne sont-elles pas toujours une façon de conjurer la peur ? Puisqu'on n'a rien d'autre que la vie, on ne peut qu'être terrifié par la mort ?

C. : Quand j'étais jeune, je pensais à la mort à tout instant. C'était une obsession, même quand je mangeais.

Toute ma vie était sous l'emprise de la mort. Cette pensée ne m'a jamais quitté, mais elle s'est affaiblie avec le temps. C'est toujours une obsession mais ce n'est plus une pensée. Je vous donne un exemple : il y a quelques mois j'ai rencontré une dame et nous avons parlé d'une connaissance commune, quelqu'un que je n'avais plus vu depuis longtemps. Elle disait qu'il valait mieux ne pas le revoir, car il était très malheureux. Il ne faisait que penser à la mort. Je lui répondis : « À quoi d'autre voulez-vous qu'il pense ? » Il n'y a pas d'autre sujet finalement. Bien entendu, c'est beaucoup mieux de ne pas y penser mais il n'y a rien d'anormal à ce qu'on y pense. Il n'y a pas d'autre problème. C'est bien parce que j'étais à la fois libéré et paralysé par cette pensée de la mort que je n'ai rien fait dans ma vie. On ne peut pas avoir de métier quand on pense à la mort. On peut seulement vivre comme j'ai vécu, en marge de tout, comme un parasite. Le sentiment que j'ai toujours eu était le sentiment d'inutilité, d'absence de but. On pourra dire que c'est maladif, mais maladif seulement dans ses effets, pas d'un point de vue philosophique. Philosophiquement il est tout à fait normal qu'on trouve tout inutile. Pourquoi devrait-on faire quelque chose, pourquoi ? Je crois que toute action est fondamentalement inutile. Et que l'homme a manqué son destin qui aurait dû être de ne rien faire. Je crois que le seul moment juste dans l'histoire est la période antique de l'Inde, où on menait une vie contemplative, où on se contentait de regarder les choses sans jamais s'en occuper. C'est alors que la vie contemplative a vraiment été une réalité.

H. P. : Mais est-ce que cela ne voudrait pas dire que chacun alors ne vit plus que pour soi et n'est jamais là pour quelqu'un d'autre ?

C. : Non, non. Je ne suis pas un égoïste. Ce ne serait

vraiment pas le mot qui convient. Je suis compatissant. La souffrance des autres a sur moi un effet direct. Mais si l'humanité disparaissait demain cela me serait égal. J'ai même écrit récemment un article là-dessus, « La nécessaire catastrophe ». La disparition de l'homme est une idée qui ne me déplaît pas.

H. P. : Est-ce que les amis, c'est important pour vous ?

C. : Oui, j'ai beaucoup de bons amis que je vois très volontiers car c'est seulement grâce à ses amis qu'on peut découvrir ses propres défauts. Pour s'améliorer intérieurement il suffit de bien observer ses amis. Je suis très reconnaissant à tous mes amis que j'apprécie énormément, car j'ai tout fait pour ne pas avoir les mêmes défauts qu'eux. Mais je n'y suis pas parvenu. L'amitié n'a de sens que lorsqu'on n'est pas comme son ami. Il faut être différent de lui. À quoi servirait l'amitié sinon ?

H. P. : Vos amis ont toujours été des modèles négatifs pour vous ?

C. : Tous les êtres sont des modèles négatifs. Personne n'est un saint. Mais l'amitié se doit d'être féconde car nos amis sont les seuls êtres humains que nous connaissions intimement. L'exemple de nos amis doit être utile à notre propre éducation.

H. P. : Monsieur Cioran, un conflit fondamental chez l'homme veut que le résultat de ses réflexions ne soit pas toujours en accord avec ce qu'il ressent. Qu'il y ait là des divergences. Peut-on remédier à ce conflit et pourrait-on considérer les moments où le savoir et le sentiment se rejoignent comme des sommets dans une vie humaine ? Ou bien refusez-vous cela aussi ?

C. : Le savoir et les sentiments font rarement bon ménage. Pour moi il n'y a eu qu'une seule découverte dans l'histoire mondiale. Elle se trouve dans le premier chapitre de la Genèse, où il est question de l'arbre de la vie et de l'arbre de la connaissance. L'arbre de la connaissance, c'est-à-dire l'arbre maudit. La tragédie de l'homme, c'est la connaissance. J'ai toujours remarqué que chaque fois que je prends conscience de quelque chose le sentiment que j'en ai s'en trouve affaibli. Le plus beau titre qu'on ait jamais donné à un livre, pour moi c'est *Bewusstsein als Verhängnis* (Le malheur d'être conscient). C'est un Allemand qui l'a écrit, le livre n'est pas bon, mais le titre est la formule qui résume ma vie. Je crois avoir été hyperconscient durant toute ma vie et c'est cela qui en fait la tragédie.

H. P. : Y a-t-il encore en dehors de la philosophie une science qui vous intéresse ?

C. : Non. Savez-vous ce qui m'intéresse ? J'ai lu un nombre incalculable de Mémoires. M'intéresse tout ce qui est récit d'une vie, autobiographie et j'aime beaucoup entendre quelqu'un me raconter sa vie, me dire des choses dont il ne parle avec personne. J'ai reçu récemment d'une dame une lettre étonnante. Elle m'écrit que je suis son dieu, le plus grand homme qui ait jamais vécu, et autres folies de ce genre. Je ne voulais pas lui répondre. Et puis l'envie m'a pris de la rencontrer et elle est venue. Quatre heures durant elle m'a raconté toute sa vie avec des détails incroyables, qu'elle n'avait encore jamais révélés à personne, j'en suis sûr. Elle avait l'air un peu dérangée, j'en conviens, mais j'étais fasciné par elle. De mon côté j'ai à peine dit un mot. À la fin je lui ai demandé pourquoi elle me racontait tout cela. Je n'étais jamais qu'un écrivain parmi d'autres et pas même un grand. Elle m'a répondu : « Il y a trois ou quatre ans le hasard m'a fait découvrir votre livre *De l'inconvénient d'être né* et avant même de l'avoir lu j'ai su que c'était mon livre à moi ! » Et puis elle s'en est allée, cette malade dont je connaissais à présent la vie. Vous voyez que les gens m'intéressent, mais seulement quand ils sont dérangés ou quand ils vont mal.

H. P. : Mais n'arrive-t-il pas à toute personne adulte d'aller mal ?

C. : Si, mais à des degrés différents. Il faut qu'il y ait eu un coup dur dans une vie. Cette vieille dame, elle me plaisait en tant que quelqu'un qui va vraiment mal, et parce qu'elle m'a dit des choses qu'elle ne racontera plus jamais à personne. C'était quelque chose d'exceptionnel, et si je me demande ce qui me plaît le plus dans la vie ce sont bien ces rencontres exceptionnelles où on se dit tout. Avec des gens auxquels je raconte tout et qui me racontent tout. C'est peut-être pour moi la seule justification de la vie, ces rencontres exceptionnelles. Et c'est peut-être aussi la grande réussite de la mienne, si je peux parler de réussite.

H. P. : Mais cette rencontre exceptionnelle, elle n'engage à rien ?

C. : À rien. Mais elle a quelque chose de transcendant. C'est comme si elle avait lieu sur une autre planète, hors du temps. Elle est sans histoire. Ni avant, ni après. Elle a quelque chose d'éternel.

Entretien paru sous le titre « Ein Gespräch mit dem schrifsteller E.M. Cioran », dans le journal allemand Süddeutsche Zeitung, *n° 231, des 7-8 octobre 1978.*

Traduit de l'allemand par Jean Launay.

ENTRETIEN AVEC JEAN-FRANÇOIS DUVAL

Jean-François Duval : Comment débuter cet entretien ? Nos instincts, dites-vous, sont rongés par la conversation.

Cioran : Quand on parle, comme quand on écrit, on ne résout rien. Sauf intérieurement. On se décharge. On se vide un peu. Toutes les questions qui sont assez embêtantes, inquiétantes, on les regarde après avec un certain détachement... On se tracasse moins. C'est ça, le sens de la conversation.

J.-F. D. : Une conversation à propos de votre œuvre ne pourrait-elle également permettre de dissiper d'éventuels malentendus ?

C. : Je ne suis pas contre le malentendu. Évidemment, j'aime autant que ce qu'on écrit sur moi soit exact. Mais je trouve que le malentendu peut être fécond. Parce que ça fait réfléchir les gens. Enfin, ce n'est pas une théorie...

J.-F. D. : Vous déplairait-il que votre œuvre fasse l'objet de thèses universitaires ?

C. : Il y a quelques thèses sur moi. Mais je suis contre les thèses, je suis contre le genre. Savez-vous que je suis venu à Paris pour faire une thèse ! J'avais fait une agrégation de philosophie en Roumanie, enseigné pendant un an dans un lycée, et ensuite j'ai dit : je vais faire une thèse à Paris. Il fallait donner un prétexte... j'ai menti, bien sûr. Je n'ai même pas pris la peine de chercher un sujet, j'ai foutu le camp en Occident. Et j'ai rompu totalement avec l'université. Je suis même ennemi de l'université. Je trouve que c'est un danger, la mort de l'esprit. Tout ce qui est enseignement, même bon ! même excellent ! est mauvais, au fond, pour le développement spirituel de quelqu'un. C'est pour ça que je considère qu'une des meilleures choses que j'aie faites dans ma vie, c'est d'avoir rompu totalement avec l'université.

J.-F. D : Mais pas avec toute une tradition, à laquelle vous vous rattachez : Pascal, Baudelaire...

C. : Ce sont les deux Français auxquels je pense le plus. J'ai cessé de les lire il y a très longtemps, mais je pense plus que de raison à Baudelaire, et à Pascal. Tout le temps, je me réfère à eux, je me sens une sorte d'affinité souterraine avec eux. Alors — c'est très curieux — un très grand professeur en Espagne a écrit un article sur moi, disant que je m'apparentais à tous les moralistes français, excepté Pascal ! Quand j'ai lu ça, j'ai dit : c'est foutu ! Parce qu'un des grands moments de ma vie, un moment bouleversant, c'est à Bucarest, quand j'avais dix-sept ans, et que j'ai lu dans une bibliothèque publique cette chose que Pascal avait écrite à sa sœur qui lui demandait de se soigner : vous ne connaissez pas les inconvénients de la santé, et les avantages de la maladie. Ça m'a bouleversé ! C'était à peu près le sentiment que j'avais de la vie à l'époque. Je peux même dire que c'est ce propos de Pascal qui a fait que je me suis intéressé par la suite à lui.

J.-F. D. : Mais votre Pascal, c'était le Pascal première manière ?

C. : Oui, oui, le Pascal purement subjectif, le Pascal cas ! C'est du Pascal sceptique, du Pascal déchiré, du Pascal qui aurait pu ne pas être croyant, du Pascal sans la grâce, sans le refuge dans la religion, que je me sens proche. C'est ce Pascal-là auquel je me sens apparenté... Parce qu'on imagine parfaitement Pascal sans la foi. D'ailleurs, Pascal n'est intéressant que par ce côté-là... Toute ma vie, j'ai pensé à Pascal. Le côté fragmentaire, vous savez, l'homme du fragment. L'homme du moment aussi... Il y a plus de vérité dans le fragment.

J.-F. D. : C'est que, comme lui, vous êtes l'homme du fragment, et vos écrits, fragmentaires.

C. : Oui. Tout. Mais chez moi, c'est pour une tout autre raison. C'est que je m'ennuie. Quand je me mets à développer quelque chose, j'appelle cela de la frivolité. Malgré moi, j'ai approfondi certaines choses, puisque tout ce que j'ai écrit tourne autour des mêmes choses. Mais je n'aime pas insister, je n'aime pas démontrer. C'est pas la peine. Ce sont les professeurs qui démontrent.

J.-F. D. : Vous êtes comme ce tyran dont vous évoquez quelque part la figure, qui ne se soucie pas de fournir des explications. Vous ne démontrez pas, vous affirmez ?

C. : Voilà ! Je ne démontre rien. Je procède par décrets — entre guillemets, n'est-ce pas ? Ce que je dis est le résultat de quelque chose, d'un processus intérieur. Et je donne, si vous voulez, le résultat, mais je n'écris pas la démarche et le processus. Au lieu de publier trois pages, je supprime tout, sauf la conclusion. C'est à peu près ça.

J.-F. D. : Aphorismes et fragments... Dans l'un et l'autre cas, il y a la volonté de ne pas en dire trop, de se borner au minimum.

C. : C'est exactement ça. De ne pas convertir les gens. De ne pas les convaincre. Je n'aime pas convaincre.

J.-F. D. : Nietzsche respectait Ralph Waldo Emerson comme un maître de l'aphorisme. Lui aussi jugeait qu'expliquer, c'est s'abaisser, s'avilir.

C. : J'ai très peu lu Emerson. Je ne peux vous en dire la raison. Mais je le connais à peine. J'ai pourtant le malheur d'avoir beaucoup lu. Et par exemple je me suis intéressé beaucoup à la poésie d'Emily Dickinson, une très grande poétesse, énorme ! qui lisait beaucoup Emerson. J'avais un culte pour elle — je l'ai toujours. J'aurais donc dû lire Emerson. Quelques autres écrivains se sont réclamés de lui. Même Nietzsche, en effet, dans sa jeunesse. Moi, j'ai quand même lu certaines choses de lui, mais je ne peux pas dire que je le connaisse. Vous savez, pour vous dire la vérité, je considère que pour moi un écrivain n'existe que si on le relit. Quand je dis que j'aime quelqu'un ou que je l'ai lu, ça veut dire que je l'ai relu. Plusieurs fois. Avoir lu un livre une seule fois ne signifie rien. Par exemple, je connais très bien Dostoïevski, mais je l'ai lu cinq ou six fois. Ou Shakespeare. Lire une fois, c'est faire connaissance de quelque chose, c'est tout. Tous les écrivains qui ont compté dans ma vie, je les ai relus.

J.-F. D. : Vous êtes justement considéré comme un maître de l'aphorisme. Dans les dictionnaires, on vous colle aussi, fréquemment, l'étiquette de nihiliste.

C. : Comme une autre... Cela me laisse complètement indifférent. Je ne suis pas nihiliste. On pourrait dire que je le suis, mais ça n'a pas de signification. Pour moi, c'est une formule vide. On pourrait dire, en simplifiant, que j'ai l'obsession du néant, ou du vide plutôt. Ça oui. Mais pas que je suis nihiliste. Parce que le nihiliste dans le sens courant, c'est un type qui fout tout par terre avec violence, avec des arrière-pensées plus ou moins politiques, ou Dieu sait quoi ! Mais moi, c'est pas du tout ça. Alors, on pourrait dire que je suis nihiliste dans le sens métaphysique. Mais même ça, ça recouvre rien. J'accepte mieux le terme sceptique — quoique je sois un faux sceptique. Si vous voulez, je ne crois en rien, c'est bien dans cette direction que... Et même ça, c'est pas vrai !

J.-F. D. : Tout mot est un mot de trop, dites-vous dans *La tentation d'exister.* Comment concilier cela avec votre souci formel, votre souci de style ? N'est-ce pas contradictoire ?

C. : Écoutez, voilà ce que je pense. J'ai commencé à écrire en français à trente-sept ans. Et je pensais que ce serait facile. Je n'avais jamais écrit en français, sauf des lettres à des bonnes femmes, des lettres de circonstances. Et tout d'un coup, j'ai eu d'immenses difficultés à écrire dans cette langue. Ça a été une sorte de révélation, cette langue qui est tout à fait sclérosée. Parce que le roumain, c'est un mélange de slave et de latin, c'est une langue extrêmement élastique. On peut en faire ce qu'on veut, c'est une langue qui n'est pas cristallisée. Le français, lui, est une langue arrêtée. Et je me suis rendu compte que je ne pouvais pas me permettre de publier le premier jet, le premier jet qui est véritable. Ce n'était pas possible ! En roumain, il n'y avait pas cette exigence de clarté, de netteté, et je comprenais qu'en français il fallait être net. J'ai commencé à avoir le complexe du métèque, le type qui écrit dans une langue qui n'est pas la sienne. Surtout à Paris... C'est très important. Je viens d'une province de Roumanie, la Transylvanie, qui avait appartenu à l'Autriche-Hongrie. Elle dépendait de Vienne avant la guerre de 14. Et comme je suis né avant la guerre de 14, j'étais Austro-Hongrois. Dans ces régions, on parlait l'allemand, le hongrois, etc. Mais mes parents ne savaient pas un mot de français. Par contre, à Bucarest, la capitale, tout le monde était francisé. Tous les intellectuels parlaient couramment le français. Tout le monde ! Et moi, j'arrive comme étudiant parmi tous ces gens... Évidemment, j'ai fait des complexes d'infériorité.

Et quand je suis arrivé à Paris, je n'ai pas écrit un mot en français, pendant dix ans, sauf comme je vous ai dit, des lettres de circonstances. Puis, tout à coup, en 1947, alors que j'étais en Normandie, j'ai compris que c'était absurde ! Pourquoi écrire dans une langue que personne ne connaît ? J'ai déchiré tout ce que j'avais écrit. Je suis revenu à Paris avec l'idée de ne plus jamais écrire dans ma langue maternelle. Je me suis imposé une sorte de discipline : je voulais écrire un français si possible net et clair, sans me laisser impressionner par les poètes contemporains. Et finalement j'ai écrit une sorte de français conventionnel, un peu abstrait. Mais je ne pouvais écrire en français que ce genre de choses. Je connais le français, si vous voulez, pour ces nuances abstraites. Mais alors, on pourrait dire, pourquoi ce souci de style ? Mais parce que vous savez que Pascal... Il y a des *Provinciales* qu'il a écrites dix-sept fois ! Alors je me suis dit : si Pascal a rédigé dix-sept fois ses *Provinciales,* moi, comme métèque, il faut quand même que je fasse un effort... Vous comprenez, j'avais écrit un ou deux livres en roumain, d'emblée ! Je ne les avais même pas relus, c'était le premier jet ! Ils sont mal écrits, naturellement. Je n'avais pas ce genre de complexe. Mais quand j'ai vu Pascal, tous ces écrivains français qui avaient été obsédés par la langue, j'ai fait un effort considérable. Par exemple, le *Précis de décomposition,* je l'ai écrit très vite. C'était tout d'un premier jet. Et je l'ai récrit quatre fois. Tout ! En éliminant beaucoup de choses. Évidemment le livre a perdu une sorte de spontanéité. Mais c'était lui donner une sorte de consistance. Et faire disparaître le métèque, autant que possible. Mais vous avez raison de poser le problème : si on doute de tout, pourquoi essayer de bien formuler ? Mais aussi pourquoi écrire ? C'est vrai. Ce sont des incompatibilités inévitables.

J.-F. D. : Certains écrivains, vos contemporains, se sont efforcés, par le style, de rendre compte d'une sorte de dislocation générale des choses.

C. : Oui, mais ils pouvaient le faire vis-à-vis de leur langue. Pas un type comme moi, parce que si j'avais fait ça, on aurait dit : mais il ne sait pas le français. Il aurait été facile de faire de l'avant-garde comme étranger. Très facile... Mais je voulais transporter certaines sensations sur le plan des idées. Et donc, ce n'étaient plus des choses directement exprimées, c'étaient des choses formulées. Et quand on formule, il faut qu'on soit net. Ce que j'ai écrit, ce sont des formules. C'est pour ça que j'ai fait cet effort de style. Je ne suis pas poète, même pas écrivain en un sens. Je me suis dit : puisque j'ai pris la résolution d'écrire en français, je vais jouer le jeu. Et comme je vous l'ai dit, ce complexe d'infériorité — je ne sais pas quel autre mot employer, j'ai horreur de cette expression, mais enfin ! — a joué un très grand rôle. Surtout parce que j'ai étudié la langue. Et quand j'ai vu, dans l'histoire de la littérature française, combien ça a tracassé les écrivains... Alors que dans la littérature allemande vous ne trouvez pas ça ; personne n'y parle de la difficulté d'écrire, en tout cas, pas sur le plan de l'expression. C'est une obsession française. Et c'est ça qui m'a frappé. Maintenant, pour les textes purement littéraires, je crois qu'il ne faut pas trop travailler son texte.

J.-F. D. : Votre classicisme stylistique n'est-il pas un peu anachronique ?

C. : À mon avis, ça n'a pas d'importance. Parce que les gens qui me lisent, me lisent par une sorte de nécessité. Ce sont des gens qui ont, comme on dit vulgairement, des problèmes — je le vois d'après les lettres que je reçois. Ce sont des gens déprimés, tracassés, obsédés, des gens malheureux. Et eux, ils ne font pas tellement attention au style. Ils se retrouvent plus ou moins dans les choses que j'ai formulées. Cependant, je ne me suis pas posé la question de savoir si c'est actuel ou non, si c'est démodé ou non. On ne peut pas dire que ce soit actuel, c'est un style assez neutre, c'est un style qui n'est pas imagé, c'est un style qui n'est pas d'une époque exactement. Il y a un côté anachronique, ça c'est évident. Ça ne compte pas énormément.

J.-F. D. : Diriez-vous que votre style en français est le résultat d'une contrainte que vous vous êtes imposée ?

C. : Non. Malgré tout, c'est ma manière naturelle. Il se trouve qu'elle est travaillée. Je ne me suis pas fait violence. J'ai réfléchi sur la manière de traduire les choses. Mais je ne me suis pas imposé une forme quelconque. Et il est évident que j'ai deux manières. Il y a la manière violente, explosive, et la manière sardonique, froide. Il y a des textes de moi qui sont très violents, très hystériques. Il y en a d'autres qui sont froids, presque indifférents. De toute façon, tout ce que j'ai écrit, c'était légèrement agressif, il ne faut pas l'oublier. Et j'essaie autant que possible d'atténuer un peu ça.

J.-F. D. : Tout à l'heure, vous disiez : pourquoi écrire ? La question reste posée.

C. : Pour moi-même. J'ai remarqué que formuler me faisait du bien. Parce que ce problème m'a été posé plusieurs fois. Spécialement par deux étudiants en Espagne — le seul pays où j'ai eu un certain écho. Ce n'est pas un succès de livres, de ventes. Mais ça éveille quelque chose. Et ça me fait plaisir parce que j'ai toujours eu un faible pour l'Espagne. Par contre, en Allemagne, en Angleterre, rien ! C'est secondaire... J'avais donc reçu une lettre qui m'avait extrêmement frappé de deux étudiants andalous, qui disaient : votre vision de la vie exclut l'écriture, vous-même le dites ! J'ai répondu : au fond, tout ce que j'ai écrit, je l'ai écrit par nécessité immédiate, je voulais me débarrasser d'un état qui était pour moi intolérable. Donc, je considérais, et je considère encore, l'acte d'écrire comme une sorte de thérapeutique. C'est ça le sens profond de tout ce que j'ai écrit. Et j'ai donné à ces étudiants une sorte d'explication plus concrète de ce que j'entendais par fonction thérapeutique. J'ai dit, écoutez : si vous détestez quelqu'un, vous n'avez qu'à prendre un bout de papier et écrire dix, vingt, trente fois « X est un salaud, X est un salaud... ». Et au bout de quelques minutes, on se sent soulagé, on déteste moins. Eh bien pour moi, le fait d'écrire, c'est exactement ça, c'est atténuer une sorte de pression intérieure, l'affaiblir. Donc, une thérapeutique. Vraiment, j'insiste là-dessus, ça paraît un peu ridicule, mais c'est la vérité. Pour moi, le fait d'écrire a été extrêmement salutaire.

Alors on peut dire, mais pourquoi publier ? Je continue : le fait de publier est très important aussi, contrairement à ce qu'on pense. Pourquoi ? Parce que, une fois le livre paru, les choses que vous avez exprimées vous deviennent extérieures, pas totalement, mais en partie. Donc l'allégement escompté est encore plus grand. Ça n'est plus vous. Vous êtes dégagé de quelque chose. C'est comme dans la vie, tout le monde le dit : le type qui parle, qui raconte son chagrin, il est libéré. Et c'est le type muet, le type taciturne qui se détruit, qui s'effondre, ou qui fait un crime peut-être. Mais le fait de parler, ça vous libère. Le fait d'écrire, c'est la même chose. C'est des choses très évidentes, mais je les ai expérimentées. Alors, je dis à tout le monde, publiez vos manuscrits, tant pis, ça vous fera toujours du bien. Et toutes les obsessions dont vous parlez auront moins d'importance pour vous...

Par exemple, j'ai été toute ma vie hanté par la mort, mais le fait d'en avoir parlé a fait que... la mort me hante toujours, mais moins. Ce sont des problèmes qu'on ne peut pas résoudre, ce sont des obsessions qui sont justifiées — ce ne sont pas des obsessions, ce sont des réalités immenses... J'ai écrit sur le suicide, mais j'ai expliqué à chaque fois : écrire sur le suicide, c'est vaincre le suicide. C'est très important.

Mais théoriquement, je ne devrais pas écrire un mot, et ne rien publier. Si j'étais absolument fidèle à moi-même. Mais je ne peux pas l'être, dans la mesure où, quand même, je me suis pris en charge ; où j'ai voulu m'accommoder un peu de l'existence. Il a fallu faire ce genre de compromission, de transaction, qui m'ont permis de vivre. Je suis absolument persuadé que si je n'avais pas écrit, je me serais suicidé. J'en suis absolument sûr. Mais j'ai projeté ces choses en dehors, j'ai expectoré.

J.-F. D. : Le fait de publier, c'est faire entrer l'autre en jeu ?

C. : Mais on ne pense pas à l'autre. Quand on écrit, on ne pense à personne. Quand on écrit ce que j'écris.

Pour moi, l'humanité n'existe pas quand j'écris. Je m'en fous. Et quand on publie, on ne pense pas qu'on sera lu. Mais absolument pas ! C'est même incroyable à quel point je suis absolument étonné quand quelqu'un m'a lu. Je suis sûr que mes livres sont surtout des livres qui ont aidé des personnes. C'est pour ça que je me considère un marginal, en dehors de la littérature. Je voulais seulement dire ce que je ressentais. Je suis, comme j'ai dit un jour, métaphysiquement marginal. Cela dit, votre objection demeure. Parce que normalement il faudrait être absolument conforme à ce qu'on est.

J.-F. D. : Vous écrivez pour vous-même. Et pourtant, vous recourez volontiers au « nous », dont vous condamnez par ailleurs l'usage : « le pluriel implicite du " on " et le pluriel avoué du " nous " constituent le refuge confortable de l'existence fausse », écrivez-vous dans le *Précis de décomposition.*

C. : C'est un « nous » qui n'en est pas un. Quand je dis « nous », c'est très souvent « moi » que j'entends. Ce n'est pas du tout le « nous » de l'homme politique, le « nous » du prophète, ou Dieu sait quoi, qui parle au nom des autres. C'est sûrement pas la foule, ça n'a aucun sens collectif. Je n'ai jamais parlé au nom de qui que ce soit. Mais c'est pour éviter le « je » qui n'est pas possible dans certains cas, et pour donner une apparence objective à mes choses subjectives. C'est un truc littéraire, si vous voulez, pour varier les tournures. Et pour donner un caractère d'objectivité à certaines affirmations... Et c'est quand même pas moi nécessairement ! Ça me dépasse, parce que ça vaut aussi pour autrui.

J.-F. D. : Le littérateur : un indiscret qui dévalorise ses misères, les divulgue, les ressasse : l'impudeur. Une phrase de vous. Autoportrait ?

C. : Il y a quelque chose d'indécent à s'exhiber, mais au moment où vous écrivez, vous ne vous exhibez pas. Vous êtes seul avec vous-même. Et vous ne pensez pas que ce sera publié un jour. Au moment où vous écrivez, il n'y a que vous avec vous-même, ou vous avec Dieu, même si vous êtes incroyant. C'est ça, à mon avis, vraiment, l'acte d'écrire, un acte d'immense solitude. L'écrivain n'a de sens que dans ces conditions-là. Ce que vous faites par la suite, c'est de la prostitution. Mais à partir du moment où vous avez accepté d'exister, vous devez accepter la prostitution. Pour moi, tout type qui ne se suicide pas, il est prostitué, dans un certain sens. Il y a des degrés de prostitution. Mais il est évident que tout acte participe du trottoir.

Mais j'ai toujours dit qu'il y a deux appels en moi. Vous vous rappelez Baudelaire, justement, les postulations contradictoires, l'extase et l'horreur de la vie... Quand on connaît ça, ces postulations contradictoires, comme il les appelle, il y a forcément dans tout ce qu'on fait des contradictions, des choses répréhensibles, des choses impures. Vous oscillez entre l'extase et l'horreur de la vie... On n'est pas saint. Les gens les plus purs sont ceux qui n'ont pas écrit, qui n'ont rien professé. Ce sont des cas limites. Mais à partir du moment où on accepte, où on se démène pour vivre — pour ne pas se tuer, disons —, on fait des compromissions. Ce que j'appelle imposture. Pour moi, ça a un sens philosophique, évidemment. Tout le monde est imposteur, mais il y a aussi des degrés dans l'imposture. Mais tous les vivants sont des imposteurs.

J.-F. D. : La parole a donc pour vous une valeur thérapeutique. Faut-il rapporter tout cela à la psychanalyse, que vous semblez condamner ?

C. : Parce que la parole, dans la psychanalyse, est obligée, elle tourne à la torture. C'est très dangereux. Finalement, on détraque les gens complètement. Il y a des cas où le traitement psychanalytique est indiqué. Mais pas pour tout le monde. Je n'ai connu que des désastres. Moi, je m'intéresse à la psychanalyse comme phénomène d'époque, pas en tant que thérapeutique. Et on n'a pas fait à mon avis jusqu'à présent l'interprétation de la psychanalyse comme étape de civilisation : pourquoi maintenant ? quel sens ça a ? Je suis sûr que c'est un phénomène très inquiétant et très troublant. La psychanalyse, elle aussi, a atteint le contraire de ce qu'elle a voulu. Elle est devenue de plus en plus vulgaire.

J.-F. D. : Et la psychanalyse par définition analyse les processus. Ce qui est aux antipodes même de votre propos.

C. : Entre la sensation et la formule, il y a un immense espace. Entre ce qu'on ressent, et ce qu'on dit, ce qu'on formule. Tout ce qui sépare la sensation de la formule n'est pas perceptible dans ce que j'écris. Normalement, j'aurais dû être un musicien, par mon tempérament. C'est plus direct. Tout ce qui est dit et tout ce qui est formulé est déréglé dans la forme. Donc le lecteur devrait faire un effort d'imagination pour remonter de la formule à la sensation. Si j'avais tout dit, on pourrait retrouver le processus, mais le processus est supprimé dans ce que j'écris. On peut imaginer de quoi est partie telle formule. Mais il est très difficile de remonter à l'origine, parce que je n'ai pas exprimé le parcours. Tout ce que j'ai écrit suppose un parcours. C'est ça l'inconvénient, ou l'avantage, de ce genre d'écriture, ou de texte. C'est qu'il ne dévoile pas le processus. Il faudrait écrire des confessions, écrire une confession exprimerait tout. Mais ce n'est pas mon choix. Je ne peux pas. Ce sont mes limites, évidemment. Je ne suis pas un vrai écrivain, à mon avis, parce que le vrai écrivain aurait essayé de donner tous les degrés, de les révéler, de formuler ce qui s'est passé en lui. Quand j'écris, c'est virtuellement... comment dirais-je, c'est l'envie de quelque chose de final, de terminal. Pas de donner le processus. Évidemment, le lecteur peut se demander : mais d'où vient ça ? d'où vient cette affirmation ? Une affirmation, on peut se demander sur quoi elle s'appuie. Elle s'appuie sur rien. Mais on peut imaginer de quel état la formule est partie.

J.-F. D. : Vous parlez de confessions. N'y a-t-il pas un côté plainte romantique chez vous ?

C. : Si. Je me suis senti très proche du romantisme, allemand surtout. Dans ma jeunesse. Et même actuellement, je ne peux pas dire que je m'en suis complètement détaché. Le sentiment fondamental chez moi, le *Weltschmerz,* l'ennui romantique, je ne m'en suis pas guéri. Ma passion pour la littérature russe vient en grande partie de là. C'est la littérature qui m'a le plus marqué dans ma vie. Et surtout ce qu'on appelle dans les histoires de la littérature le byronisme russe. Parce que Byron était plus intéressant à mon avis en Russie qu'en Angleterre, par ses influences. C'est de ces byroniens en Russie dont je me sens le plus proche, et c'est en quoi je ne me sens pas du tout Européen de l'Ouest : il y a quand même des histoires de géographie, d'origine qui jouent. Une part de vrai là-dedans. Pour moi, de tous les personnages de Dostoïevski, je crois que c'est Stavroguine que j'admire et que je comprends le mieux. C'est un personnage romantique au fond, qui souffre de l'ennui.

Je me sens beaucoup moins romantique que dans ma jeunesse, forcément. Mais le point de départ, c'était ça : j'étais marqué dans ma jeunesse par le romantisme allemand. Par toute forme de romantisme, même le romantisme français. Si je vous disais qu'une des premières choses que j'ai vues en France, c'est Combourg, le château de Chateaubriand — un écrivain que je ne lis plus depuis longtemps ! Une des premières choses que j'ai vues en France ! Ça a un sens, non ? Parce que j'ai eu une passion pour sa sœur, Lucile de Chateaubriand. J'ai tout lu sur elle, j'aurais même pu faire un livre. À mon avis, c'est la plus belle figure du romantisme français. Elle a laissé seulement de petits textes ; ça ne fait rien.

J.-F. D. : Une phrase de vous : « Nous durons tant que durent nos fictions. » Ou encore : « Être dupe ou périr. » Cela fait penser à certains romans de Joseph Conrad, *Lord Jim* en particulier.

C. : Je partage ce point de vue. Je n'ai pas lu beaucoup de Conrad — j'ai lu trois ou quatre livres, pas plus. Mais tout ce que j'ai lu, j'ai aimé. Et j'aime énormément le personnage. Savez-vous pourquoi ? Une des raisons pour lesquelles je me suis intéressé à lui, c'est pour cette chose extraordinaire, une des choses pour moi les plus bouleversantes qu'on puisse imaginer : j'ai lu, dans une revue, cette partie du livre qu'a écrit sa femme où elle raconte la demande en mariage... Conrad était un navigateur, officer de marine, comme vous le savez. Un jour il écrit à sa future femme : « Je voudrais rencontrer votre mère. » Il les invite toutes deux au restaurant, et il dit à sa future belle-mère : « Je voudrais me marier au plus tôt, parce que je sais que je n'en ai plus pour longtemps. » J'ai énormément aimé ça ! J'aime assez la vision de la vie de Conrad en général, ça c'est évident.

Mais pour vous dire la vérité, je suis presque incapable

de lire des romans. Presque incapable. Naturellement, j'ai beaucoup lu Proust, Dostoïevski, comme je vous ai dit. J'ai énormément lu dans ma jeunesse. C'était une sorte de maladie, une fuite. Si jamais la lecture est une fuite devant la vie, c'était ça ! Je me levais à trois, quatre heures du matin. Et je lisais, comme un fou ! des tas d'auteurs et pas mal de livres de philosophie, que je ne peux plus lire : je trouve ça ennuyeux, et inutile.

Et depuis des années, quinze à vingt ans, je suis incapable de lire des romans. Par contre, je crois qu'il y a peu de gens au monde qui aient lu autant de livres de Mémoires, des livres de souvenirs. N'importe quoi ! Toute existence, même obscure. Vous ne pouvez pas vous imaginer ! Pendant toute une année, j'ai même fait une anthologie sur le portrait dans les Mémoires chez les moralistes français. Ça s'appelait *Le portrait de Saint-Simon à Tocqueville.* J'ai lu beaucoup de choses que plus personne ne lit — pour trouver ces portraits. Un travail de maquereau. J'avais fait ça pour une fondation américaine, parce que j'avais besoin d'argent. Finalement, c'était un échec, ils n'ont jamais fait paraître ça.

J.-F. D. : Qu'est-ce qui vous fascinait, dans tous ces Mémoires ?

C. : Vous savez, c'est aussi de voir comment une existence finit. Quand tout fout le camp. Dans chaque existence. C'est un peu morbide. Et aussi comment un type perd ses illusions. C'est terminé, maintenant, je n'en lis plus beaucoup. Mais pendant des années, c'était une sorte de maladie, vous ne pouvez pas imaginer la quantité de livres que j'ai avalés. Énorme !

J.-F. D. : Clamence, le personnage de *La chute* de Camus lui aussi ne lit plus que des confessions...

C. : Ce livre qui se passe en Hollande, non ? Eh bien,

ça a été mon cas, pendant cinq, six ans... Vous ne pouvez pas imaginer ce que j'ai avalé ! Aussi parce que je n'ai pas de destin extérieur, je suis un homme sans biographie ; ça a dû jouer un certain rôle.

J.-F. D. : Mais lisez-vous encore ?

C. : J'aime mieux lire qu'écrire. Malgré l'obsession dans laquelle j'ai vécu de moi-même, je suis quand même extraverti, parce que le fait même de lire le prouve ! Je m'intéresse aussi au destin des autres. Je lis des essais, des trucs comme ça. Des journaux intimes aussi. J'ai toujours beaucoup lu, et je continue à lire. C'est très très curieux : je vois autour de moi tous ces types ! mais ils ne lisent pas ! Les écrivains français ne lisent pas, ils ne s'intéressent pas aux autres... Évidemment, d'un autre côté, j'ai toujours considéré qu'il faut en faire un minimum. Ne pas multiplier les livres... Il y a des gens qui m'envoient trois ou quatre livres par an...

J.-F. D. : Le *Précis de décomposition* paraît quelques années seulement après *L'Être et le Néant* de Sartre...

C. : Je n'ai jamais lu ce livre. À cause du style.

J.-F. D. : Ce que je veux dire, c'est qu'alors que votre œuvre est contemporaine de celle de Sartre et que tout type non engagé passe pour un « salaud », vous pouvez écrire des phrases du genre : « N'avoir jamais l'occasion de prendre position, de se décider ni de se définir, il n'est vœu que je ne forme plus souvent ! » C'est vraiment tout le contraire de la morale sartrienne.

C. : Exactement le contraire ! Il y a dans le *Précis de décomposition* une page contre Sartre, le chapitre qui s'appelle « Sur un entrepreneur d'idées ». Naturellement, il y a certains points communs, parce que j'ai lu un peu les mêmes philosophes. Heidegger, je l'avais lu dans ma jeunesse. Pas Husserl, ou très peu. Mais je me sens à l'opposé de Sartre, de toutes ses démarches, et même de ses actions dans la vie. Bien que le personnage ne me soit pas antipathique. Je ressens une sorte de sympathie pour lui. Quand même, il y a des côtés généreux dans ce bonhomme. Mais il y a tout de même une naïveté, qui est pour moi incompréhensible. Ce n'est pas négatif, ce que je dis là. Même Nietzsche me semble trop naïf. Je me suis éloigné de Nietzsche pour lequel j'ai eu beaucoup de sympathie, d'admiration. Mais je me suis rendu compte qu'il y avait un côté trop jeune chez lui. Pour moi. Parce que j'étais plus pourri que lui, plus vieux. Quand même, je connaissais mieux les hommes. J'avais une expérience de la vie, de l'homme plus profonde que lui. Pas le génie. Mais n'importe qui, une concierge peut avoir une expérience plus grande qu'un philosophe. Bien que je n'aie pas de biographie, comme j'ai dit, j'ai vécu. Nietzsche était un solitaire... Au fond, il n'a connu toutes ces choses que de loin.

J.-F. D. : Nietzsche naïf ? Pouvez-vous préciser ?

C. : Ce côté adolescent génial et impertinent qu'il a gardé. Il ne s'est pas frotté aux êtres. Il a vécu très intensément. Un immense génie. Mais il n'a pas connu la lassitude du type qui vit dans une grande ville. Qui se frotte aux êtres. Comme c'est mon cas.

J.-F. D. : Vous pensez que l'homme est fondamentalement mauvais ?

C. : Non. L'homme est un abîme, si vous voulez. Par essence. Plutôt mauvais que bon. Ça, je le pense. Nietzsche le pensait aussi. Mais Nietzsche est un type pur, comme tout solitaire. C'est pour ça que je me sens beaucoup plus proche de La Rochefoucauld, des moralistes français, de ces types-là. À mon avis, ce sont eux qui ont perçu l'homme, parce qu'ils ont vécu en société. Moi, je n'ai pas vécu en société, mais j'ai connu beaucoup d'hommes, j'ai une grande expérience de l'être humain, malgré tout. Nietzsche ne l'avait pas.

J.-F. D. : Nietzsche était pur. Et c'était un homme... Les deux choses ne sont donc pas totalement incompatibles...

C. : Il était pur comme tous les solitaires. Mais il n'a pas connu tous les conflits qui existent entre les êtres, les dessous, tout ça, parce que justement il a vécu seul. Il a deviné naturellement, il a beaucoup réfléchi là-dessus. Mais l'expérience vraie de l'homme, on la trouve chez Chamfort, ou chez La Rochefoucauld. Sans doute, si Nietzsche avait vécu en société, il aurait vu les choses à peu près comme eux, et pas livresquement. Parce qu'il n'a pas vécu.

J.-F. D. : Et au bout de cet abîme ? La catastrophe ?

C. : Je crois à la catastrophe finale. Pour un peu plus tard. Je ne sais pas quelle forme elle prendra, mais je suis absolument sûr qu'elle est inévitable. Toute prédiction est risquée et ridicule. Mais on sent très bien que c'est un mauvais tournant, et que ça ne peut pas finir bien. À quelqu'un qui était toujours à demander une argumentation, j'ai raconté cette anecdote. Un jour que j'allais vers le Louvre, je devais traverser la Seine. Il y a toujours un nombre énorme de voitures sur la rue le long du quai. Je n'avais pas regardé le changement de signaux, et j'avançais. Et tout d'un coup, j'étais coincé au milieu de la chaussée, entouré de voitures par centaines... Alors, j'ai vraiment eu comme une illumination : Foutu ! Comment une chose pareille était-elle possible ! Monstrueux ! Que l'homme ait pu en arriver là ! Ça suffit ! Pas besoin d'un argument. Foutu !

Un autre jour, un philosophe est venu me voir ici. Je ne m'entends jamais avec lui, parce qu'il voit toutes les choses en rose. En sortant d'ici, on a continué la conversation dans la rue. On se dirige vers le carrefour de l'Odéon, et il me dit : « Tu sais au fond, la phrase de Marx, il n'y a pas de problème qu'on ne puisse résoudre... » Et à ce moment-là, on voit un immense embouteillage. Tout était bloqué. Je dis : « Regarde un peu ! Regarde ce spectacle ! L'homme a créé la voiture pour être indépendant et libre. C'est ça, le sens de la voiture, et voilà où ça a abouti. »

Et tout ce que fait l'homme finit comme ça. Tout finit par être bloqué. C'est ça l'humanité, l'aspect tragique de l'histoire. Tout ce que l'homme entreprend aboutit à l'opposé de ce qu'il a conçu. Toute l'histoire a un sens ironique. Et il arrivera un moment où l'homme aura réalisé exactement le contraire de tout ce qu'il a voulu. D'une façon surévidente.

J.-F. D. : Pourquoi cette fatalité ?

C. : Dès que quelqu'un sort de son assiette originelle... L'homme était né pour vivre comme les animaux — et il s'est lancé dans une aventure qui n'est pas naturelle, qui est étrange. Et donc il n'a plus un cadre d'existence définitivement fixé. Mais cette aventure de l'homme est anormale, elle se retourne nécessairement contre lui. L'homme, qui est tout de même un animal génial, a le destin du type qui se lance dans un truc fantastique, mais qui en paie les conséquences. Parce qu'il est trop exceptionnel pour que ça finisse bien. Il suit une route qui ne peut le mener qu'à sa ruine... C'est pas du pessimisme. Je n'ai jamais affirmé la nullité de l'homme.

Seulement je considère que l'homme a pris un mauvais chemin, et qu'il ne pouvait pas ne pas le prendre.

Entretien inédit recueilli en juin 1979 par Jean-François Duval, journaliste et écrivain russe.

ENTRETIEN AVEC LÉO GILLET

Léo Gillet : On vient d'entendre cette litanie des titres de vos livres qui sont très éloquents. Un jour j'en ai fait l'énumération à une personne qui ne connaissait pas votre œuvre. Elle s'est écriée : « Mais il n'aime pas la vie, ce monsieur ! » Trouvez-vous cette objection grave ? Ressentez-vous une telle remarque comme une incompréhension ?

Cioran : Je ne sais pas trop quoi répondre. Je dois dire que ces titres sont un peu trop voyants, un peu trop agressifs, à mon avis. Quand j'ai écrit mes premiers livres, j'ai pensé m'en tenir là. Jusque-là j'avais considéré qu'un livre était comme une sorte d'explication avec la vie, une sorte de lutte, un règlement de comptes. La pensée qui me domina à l'époque était : « Ou l'existence ou moi ! » L'un des deux doit céder. Je considérais donc que ces livres étaient un acte d'agression. Après, j'ai écrit un autre livre, ensuite un autre. Uniquement parce que j'étais un homme inoccupé, qui n'a jamais exercé de métier. Il fallait tout de même que je fasse quelque chose. J'ai fait ces petits livres, comme vous voyez. C'est un peu pénible de parler de ses propres livres, mais puisque je suis là pour faire des aveux : pourquoi ne pas les faire ? Quand j'ai publié mon second livre, *Syllogismes de l'amertume,* tous mes amis sans exception m'ont dit : « Tu t'es compromis, c'est un livre insignifiant, c'est des boutades, c'est pas sérieux. » On n'en a parlé que dans *Elle,* la revue de mode, et il y a eu un petit article dans *Combat,* de mon ami Guy Dumur, vous le connaissez peut-être, qui citait Talleyrand qui disait que tout ce qui est exagéré est insignifiant. Or, c'était mon livre qui était mis en cause. Si je vous parle de ce détail, voilà pourquoi : c'est une sorte de cuisine que je vous révèle. Je peux ?

L. G. : Oui, bien sûr.

C. : Ce livre a été tiré à deux mille exemplaires, en 1952, cela se vendait à 4 francs, on en a vendu à peu près deux mille exemplaires en vingt ans. Et finalement je me suis dit : « Les gens ont raison, c'est un livre nul, ça ne mérite pas d'exister, enfin, il mérite son destin. » Quand Gallimard l'a publié en livre de poche, il y a quelques années, c'est devenu une sorte de petit bréviaire d'une jeunesse désaxée, c'est actuellement un des livres qui ont le plus marqué... Une dame est venue il n'y a pas longtemps chez moi, une femme qui s'occupe d'édition, qui m'a dit : « Je vous donne n'importe quoi pour que vous m'écriviez un autre livre dans ce genre. » Je lui ai dit : « Je ne peux pas..., on n'écrit pas ces choses-là sur commande. » Mais, pour vous dire le destin d'un livre : jamais, mais jamais je n'aurais cru que ce livre puisse être déterré. Et ce n'est pas seulement ainsi en France, même en Allemagne on a publié récemment deux pages sur moi dans un journal gauchiste de Berlin, où il est question de ce livre et l'article s'intitule *« Nichts als Scheisse »* (Rien que de la merde). *(Rires.)* Et on me voit moi dans une mer d'excréments, sur le point de me noyer. Mais, ce qui est curieux, c'est que l'article n'est pas contre moi. Normalement cela aurait dû être un éreintement, mais pas du tout. Je vous cite ces choses uniquement pour vous dire qu'on peut tout prévoir, sauf le destin d'un livre. Je dis à tous les jeunes écrivains que je vois : « Écoutez, c'est inutile de faire des prévisions, quand on écrit un livre on ne sait jamais quel sera son destin. Et c'est vrai pour tout le monde, mais il faut en faire l'expérience soi-même. Donc il est inutile de se faire beaucoup d'illusions ou de tomber dans une dépression parce qu'un livre ne marche pas. Un livre oublié ou tombé peut toujours resurgir. » Vous voyez, moi qui ne suis pas très optimiste, parfois je le suis. Je ne vais pas continuer ainsi, parce que vous allez me prendre pour un vaniteux.

L. G. : Pas du tout, vous êtes là pour parler de vous. Mais vous êtes très souvent aux prises avec les idées dans vos livres. Dès le début de votre œuvre vous vous inscrivez en faux contre la pensée, en quelque sorte, sous toutes ses formes. Qu'est-ce qui explique la dégénérescence de la pensée ?

C. : Je crois que cette dégénérescence est inévitable. Puisque dès qu'on conçoit quelque chose, on s'y attache. Dès qu'on a une idée, on est content de l'avoir. C'est là le côté salonnard des idées. Mais pour le public, pour la masse, pour tout le monde au fond, une idée s'anime forcément. On y projette tout, puisque tout est affectif. Je dirais qu'il n'y a de réel que ce qui est affectif. Il y a un philosophe roumain à Paris qui s'appelle Lupasco, qui identifie l'affectivité avec l'Absolu. Puisqu'il y a affectivité, et qu'on projette l'affectivité dans les idées, toute idée risque de devenir passion, et donc un danger. C'est un processus absolument fatal. Il n'y a pas d'idée absolument neutre, même les logiciens sont passionnés. Je fais une petite remarque ici. Tous les philosophes que j'ai connus dans ma vie étaient des gens profondément passionnés, impulsifs et exécrables. On s'attendrait de leur part, justement, à une sorte de neutralité. J'affirme, et je ne sais pas combien de philosophes j'ai connus pendant ma vie, mais j'en ai connu pas mal quand même, que *tous* étaient des gens passionnés et marqués par cette affectivité. Donc, si ceux qui sont censés se maintenir dans un espace idéal ou idéel contaminent l'idée, si ceux qui justement devraient en être détachés glissent dans la passion, comment voulez-vous que la masse ne le fasse pas ? L'idéologie, qu'est-ce que c'est, au fond ? La conjonction de l'idée et de la passion. D'où l'intolérance. Parce que l'idée en elle-même ne serait pas dangereuse. Mais dès qu'un peu d'hystérie s'y attache, c'est fichu. On pourrait parler infiniment là-dessus, c'est sans issue.

L. G. : Vous avez une autre bête noire dans vos livres, c'est l'histoire. L'histoire et vous n'êtes pas très grands amis...

C. : Ce n'est pas seulement chez moi. La pensée d'Eliade est aussi contre l'histoire. Au fond, tous les gens de l'est de l'Europe sont contre l'histoire. Et je vais vous dire pourquoi. C'est que les gens de l'Est, quelle que soit leur orientation idéologique, ont forcément un préjugé contre l'histoire. Pourquoi ? Parce qu'ils en sont victimes. Tous ces pays sans destin de l'est de l'Europe, ce sont des pays qui ont été au fond envahis et assujettis : pour eux l'histoire est nécessairement démoniaque.

D'ailleurs, je vais dire mieux : l'histoire est la négation de la morale. Si on approfondit l'histoire, si l'on y réfléchit, il est strictement impossible de ne pas être pessimiste. Un historien optimiste est une contradiction dans les termes. Je ne peux absolument pas en concevoir. Moi, j'ai découvert l'histoire comme discipline théorique assez tard, dans ma jeunesse j'étais trop orgueilleux pour lire des historiens. Dans ma jeunesse je ne lisais que des philosophes, ensuite j'ai abandonné les philosophes et je me suis mis à lire les poètes. Et vers la quarantaine j'ai découvert l'histoire que j'ignorais. Eh bien, j'étais *atterré.* C'est la plus grande leçon de cynisme qu'on puisse concevoir. Prenez n'importe quelle époque de l'histoire, étudiez-la un peu à fond et les conclusions que vous en tirez sont nécessairement terribles. Pour les gens de l'est de l'Europe, qui ont toujours été objets de l'histoire, elle est une chose exécrable. J'ai toujours eu une vision, disons, désagréable des choses. Mais à partir du moment où j'ai découvert l'histoire, j'ai perdu toute illusion. C'est vraiment l'œuvre du diable ! Songez vous-même, qui avez vécu, à tous les événements auxquels vous avez assisté de près ou de loin : quelle conclusion en tirer ? C'est que toutes les valeurs morales et autres dont on parle n'ont aucune réalité, aucune efficacité. L'histoire est un déroulement fatal, que l'homme s'imagine pouvoir dominer. C'est faux. En ce sens, je serais assez fataliste, comme tout l'est de l'Europe. Tout le monde y est fataliste, même ceux qui prétendent ne pas l'être. Et cela se comprend. Mais même sans cela, si l'on réfléchit bien : on domine les choses en surface, mais pas en profondeur. Le problème de la liberté est très simple, d'un point de vue philosophique : on est libre, on a l'illusion de la liberté dans les gestes apparents. Mais au fond, on n'est pas libre. Tout ce qui est profond nie la liberté. Il y a une sorte de fatalité secrète qui dirige tout. Le mot allemand qui exprime cela très bien est le mot *Verhängnis.* Il y a un livre dont le titre m'a fasciné et qui a dominé ma jeunesse, c'est un livre qui est mauvais, malheureusement, mais dont le titre est extraordinaire : *Bewusstsein als Verhängnis.* (La conscience comme fatalité). Ce livre a été écrit par un jeune homme qui s'appelait Seidel, qui s'est suicidé après l'avoir écrit. Mais deux choses lui ont survécu : son suicide et le titre. Le livre est illisible.

L. G. : Revenons à l'histoire et à la question de savoir si elle a un sens. On veut que l'histoire ait un sens, comme on veut que la vie ait un sens. Vous écrivez : « Les vagues se mettraient-elles à réfléchir, elles croiraient qu'elles avancent, qu'elles ont un but, qu'elles progressent, qu'elles travaillent pour le bien de la mer, et elles ne manqueraient pas d'élaborer une philosophie aussi niaise que leur zèle » *(Ébauches de vertige)*. D'où vient ce besoin de l'homme de donner un sens aux choses ?

C. : Vous savez, c'est parce que tout homme qui agit projette un sens. Il attache un sens à ce qu'il fait, c'est absolument inévitable et regrettable. On ne peut pas agir... Je n'ai jamais pu rien faire de ma vie. Pourquoi dans ma vie je n'ai pas agi ? Parce que je ne crois pas au sens. Par la réflexion et par l'expérience intérieure, j'ai découvert que rien n'a de sens, que la vie n'a aucun sens. Il n'empêche que tant qu'on se démène on projette un sens. Moi-même, j'ai vécu dans des simulacres de sens. On ne peut pas vivre sans projeter un sens. Mais les gens qui agissent croient implicitement que ce qu'ils font a un sens. Autrement ils ne se démèneraient pas. Si on tire la conclusion pratique de ma vision des choses, on resterait ici jusqu'à notre mort, on ne bougerait pas, cela n'aurait aucun sens de quitter le fauteuil où on est. Mon existence en tant qu'être vivant est en contradiction avec mes idées. Puisque je suis vivant, je fais tout ce que les vivants font, mais je ne crois pas à ce que je fais. Les gens croient à ce qu'ils font, car ils ne pourraient pas le faire autrement. Je ne crois pas à ce que je fais, mais j'y crois un peu malgré tout : c'est à peu près ça ma position. Mais tous les gens que j'ai connus dans ma vie, tous les gens qui font quelque chose, tous les gens qui ont un projet y croient, y projettent un sens. Et ce qu'on expérimente dans la vie quotidienne, eh bien, la même chose se passe au niveau de l'histoire. Les gens ne peuvent pas s'imaginer que cette histoire n'a pas au moins un peu de sens. L'histoire a un *cours,* mais l'histoire n'a pas un *sens.* Si vous prenez l'Empire romain : pourquoi avoir conquis le monde pour ensuite être envahi par les Germains ? Ça n'a aucun sens. Pourquoi l'Europe occidentale s'est-elle démenée pendant des siècles pour créer une civilisation, qui maintenant est visiblement menacée de l'intérieur, puisque les Européens sont minés intérieurement ? Ce n'est pas un danger extérieur quelconque qui est grave, mais eux, entièrement, sont mûrs pour disparaître. Toute l'histoire universelle est comme ça : à un moment donné toute civilisation est mûre pour disparaître. Alors on se demande quel sens a ce déroulement. Mais il n'y a pas de sens. Il y a un *déroulement.* Quel est le sens ? Pourquoi avoir fait des cathédrales ? Regardez Paris, qui a fait des cathédrales : elle a maintenant la tour Montparnasse. Faire la tour Montparnasse après avoir fait des cathédrales : peut-on dire après que l'histoire ait un sens ? Que la vie de Paris ait un sens ? Non. On se dépense, on fait quelque chose et ensuite on disparaît. Mais cette histoire, dont j'ai dit tant de mal, elle se déroule, pourquoi ? Parce que les gens ont toujours cru à un sens. La négation de l'histoire, c'est finalement la philosophie hindoue : l'action considérée comme quelque chose d'insignifiant, d'inutile. C'est uniquement la suspension du temps qui compte. Et en effet, si on réfléchit aux choses, on devrait cesser d'agir, de se mouvoir. On devrait se foutre par terre, et pleurer.

L. G. : De cette absence de sens, j'en viens à un autre thème de vos livres qui est le vide. Pourtant, il y a deux sortes de vide, si l'on y pense bien. D'un côté il y a *l'horreur du vide*, et de l'autre côté il y a *l'attrait du vide.* Donc, d'un côté il y a l'ennui, le temps qui passe, et de l'autre il y a ce qu'un philosophe bouddhiste a appelé le nectar de la vacuité, ce que les bouddhistes appellent la *shunyata.* Ce vide dont vous dites : « Il n'est guère que la perception du vide qui permet de triompher de la mort, car si tout manque de réalité, pourquoi la mort en serait-elle pourvue ? » Pouvez-vous me parler un peu de ces deux sortes de vide ?

C. : Il y a d'un côté l'ennui et de l'autre le vide en tant qu'expérience métaphysique. Pour vous parler de l'ennui : tout le monde le connaît. Je vais faire un peu d'étalage de connaissances : vous savez que l'écrivain qui a parlé avec le plus de profondeur de l'ennui, c'est Senancour. Il a écrit un livre aujourd'hui oublié qui s'appelle *Oberman.* Son livre est ce qu'on peut appeler une sorte de *culture* de l'ennui.

Et puis, vous vous rappelez peut-être dans les *Mémoires* de Saint-Simon le portrait extraordinaire qu'il fait du Régent ? Qui est une figure fascinante. Le Régent, c'est celui qui a succédé à Louis XIV. Pour expliquer que ce Régent était un type incapable de faire quoi que ce soit. Sauf de se soûler la gueule tous les soirs, puis appeler les filles. Il n'était peut-être pas un mauvais chef. Mais il montrait qu'il ne s'intéressait à rien. Alors Saint-Simon a ce mot extraordinaire sur lui : *Il était né ennuyé.* Le portrait que Saint-Simon fait ensuite de lui est tellement actuel. Il dit que le Régent ne pouvait aimer ni haïr personne. Le nerf de l'amour et le nerf de la haine, c'est le même. Si on est incapable de haïr, on est incapable d'aimer. Alors, ce Régent a donné le ton du XVIIIe siècle.

Et il a eu comme maîtresse, pendant deux semaines seulement, la femme qui a parlé avec le plus de profondeur, avant Senancour, de l'ennui : c'est la marquise Du Deffand. La marquise n'est plus lue actuellement, mais ses lettres sont absolument extraordinaires. Elles sont parmi les plus profondes qu'une femme ait jamais écrites. De loin supérieures à celles de Mme de Sévigné. Ses lettres étaient adressées surtout à Walpole, à Voltaire aussi, mais surtout à Walpole : elle avait une soixantaine d'années et elle écrivait des lettres d'amour à ce jeune homme qui l'a suppliée de cesser, les lettres étant ouvertes, elles pouvaient le compromettre en Angleterre. Mais pourquoi il faut lire ses lettres ? Parce que c'est la meilleure description vivante de l'ennui : *du temps qui ne coule pas.* Du temps qui manque d'objet. C'est l'ennui qui frise le désespoir. Ces lettres n'ont pas été rééditées. Mais comme expérience vivante elles sont extraordinaires.

Ensuite, il y a Chateaubriand. Il donne la même définition de l'ennui que Heidegger. Pour lui l'ennui, c'est la perception de l'existant. C'est par l'ennui qu'on voit les choses, qu'on les perçoit et qu'on se sent vivre. Dans *Atala,* Chateaubriand dit : *Je ne m'apercevais de mon existence que dans l'ennui.* Dans l'ennui, le temps ne peut pas s'écouler. Chaque instant se gonfle, et le passage d'un instant à l'autre ne se fait pas, pour ainsi dire. La conséquence c'est qu'on vit dans une inadhésion profonde aux choses. Tout le monde a connu l'ennui. De l'avoir connu par accès, ce n'est rien du tout. Mais avoir connu un état d'ennui constant pendant une période de sa vie, c'est une des expériences les plus terribles qu'on puisse faire. On croit qu'il n'y a que les vieux qui s'ennuient. Moi, j'ai surtout connu l'ennui pendant ma jeunesse. Je deviens indiscret, mais ça ne fait rien : je me rappelle parfaitement ma première expérience consciente de l'ennui. J'avais cinq ans, ça c'est ridicule, mais enfin, je me rappelle l'après-midi, il était exactement trois heures, j'ai eu cette expérience que j'ai formulée plus tard, j'ai senti le temps se *décoller* de l'existence. Car c'est ça l'ennui. Dans la vie l'existence et le temps marchent ensemble, font une unité organique. On avance avec le temps. Dans l'ennui le temps se détache de l'existence et nous devient *extérieur*. Or, ce que nous appelons vie et acte, c'est l'insertion dans le temps. Nous *sommes* temps. Dans l'ennui nous ne sommes plus dans le temps. D'où ce frisson extraordinaire, le sentiment de malaise profond, et je dois être objectif, on peut finir par aimer cet état. Cette sorte de complaisance à l'ennui, je l'ai connue dans ma vie. On se roule, on se vautre dans l'ennui. C'est une expérience qui peut être terrifiante, pour dire la vérité. Moi, je ne regrette pas de l'avoir connu, d'ailleurs tout le monde l'a connu d'une façon ou d'une autre. Mais j'insiste : l'ennui continu, l'ennui qui dure des mois, c'est ça le vrai ennui. Ce n'est pas du tout l'ennui pendant une demi-heure ou deux, ou un après-midi.

On peut aller jusqu'à Baudelaire, qui est le poète le plus profond de l'ennui. Je fais une petite parenthèse pour les Russes : pendant toute l'époque de Lermontov et de Dostoïevski, il y a l'expérience de l'ennui. C'est ce qu'on appelle le byronisme russe qui a triomphé et dont l'expression la plus extraordinaire est l'ennui de Stavroguine, des *Possédés*. Il existe un ennui russe, on voit ça chez Gogol jusqu'à Tchekhov, toute la Russie tsariste, on peut dire que c'est l'expérience de l'ennui. Je tiens à dire que je considère *Les Possédés* comme le plus grand livre du XIXᵉ siècle. Le plus grand roman aussi en général. Et Dostoïevski comme le plus grand écrivain de tous les temps, le plus profond.

Je passe maintenant au vide, qui ressemble extérieurement à l'ennui. Mais le vide dans ce sens n'est pas du tout une expérience européenne. C'est oriental, au fond. C'est le vide comme quelque chose de positif.

C'est comment se guérir de tout. On enlève toute propriété à l'être. Et au lieu d'avoir un sentiment de manque, et donc de vide, c'est le sentiment de plénitude par l'absence. Donc, le vide comme instrument du salut, pour ainsi dire. Comme voie, comme chemin du salut. On l'appelle *shunyata,* c'est donc la vacuité. La vacuité au lieu d'être une cause de vertige, comme l'ennui l'est pour nous, est quand même une forme de vertige. Ce n'est pas du tout une expérience négative. C'est une sorte d'acheminement vers la délivrance. Je me permets de vous signaler : pour moi, l'école philosophique la plus avancée, en tout cas, après laquelle il n'y a plus rien à dire, c'est l'école de *Madhyamika,* qui fait partie du bouddhisme tardif, qu'on situe à peu près au IIe siècle de notre ère. Il y a trois philosophes qui la représentent : ce sont Nagarjuna, Çandrakirti et Shantideva. Ce sont les philosophes les plus subtils qu'on puisse imaginer. Ils sont plus subtils que Zénon d'Élée. Si vous voulez, pour simplifier, vous vous imaginez un Zénon d'Élée qui se servirait de sa force dialectique pour détruire tout et par ces destructions libérer l'individu. Ce n'est donc pas du tout négatif. C'est, après avoir *tout* liquidé, n'avoir plus aucune attache : on est vraiment détaché, on est supérieur à tout. On a triomphé du monde : il n'y a plus rien. Pour nous qui avons vécu, qui vivons dans la culture occidentale, cette forme de pensée outrancière, nous l'appelons, enfin, on a appelé cela du nihilisme. Mais ce n'est pas du nihilisme, puisque le but, enfin l'aboutissement c'est une sorte d'extase vide, sans contenu, donc le bonheur parfait. Pourquoi ? Parce qu'il n'y a plus rien. Et voilà comment ce qui pour nous est négation, pour eux c'est un triomphe. C'est là le côté vraiment positif des positions extrêmes de la pensée orientale. Donc, ce qui pour nous est ruine, pour eux est couronnement. Cette école madhyamique n'est pas très connue en Occident, moi-même j'en parle avec un air d'autorité, mais je ne la connais pas bien non plus, parce qu'il y a très peu d'écrit là-dessus, tout n'est pas traduit. On connaît cela par les traductions tibétaines, mais c'est d'une subtilité absolument hallucinante. Et tout ça, pour quoi ? Pour délivrer l'esprit et le cœur. Ce n'est donc pas du tout une dialectique nihiliste, on a tort d'appeler ça nihiliste. Il détruit *tout,* Nagarjuna, tout, tout, tout, il prend tous les concepts de la philosophie et les ruine les uns après les autres. Et après, c'est une sorte de *lumière.*

L. G. : Merci, vous en parlez très bien. *(Petit ricanement intérieur de Cioran.)* Dans *Écartèlement,* vous citez : « Si on pouvait enseigner la géographie au pigeon voyageur, du coup son vol inconscient, qui va droit au but, serait chose impossible. » Ensuite, vous ajoutez : « L'écrivain qui change de langue se trouve dans la situation de ce pigeon savant et désemparé. »

C. : Donc, je vais parler de nouveau de moi. Vous savez, je suis arrivé en France en 1937. Je n'avais jamais pensé qu'un jour je me mettrais à écrire en français, au fond, je ne me considère pas comme écrivain. Je suis devenu écrivain par accident. Et enfin, même ça, ce n'est pas vrai. Il faudrait qu'on formule cela autrement. C'était en 1947, je me trouvais dans un village près de Dieppe, en vacances, et je m'amusais à traduire Mallarmé en roumain. Et tout d'un coup, je me suis dit : « Mais ça n'a aucun sens ! » J'étais en France depuis dix ans, et pourquoi traduire Mallarmé en roumain maintenant ? J'ai dit : « Non ! je vais abandonner tout ça. Je vais me mettre à écrire en français. » Je suis rentré à Paris et j'ai commencé tout de suite, pour ainsi dire. Et j'ai écrit la première version de ce livre qui s'appelle *Précis de décomposition.* Je l'ai écrit très vite. Et j'ai montré ce manuscrit à un ami qui m'a dit : « Ça ne va pas, il faut le réécrire. » Je ne l'ai pas réécrit, mais j'ai lu pendant toute une année les auteurs du XVIIIe siècle. Dont Mme Du Deffand, dont je vous parlais tout à l'heure. J'ai lu toutes les femmes du XVIIIe siècle. *(Rires.)* Mlle de l'Espinasse et tout ça. Et après j'ai donné une seconde version de ce livre. Et pour vous dire la vérité, je l'ai réécrit quatre fois. Cela m'a dégoûté d'écrire. Voilà pourquoi j'ai fait ça. J'avais lu que Pascal avait écrit *dix-sept* fois certaines *Provinciales*. C'est terrifiant ! Je me suis dit : « Quand Pascal a réécrit dix-sept fois certaines *Provinciales*, moi, en tant que métèque, pourquoi ne pas écrire ce livre quatre fois ? »

Il faut que je vous donne certains détails : la langue française est une des langues les plus difficiles qui soient. On ne peut pas s'imaginer ce que c'est. Une langue comme le roumain qui est un mélange de slave et de latin, et qui manque totalement de rigueur, on peut l'écrire comme on veut, n'est-ce pas ? Et dans toutes les langues on écrit comme on veut, sauf en français. J'étais à Paris, et il y a deux choses que j'ai découvertes en France. Ce que signifie manger. Et ce que signifie écrire. Avant de venir en France, je mangeais comme un animal. Parce que ma mère, *jamais* elle ne nous a expliqué : à midi, on va manger ça et ça. *Jamais* je n'ai entendu un commentaire disant : ça c'est bon, et ça c'est mauvais. On mangeait, c'est tout. *(Rires.)* Ma famille n'était pas absolument pauvre, loin de là, mais on considérait que l'acte de manger ne participait pas de la civilisation. Encore que je ne vienne pas d'un peuple civilisé, mais enfin, le problème n'est pas là. On n'en est pas là. Mais voilà ce qui se passait : quand je suis arrivé à Paris, j'ai débarqué dans un petit hôtel du quartier Latin. Et je descendais tous les matins pour téléphoner en bas, et je me rappelle, tout au début, j'entends la patronne, son mari et leur fils discuter : « Maman, qu'est-ce qu'on va manger à midi ? » C'est vrai, pendant une demi-heure ils élaborent tout un truc. Moi, je pensais qu'ils avaient des invités. Ça s'est répété deux ou trois fois, et finalement indéfiniment, puis je me suis dit : « Eh bien, manger, c'est donc un acte intellectuel. Ça fait partie vraiment de la civilisation. » Et je commençais quand je mangeais, à faire des commentaires : « C'est bon. » Je commençais à manger de façon consciente.

Eh bien, c'est la même chose qui s'est passée avec l'écriture. J'ai écrit plusieurs livres en roumain, qui sont tous mal écrits : je pensais qu'écrire, cela n'avait aucune espèce d'importance. On écrit pour dire des choses, mais le mode d'écriture, l'expression en elle-même n'avait pour moi aucune importance. Mais en France j'ai compris que l'acte d'écrire participe vraiment de la civilisation, comme la boustifaille. C'est exactement la même chose : c'est un acte *conscient.* De même on ne peut pas écrire en français de façon inconsciente. Il y a quelqu'un qui a joué un très grand rôle, au moment où j'ai commencé à publier mes livres. Je connaissais un personnage dont j'essaie de vous faire un petit portrait. Je peux même vous dire son nom, cela n'a aucun intérêt, il s'appelait M. Lacombe, qui traînait au quartier Latin, c'était un monsieur qui avait une sorte de barbiche comme ça, qui était manchot, il avait perdu un bras à la guerre de 14, et qui était un grand connaisseur de la langue basque. Lui-même, il n'avait rien écrit, sauf quelques communications dans sa jeunesse. Il était très riche, il ne faisait absolument rien, et il avait du français une connaissance extraordinaire. C'était un *maniaque* : par exemple, il allait souvent aux cours de la Sorbonne et si un professeur faisait une faute de français, il protestait dans la salle ! *(Tape du poing sur la table, rires.)* C'est exactement l'homme qu'il me fallait. Et comme on était tous les deux des oisifs, on se voyait souvent. C'était un très grand connaisseur de la langue française. Mais comme je vous ai dit, en dehors de ses communications sur la langue basque, il n'avait rien écrit. Il avait une bibliothèque remarquable. C'était un érotomane par-dessus le marché, il avait un enfer extraordinaire dont il citait des choses inouïes. Il abordait toutes les femmes dans la rue ou presque toutes. Et son plaisir c'était de parler avec les prostituées. Et ce qui m'amusait énormément, c'est qu'il reprenait les prostituées pour des fautes de français. *(Rires.)* Et ça peut paraître idiot, ça peut paraître ridicule, mais sur moi cet homme a eu une influence extraordinaire. Quand j'ai terminé définitivement ce *Précis de décomposition,* j'ai dit à M. Lacombe : « Il faut que je vous montre mon livre. » Il a dit : « Bof, si vous voulez... » On s'est donné rendez-vous dans un café, je m'amène avec mon manuscrit. Je lui ai lu une page et il s'est endormi. J'ai compris qu'il n'y avait rien à faire. J'aurais voulu qu'il le regarde de près : il a refusé. Mais jusqu'à un certain point, je lui devais, je lui dois ce livre. Avec sa manie de réfléchir sur les mots, de corriger tout le monde, même les professeurs, il a contribué à ce que j'ai appelé la conscience de l'acte d'écrire. C'est justement ce que je n'avais pas... Et qui n'est profondément développé qu'en France. Il n'y a qu'en France où le fait d'écrire soit vraiment quelque chose de sacré. C'est un peu stupide ce que je viens de dire, mais enfin, c'est vrai au fond. Vous savez que pendant la guerre de 14 dans le *Bulletin des Armées,* je ne sais plus comment cela s'appelait, le *tiers* du courrier, c'était pour la chronique grammaticale. Et même actuellement, il n'est pas rare de voir des gens discuter sur des mots. J'en parlais à un Irlandais, je lui ai dit qu'à mon avis il n'y avait que les Français qui avaient ce culte de la langue, il m'a dit : « Non, il y a les Irlandais aussi. » Mais ça, c'est pas vrai, les Irlandais sont des bavards... C'est pas la même chose. Je parle de l'acte conscient d'écrire. Si je n'étais pas venu en France, j'aurais peut-être écrit, mais je n'aurais jamais su que j'écrivais. Et il y a surtout la superstition de la perfection... Vous savez, quand on lit dans la biographie des écrivains, je ne sais plus quel écrivain qui réécrivait chaque lettre trois ou quatre fois... Donc, il ne faut pas que ça cloche : ça n'a aucun sens de dire, par exemple : un tel écrit parfaitement l'allemand. Ça n'a aucun sens. Même pas l'anglais. De toute façon, personne ne le dit. Quand vous lisez, par exemple, les chroniques littéraires dans l'*Observer,* dans *Sunday Times* ou dans *Die Zeit,* jamais, ou presque jamais on dit : « C'est bien écrit. » C'est un concept qui est strictement français. Ça n'existe pas, nulle part. Je connais beaucoup d'étrangers, parce qu'à Paris je ne vois que des étrangers, des écrivains, on n'en parle pas, jamais un Américain ne vous dira : « C'est bien écrit. » Ça, c'est un apanage français. Vous savez, pendant l'insurrection de 68, comme j'habite en face du théâtre de l'Odéon, j'y allais souvent entendre des discours. Et les étudiants disaient tout le temps : « Mais nos camarades ouvriers, pourquoi ne viennent-ils pas parler ? » Alors, il y a un type qui dit : « Nos camarades ouvriers ne veulent pas venir parler en public, parce qu'ils ont peur de faire des fautes. » Donc, la langue est devenue une sorte d'absolu. Dans l'histoire de l'humanité, c'est vraiment un cas unique. Puisque j'ai parlé du XVIIIe siècle, Mme Du Deffand cite les cas d'un certain Thomas qui était assez connu à l'époque, qui a failli rater son entrée à l'Académie, parce qu'il a fait un solécisme. C'est inouï. Là, je dois faire une remarque : ce culte de la langue, cette idolâtrie de la langue est sur le point de disparaître. Maintenant, il y a des éditeurs à Paris qui disent : « Laissez les fautes de français, ça n'a aucune espèce d'importance. Passez outre. » Cela marque un tournant très grave. Mais cela fait partie de la décadence générale. Ce n'est pas la peine d'insister, n'est-ce pas ?

L. G. : On peut dire que presque toute votre œuvre est en fragments, d'où vous vient cette prédilection pour le fragment ?

C. : Parce que je suis paresseux. Pour écrire quelque chose de suivi, il faut être un homme actif. Moi, je suis *né* dans le fragment. J'ai écrit aussi des textes plus suivis, mais ce n'est pas la peine de les citer. Maintenant, je n'écris plus que des aphorismes : je suis victime de mes propres idées. Puisque tout ce que j'ai fait, c'était d'attaquer la littérature, d'attaquer la vie, d'attaquer Dieu. Pourquoi dans ces conditions on écrirait quelque chose de suivi ? Pour prouver quoi ? C'était une logique inflexible qui m'a amené à cette attitude, et ensuite ça convient à mon tempérament. Je n'ai jamais rien écrit sans partir de données vécues. Tout ce que j'ai écrit, je l'ai écrit à cause de ça et ça et ça. Parce que j'ai eu l'avantage, comme j'ai dit, de ne pas être professeur, de ne pas enseigner, de ne pas pratiquer de métier, donc, de ne pas être tenu à une sorte de rigueur intellectuelle. Je me suis toujours considéré comme irresponsable. Donc, pour moi écrire, c'est dire ce que je veux. Quitte à me contredire, cela n'a aucune espèce d'importance. Je n'ai pas écrit pour l'honorabilité, ni pour le succès. Pendant longtemps, j'ai été pratiquement inconnu en France. Sauf dans certains milieux tout à fait réduits. Alors, je me suis dit : « Puisque ça convient à mon tempérament... » Enfin, ça c'est vrai : j'ai subi aussi l'influence des moralistes français, quand même. J'ai beaucoup admiré dans ma jeunesse Chamfort, La Rochefoucauld et tous ceux-là. J'ai lu Joubert, tous les moralistes. Mais c'est une question de tempérament.

Vous comprenez, écrire des aphorismes est très simple : vous allez dans les dîners, une dame dit une bêtise, ça vous inspire une réflexion, vous rentrez à la maison, vous l'écrivez. C'est à peu près ça, n'est-ce pas, le mécanisme. Ou bien en pleine nuit, on a une inspiration, un début de formule, à trois heures du matin on écrit cette formule. Et finalement, ça devient un livre. Ce n'est pas sérieux. On ne pourrait pas être professeur de fac avec des aphorismes. Ce n'est pas possible. Mais, je considère que dans une civilisation qui se désagrège, ça va parfaitement bien, ce genre de choses. Évidemment, il ne faut jamais lire un livre d'aphorismes d'un bout à l'autre. Parce qu'on a l'impression d'un chaos et d'un manque de sérieux total. Il faut le lire *uniquement* le soir avant de se coucher. Ou dans un moment de cafard, de dégoût. Si vous lisez Chamfort d'un bout à l'autre, ça n'a aucun sens. Puisque ces aphorismes se détruisent les uns les autres. Les aphorismes sont des généralités instantanées. C'est de la pensée discontinue. Vous avez une pensée qui a l'air d'expliquer tout, ce qu'on appelle une pensée instantanée. C'est une pensée qui ne contient pas beaucoup de vérité, mais qui contient un peu d'avenir. Dans les expériences de la vie, on peut toujours en vérifier le sens et le contenu. C'est un pli de l'esprit qu'il faut avoir. En Russie, dans la littérature russe, il n'y a pas d'aphorismes, à ma connaissance. En Allemagne très peu. Il n'y a que Lichtenberg et Nietzsche qui pratiquaient ce genre. En Italie non plus : c'est quand même une spécialité française, l'aphorisme. Mais c'est un mélange de sérieux et de pas sérieux. Je fais parfois des affirmations tout à fait insensées et on me les jette à la figure. Je peux très bien dire : « Écoutez, je dis le contraire : vous n'avez qu'à tourner la page. » Ce n'est pas que je sois un sophiste, le moraliste n'est pas un sophiste. Mais ce sont des vérités pensées dans l'expérience. Ce sont des vérités faussement fragmentaires. Il faut les accepter comme telles. Mais, évidemment, l'avantage de l'aphorisme, c'est qu'on n'a pas besoin de donner des preuves. On lance un aphorisme, comme on lance une gifle.

L. G. : Vous vous intéressez donc beaucoup à la philosophie orientale. Voyez-vous une justification à cette différence fondamentale qu'on fait toujours entre l'Occident et l'Orient ?

C. : Vous savez, je ne connais pas l'Orient. Je connais un peu le bouddhisme. Je connais également un peu la philosophie hindoue. Je dois dire que je considère la philosophie hindoue comme étant la plus profonde qui ait jamais existé. Naturellement, on peut dire : il y a la philosophie hindoue, puis la philosophie grecque et la philosophie allemande, comme grands systèmes. Mais l'avantage de la philosophie hindoue est celui-ci, qui est considérable : c'est qu'en Inde le philosophe est tenu à pratiquer sa philosophie. Il fait de la philosophie *en vue* de la pratique : puisqu'on cherche la délivrance. Ce n'est pas un exercice intellectuel. Il y a toujours un complément. Alors que les grands systèmes qu'on a faits en Grèce et en Allemagne, ce sont des constructions où il n'y a pas cette relation avec l'expérience vécue. On élabore un système, et ça continue. Personne ne demandait à un philosophe d'être aussi un sage. Et d'ailleurs, il n'y a pas de sage en Occident, puisque si l'on réfléchit un peu : qui est sage ? Montaigne. Mais citez un autre sage après Montaigne... Après, il y aurait Goethe, si l'on veut, mais l'exemple n'est pas bon. Montaigne, oui, c'est un sage. Mais dans la littérature française ou allemande ou anglaise, il n'y a pas de sages. Ce n'est pas une spécialité occidentale. C'était une spécialité de l'Antiquité, mais de l'Antiquité finissante. C'était au moment où la philosophie commençait à se désagréger. Alors qu'en Orient on ne peut pas imaginer les pères taoïstes comme des escrocs intellectuels ou des professeurs. Ce n'était pas un métier. Leur vie était indissolublement liée à leur pensée. Et ça c'est tout de même une chose capitale. Moi, personnellement, je respecte les gens non pas qui vivent leur pensée, mais qui sont directement mêlés à la vie. Mais le philosophe occidental est quelqu'un qui a été conçu. Quand on pense aux grands, aux systèmes allemands, ça n'a *rien* à voir avec la vie. La philosophie occidentale est une série d'hypothèses qui ont donné ensuite des constructions fantastiques, mais cela n'est pas du tout surgi de la vie, cela n'a pas non plus été élaboré en fonction de la vie. En Inde, en Chine, toute la tradition philosophique le dit. Je vous cite une chose : cela va vous donner une idée. Eliade m'a raconté que son professeur de philosophie, Dasgupta, qui a écrit la plus grande histoire de la philosophie hindoue en anglais, lui a dit ceci : « Le plus grand penseur de l'Occident, c'est Maître Eckhart. » Je citais cela récemment devant un philosophe allemand qui s'est mis à rire, qui trouvait cela absolument stupide : et pourtant c'est vrai. On peut dire que Maître Eckhart est le penseur le plus profond qui soit né en Occident. Ce n'est pas du tout une exagération ou une aberration. Mais le type de penseur comme Maître Eckhart, je crois que c'est tout de même un cas unique. Et ensuite Maître Eckhart était aussi un immense écrivain. Je crois que l'idée de Dasgupta est vraie. Maître Eckhart est vraiment un penseur qui aurait pu naître en Inde. Je vous recommande un livre qui est tout à fait remarquable : c'est un livre qui a paru en 1927, je crois, de Rudolf Otto. Otto a écrit un livre sur le sacré, qui est un livre de vulgarisation inintéressant. Mais il a écrit entre autres choses un livre qui a été traduit en français en tout cas : en allemand c'est

West-Östliche Mystik, en français c'est *Mystique d'Orient et d'Occident.* Cela a paru chez Payot. Pourquoi ce livre est vraiment intéressant ? Il montre les parallèles. L'idée même qu'il puisse y avoir une quelconque influence est impossible. Mais avec des citations il montre un certain parallélisme. Comment les deux mystiques évoluent indépendamment l'une de l'autre pour toucher aux plus grands problèmes métaphysiques. Parfois même dans le langage, il y a des analogies. C'est très impressionnant de voir ça. Le livre, je ne sais pas pourquoi il est oublié. C'est un très grand livre qui éclaire extrêmement bien le problème de la mystique. Vous savez, au fond, il faut séparer la religion de la mystique. Peut-être pas complètement, mais la mystique est quelque chose à part. C'est par les mystiques que les Occidentaux rejoignent les Orientaux. Là aussi, la vision mystique est *inconcevable* sans l'expérience. Un mystique qui n'a pas d'extase n'existe pas. Donc, il faut avoir *traversé.* Ce qui est intéressant, c'est que l'expérience mystique est formulée presque dans les mêmes termes dans les deux civilisations, si différentes. Parce que au fond, si vous songez à l'extase, que ce soit en Orient ou en Occident, ça n'a pas d'importance, il y a les altitudes qui forcent le langage. Où que vous soyez, vous êtes tenu à employer certaines expressions. Donc, il y a une similitude sur les hauteurs. Disons : au comble du vertige. Alors, Rudolf Otto qui est un grand spécialiste de la philosophie hindoue, il montre — et c'est très impressionnant — comment ces deux grands penseurs mystiques se rejoignent. Çankara était moins mystique que grand philosophe, alors que Maître Eckhart était vraiment un grand mystique et un grand philosophe. Ils arrivent presque au même langage.

L. G. : Vous dites que vous vous intéressez au côté

concret de cette philosophie hindoue et du bouddhisme. Le bouddhisme ne permet pas un accès à la délivrance uniquement par la connaissance. Il y a aussi les pratiques de méditation et les exercices...

C. : Les exercices ne m'ont jamais, à vrai dire, intéressé. Mais le bouddhisme m'a pendant très longtemps intéressé : le bouddhisme vous permet d'accéder à une religion sans avoir la foi. Le bouddhisme est une religion qui ne préconise que la connaissance. On vous enseigne que nous ne sommes que des composés, que ces composés se dissolvent, qu'ils n'ont pas de réalité, on vous démontre votre non-réalité. Et ensuite, on dit : maintenant, tirez les conséquences. Je ne veux pas me lancer dans l'exégèse du bouddhisme, mais puisque je parle de moi, je vous parlerai de mes relations avec le bouddhisme. Pendant très longtemps, je me considérais comme un bouddhiste. Je le disais, je m'en vantais, j'en étais fier. Jusqu'au jour où je me suis rendu compte que c'était une imposture. Même à l'heure actuelle je suis d'accord avec toutes les constatations négatives du bouddhisme : nous ne sommes pas réels, tout cela c'est des mensonges, tout est illusion... Mais la *voie* que préconise le bouddhisme m'est inaccessible. Le renoncement au désir, la destruction du moi, la victoire sur le moi. Si vous restez attaché à votre moi, le bouddhisme est une impossibilité. Donc, il faut triompher de son moi. Mais j'ai constaté que je ne pouvais pas triompher du mien. Et que j'étais obsédé par moi-même, comme nous tous. Comme tous les non-bouddhistes. Et un jour, je me suis dit : « Cette imposture doit finir, ton bouddhisme est un mensonge. » Et pendant des années j'ai vécu vraiment avec cette infatuation inouïe, je me comparais même au Bouddha. Et c'est vrai que mon expérience de la vie rejoint celle du Bouddha. Mais la vision du Bouddha sur la mort, sur la vieillesse, sur la souffrance, c'est une expérience que j'ai vécue et que je vis encore. C'est ma réalité quotidienne. Mais les solutions que préconise le Bouddha ne sont pas les miennes, puisque je ne peux pas renoncer au désir. Je ne peux renoncer à *rien*. Et là, je me suis dit : « Il faut que cette imposture finisse. Je suis un bouddhiste uniquement pour tout ce qui est procès-verbal sur la souffrance, la vieillesse et la mort. » Mais quand le Bouddha dit : maintenant il faut renoncer au désir, triompher du moi, je ne peux pas. Et je ne peux pas, parce que j'ai vécu dans la littérature et que tout ce que j'ai écrit, au fond, tourne autour du moi. Que ce soit mon moi ou le moi en général. Et ça, le bouddhisme, c'est exactement le contraire. Et ensuite tout de même, la grande idée du bouddhisme, c'est le renoncement. Et je dois dire que, quand je regarde autour de moi, je vois très peu de gens qui soient capables de renoncer. Et moi-même, à vrai dire, j'ai constaté que j'en suis *incapable*. Je pourrais vous citer un cas : je connaissais une femme du monde qui me disait tout le temps qu'elle était bouddhiste. Elle était très riche. Comme j'habitais à l'hôtel (j'ai habité pendant vingt-cinq ans à l'hôtel), je me suis dit : « Je voudrais, moi aussi, un appartement. » Et cette femme avait une dizaine de maisons à Paris, j'ai donc demandé à cette femme de me donner un appartement : « Puisque pour vous le moi n'existe pas, ça n'a pas d'importance... » *(Rires.)* Et finalement elle a dit : « Oui, écoutez, au quartier Latin, j'ai une grande maison, je vais vous montrer. » Et elle me montre le dernier étage, elle me dit : « J'ai deux pièces, l'une au début du couloir et l'autre à l'autre bout. » Elle me proposait cela comme appartement. Je lui ai dit : « Mais j'habite à l'hôtel deux chambres mansardées qui sont attenantes. Et vous me proposez deux chambres chacune au bout d'un immense couloir. Et vous me demandez un prix plus cher que ce que je paie à l'hôtel ! » Je dois dire que j'ai pris ça très, très mal et je l'ai attaquée. J'ai écrit un article contre tous les gens qui s'emballent pour l'Inde. On a dit que j'attaquais Eliade. C'était absolument faux. J'ai attaqué cette femme du monde. Et finalement, je me suis dit : « Ce que cette dame est, tu l'es aussi, parce que au fond tu parles de triomphe, tu te dis que tu es supérieur au monde, tu te donnes des airs de grand métaphysicien, et au fond, tu fais ce que font tous les autres dans la vie. » Et je me suis rendu compte que nous n'avons pas l'étoffe spirituelle pour devenir bouddhistes. Puisque le bouddhisme n'a de sens que s'il est vécu. Par exemple je suis un homme extrêmement colérique. Je me mets en colère, je ne peux pas me dominer. C'est un des plus grands péchés pour le Bouddha, la colère. La colère, j'essaie, mais je ne peux absolument pas la dominer. D'ailleurs, je vais vous citer un exemple qui m'a énormément frappé. Comment vous le raconter ? Dans le bouddhisme, tout ce qui est rancune, tout ce qui est colère, tout ce qui est mauvaise humeur, tout ça, même la *tristesse,* il faut le vaincre, et c'est la sérénité. J'en suis incapable.

Mais je voudrais vous citer un exemple qui m'a extrêmement frappé : je ne sais pas comment vous le raconter. Je vais être précis. Quelques jours avant l'entrée des Allemands à Paris, on m'a dit que l'argent n'aurait plus aucune valeur. J'avais mille francs. C'était idiot de perdre ces mille francs. Je n'avais qu'un costume, je pourrais en avoir un autre. Et je vais sur les grands boulevards m'en acheter un autre. Tout en étant parfaitement conscient de l'indécence d'aller acheter un costume au moment où tout foutait le camp. J'entre dans un magasin où il n'y avait personne naturellement. Le vendeur me montre plusieurs costumes. Et du coup je me dis : « C'est idiot d'acheter un costume ! » Et le type dit : « Aucun ne vous plaît ? » Je dis : « Non... » Il me dit : « Idiot ! » Et du coup, je me suis dit : « Il a raison, je me suis comporté comme un idiot, ce n'est pas le moment d'acheter un costume, quand tout un pays craque. Ce type a raison de me donner une leçon. » Voilà. Ça s'est passé donc il y a quarante ans. Et il y a deux ou trois ans, je me réveille en pleine nuit, en sursaut : « Ah ! », je me dis : « Ah ! » avec l'envie d'égorger ce type. Que j'avais complètement oublié, qui m'était complètement sorti de l'esprit, c'était une histoire que j'avais complètement oubliée. Et presque quarante ans après, je me réveille en sursaut avec l'idée de tuer ce type ! De venger cette insulte qu'il m'avait faite en me traitant d'idiot. Alors, je me suis dit : « Si une si mauvaise pensée a pu exister en moi pendant quarante ans souterrainement, une pensée qui était bien en moi, je suis donc marqué par ce qu'on appelle le péché originel, je suis une créature déchue, je n'ai pas de destinée spirituelle, j'ai lu tous les grands mystiques, je dois dire, mais au fond, je n'ai pas l'étoffe d'un mystique, parce que je ne conçois pas qu'un mystique soit capable quarante ans après d'en vouloir à un type... » Cela a été pour moi une leçon de modestie extraordinaire. Il est un peu stupide, l'exemple que je vous ai donné. Mais il est quand même très important dans ce domaine de ne pas céder au mensonge. Or, il est évident que dans les choses spirituelles on est très facilement tenté par le mensonge. Et qu'on se fait toujours des illusions sur soi-même. Dans le bouddhisme l'illusion, c'est l'ignorance. Et tous les malheurs dans le monde viennent de l'ignorance, selon le Bouddha.

L. G. : Vous êtes né en Roumanie dans une région où voisinent les Allemands, les Hongrois, les Roumains, qui s'appelle la Transylvanie. Votre père était prêtre, n'est-ce pas ? Ce qui joue un rôle très grand dans ce que vous avez écrit, dès votre jeunesse, c'est l'insomnie. Qu'est-ce qui vous a marqué si profondément dans votre jeunesse pour que vous en perdiez le sommeil ?

C. : Il est très pénible de parler de choses si personnelles. Mais puisque vous citez l'insomnie, je crois que ce n'est pas si mal que ça que d'avoir souffert d'insomnie dans sa jeunesse, parce que ça vous ouvre les yeux. C'est une expérience extrêmement douloureuse, c'est une catastrophe. Mais ça vous fait comprendre des choses que les autres ne peuvent pas comprendre : l'insomnie vous met en dehors des vivants, en dehors de l'humanité. Vous êtes *exclu*. Vous vous couchez à huit heures du soir, à neuf ou dix heures et le lendemain vous vous réveillez à huit heures et vous commencez votre journée. Qu'est-ce que c'est, l'insomnie ? À huit heures du matin vous en êtes exactement au même point qu'à huit heures du soir ! Il n'y a aucun progrès. Il n'y a que cette immense nuit qui est là. Et la vie n'est possible que par la discontinuité. C'est pour ça que les gens supportent la vie, à cause de la discontinuité que donne le sommeil. La disparition du sommeil crée une sorte de continuité funeste. Vous n'avez qu'un seul ennemi, c'est le jour, c'est la lumière du jour. Je ne veux pas entrer dans les détails, ce n'est pas la peine. C'est extrêmement pénible. Mais il se passe ceci, c'est que quand vous veillez, vous êtes seul... avec qui ? Avec personne. Vous êtes seul avec l'idée du Néant, c'est un mot usé à cause de Sartre... Mais ça devient une évidence, vous le sentez presque physiquement. Et toutes les choses qui étaient seulement des concepts deviennent pour vous des réalités vivantes. Premièrement, le temps prend une autre dimension. Le temps s'écoule à peine. Minute après minute. Et chaque minute est une réalité. Le temps qui coule, mais qui n'avance pas. On ne sait pas vers quoi il avance. Je ne voudrais pas décrire le processus psychologique du type qui reste pendant des heures comme ça à entendre presque le passage lent du temps. Au fond toutes les maladies psychiques, à mon avis, tous les ébranlements intérieurs, viennent d'un sentiment spécial du temps. On en a parlé tout à l'heure à propos de l'ennui : dans l'ennui le temps vous devient extérieur. Mais dans l'insomnie le temps, c'est votre ennemi. Parce que c'est un temps dans lequel vous ne pouvez pas vous insérer. Quel sens a ce passage du temps ? Vous êtes là, tout le monde ronfle, l'univers ronfle, vous êtes le seul à veiller. Alors, je ne veux pas parler du côté tragique, mais vous savez que quatre-vingt-dix pour cent des suicides viennent de l'insomnie. Je ne vous cite pas des statistiques, mais cela n'a pas d'importance. Je le *sais.* C'est l'insomnie. Un insomniaque se suicide, mais celui qui ignore l'insomnie ne se suicide pas. Sauf si c'est un escroc ou un voleur ou un criminel qui veut en finir. Mais en général, non. Presque tous les suicides sans raison sont dus à l'insomnie. On peut supporter cela, et c'était mon cas, à condition de ne pas travailler. Et j'ai même employé cette expression que si mes parents n'avaient pas *financé* mes insomnies, je me serais sûrement tué. C'est un peu indécent d'exposer tout cela, mais enfin, ce sont des choses que tout le monde peut connaître, c'est pour ça que j'en parle. Ce n'est pas une expérience individuelle, ce n'est pas seulement moi, je connais un tas de gens qui connaissent les mêmes choses. J'ai parlé avec des médecins sur l'insomnie, ils n'y connaissent rien. Ceux qui n'ont pas vécu eux-mêmes cette tragédie ne peuvent rien comprendre. Et je considère personnellement que l'insomnie, c'est la *plus grande* expérience qu'on puisse faire dans sa vie. C'est la plus terrible, toutes les autres ne sont rien à côté. Je suis net et définitif là-dessus. Je suis en veine d'indiscrétion et parce que c'est la seconde fois de ma vie que je parle en public, je vais vous faire une confidence.

Lorsque j'avais vingt ans, ma mère était évidemment désespérée d'avoir un fils qui à trois heures du matin quitte la maison pour aller se promener en ville comme ça. Qui ne fout rien, qui lit. Mais ça n'avait aucun sens : enfin, j'étais un échec complet. J'étais un type qui avait promis énormément et qui n'avait rien tenu. Je vous dis ça parce que, vous allez voir... J'avais donc vingt ans, et il n'y avait à la maison que ma mère et moi. Il était — je cite toujours l'heure, car dans tous les moments extraordinaires de la vie l'heure est importante, pas en soi, mais pour moi — il était deux heures de l'après-midi, je me rappelle, et je me suis *jeté* sur un canapé. Et j'ai dit : « Je n'en peux plus ! » Et ma mère qui était femme de curé, en fait de prêtre orthodoxe, il faut voir l'époque, elle me dit ceci : « Si j'avais su, je me serais fait avorter ! » Je dois dire que ces mots, au lieu de me déprimer, ont été une libération. Ça m'avait fait du bien... Parce que j'ai compris que je n'étais vraiment qu'un accident. Il ne fallait pas prendre ma vie au sérieux. C'était un mot *libérateur*. Seulement, c'était quand même à une époque où l'avortement n'était pas admis dans les familles, était une chose cachée. Maintenant ces choses-là sont normales. Et quand même que ma mère, qui était femme de prêtre, me dise ça... Et c'est à peu près à la suite de ça que j'ai compris que ma mère était une femme intelligente... et je la méprisais avant. Il y a deux choses qui ont fait que j'ai commencé à l'apprécier, parce qu'un jour elle m'a dit qu'elle n'aimait que Bach (et comme, moi aussi, je le considérais comme un grand musicien...), et ce mot sur l'avortement.

L. G. : Pour revenir à cette insomnie, elle est en quelque sorte une image, peut-être une caricature de l'éveil de la conscience...

C. : Oui, l'insomnie, c'est vraiment le moment où l'on est *totalement* seul dans l'univers. *Totalement.* Et si on avait la foi, ce serait beaucoup plus simple. Mais même moi, qui n'avais pas la foi, je pensais très souvent à Dieu. Pourquoi ? Parce que quand *tout* fout le camp, quand *tout* disparaît, il faut dialoguer avec quelqu'un, on ne peut quand même pas parler avec soi toute la nuit. Et la pensée de Dieu vient automatiquement. Et d'ailleurs, il est très important que je vous le dise, c'est qu'à vingt-cinq ans j'ai fait une crise religieuse. Une crise religieuse *sans* la foi. Mais pendant toute une année je n'ai fait que lire la vie des saints. J'ai dévoré *tout,* et surtout les saintes. *(Ricanements.)* J'étais comme un fou, je ne lisais que ça. *Et* Shakespeare. Cela ne va pas absolument ensemble, mais si quand même... Il peut y avoir des relations. Et pourquoi ? Parce que quand on vit totalement seul, quand l'univers est évacué, vous touchez à une sorte de limite. Et cette limite, c'est ce qu'on appelle Dieu, au fond, pour un non-croyant. Et pourquoi j'ai compris Maître Eckhart, vous allez voir pourquoi. Maître Eckhart parle, lui aussi, de Dieu comme une sorte de limite, mais qu'on doit dépasser. Il faut aller *au-delà* de Dieu, dans la déité. Il emploie même l'expression, je crois, que dans la déité Dieu s'écoule en Dieu. Et c'est pendant ces nuits d'insomnie que j'ai compris vraiment la mystique, les états ultimes, parce que au fond ce qui est fascinant dans la mystique, c'est qu'elle conçoit les états ultimes, il n'y a plus rien après que la folie. Vous êtes en pleine nuit, tout a foutu le camp, mais ce Dieu qui n'en est pas un surgit, et on a l'impression d'une présence mystérieuse. Et alors, parfois on connaît aussi l'extase et c'est la raison pour laquelle j'aime tellement Dostoïevski. Il a décrit les extases sans la foi. C'est Kirilov, c'est l'épileptique, tous les épileptiques de Dostoïevski connaissent l'extase sans la foi. Et moi, sans être épileptique, j'ai connu aussi ces extases, qui vous font comprendre les extases proprement religieuses. Vous ne me croirez pas, mais j'ai relu cinq fois *Le livre de la vie* de sainte Thérèse d'Avila. D'Avila, pas de Lisieux. J'ai lu presque toutes les biographies mystiques. Ce qu'on voit dans ces états, c'est comment on peut transcender Dieu. Dieu qui est l'extrême limite, on peut aller plus loin que l'extrême limite. Et c'est ça l'extase. C'est ce que Maître Eckhart appelle la déité qui vient au-delà de Dieu. Et quand on a l'extase... J'en ai eu dans ma vie cinq ou six, mais je n'en ai pas eu par la suite, donc je n'avais pas une vocation mystique, et c'est vrai que je n'étais pas épileptique non plus. Mais ce sont des cas limites. Et je dois dire que ce sont des sensations extraordinaires. Moi, je me disais que j'avais veillé pendant des années, donc c'était un capital de souffrance extraordinaire. Mais je me disais, en connaissant des extases : « Ça ne fait rien. » Toutes les souffrances que j'endurais étaient largement compensées par ces moments extraordinaires. Qui ne peuvent pas se décrire, ça n'aurait aucun sens. Mais c'est là qu'on a l'impression qu'on a dépassé Dieu. Et sans avoir l'impression qu'on est atteint mentalement. Je n'ai jamais eu l'impression que j'étais fou ou dérangé mentalement, pas du tout. J'étais parfaitement lucide. Mais ça, c'est la récompense de l'insomnie. Parce que tout n'est pas perdu... Il y a du positif dans cet état. Et alors, pour avoir connu l'extase, il était inévitable que je m'intéresse aux mystiques qui en ont fait l'expérience et la description. Parmi les pages les plus extraordinaires qu'on puisse lire pour décrire cette vie-là, le seul écrivain qui ait connu cette expérience et qui en ait parlé, c'est Dostoïevski. Parfois on parle de Dostoïevski et de Shakespeare pour se demander lequel est le plus grand, mais ça n'a aucun sens. Mais on peut dire que Dostoïevski a atteint des limites que Shakespeare n'a pas atteintes. Shakespeare est infiniment plus poète, ce que Dostoïevski n'est pas. Mais Dostoïevski est allé jusqu'à la limite de la raison, jusqu'au vertige ultime. Il est allé jusqu'à l'effondrement, par ce saut dans le divin, dans l'extase. Pour moi, c'est le plus grand écrivain, le plus profond et qui a à peu près tout compris, dans tous les domaines, même en politique. Vous avez encore des questions ?

L. G. : J'ai encore une dernière question. Toute conscience est bien sûr conscience de la souffrance, n'est-ce pas ? Vous écrivez dans *Ébauches du vertige* : « Si on parvenait à être conscient des organes, de tous les organes, on aurait une expérience et une vision absolus de son propre corps, lequel serait si présent à la conscience qu'il ne pourrait plus exécuter les obligations auxquelles il est astreint. Il deviendrait lui-même conscience et il cesserait ainsi de jouer son rôle de corps. »

C. : Je crois que chacun a pu faire cette expérience. Il est évident que notre chance justement, c'est de nouveau cette histoire de la *Bewusstsein als Verhängnis*, de la conscience comme fatalité, comme danger. Il est évident que la conscience est vraiment l'ennemi de la vie. On sait que dès qu'on est conscient d'un mouvement (c'est Kleist dans *Sur le théâtre de marionnettes*), on ne peut plus le faire. On le fait mal. Quand on s'analyse, quand on pense à son corps, quand on pense à ses yeux, tout d'un coup on se demande : mais tout ça... ? On a l'impression que cela ne peut plus marcher. Que cela n'a aucun sens. Que les organes vont donner leur démission, vont se retirer. Par l'inaction on peut parvenir à une sorte de conscience totale de ses organes, mais c'est une expérience qui n'est pas recommandée ni recommandable. C'est extrêmement dangereux, et on ne peut aller qu'à l'effondrement. Il est très possible que les gens qui s'interrogent tout le temps sur leur mécanisme physique, que la cause de leur dépression c'est ça, qu'on est *conscient* de ses organes. Il ne faut absolument pas. Je pourrais donner des détails, je crois que le mieux c'est de ne pas le faire.

L. G. : Mais alors, pour faire cesser la souffrance qui va de pair avec la conscience, il faudrait peut-être supprimer toute cette conscience, cette conscience qui nous fait percevoir aussi ce qui nous fait plaisir, ce qui nous fait du bien. Mais ne serait-ce pas là en quelque sorte jeter le bébé avec l'eau du bain ? Si l'on est si douloureusement conscient des choses, on n'a plus que le choix entre l'oubli et l'illusion. Est-ce qu'il ne nous reste aucune autre solution pour échapper à cette souffrance que de bel et bien supprimer cette conscience ?

C. : On ne peut pas la supprimer. Si vous êtes voué à la ruine, par exemple, si l'instinct de destruction subsiste en vous, vous ne pouvez pas vous échapper, c'est fichu, n'est-ce pas ? On peut très bien s'effondrer, c'est une solution, l'effondrement. Mais on ne peut pas avoir son propre corps en main. Je pense à une chose qui m'est arrivée tout à fait récemment. J'ai reçu il y a deux semaines une lettre. J'avais un ami qui était photographe. Il n'était pas philosophe, il avait très peu lu, mais c'était un homme totalement dénué d'illusions. Je l'ai connu à la fin de la guerre. Quand je parlais avec lui, parfois j'avais l'impression d'être naïf. Et cet homme, à soixante ans, a épousé une jeune fille. Il a eu un enfant. Et je lui dis : « Mais enfin, vous qui n'avez aucune illusion sur rien, comment pouvez-vous faire une chose comme ça ? » Alors lui : « C'est comme ça, je me suis amouraché de cette femme... » Je trouve que ce qui est vraiment beau dans la vie, c'est de n'avoir absolument plus aucune illusion et de faire un acte de vie, d'être complice d'une chose comme ça, d'être en contradiction totale avec ce que vous savez. Et si la vie a quelque chose de mystérieux, c'est justement ça, que sachant ce que vous savez, vous êtes capable de faire un acte qui est nié par votre savoir. Et je dois dire que ce photographe était vraiment quelqu'un d'extrêmement bien, à l'époque je le voyais souvent, mais à un moment on ne se voyait plus, la dernière fois qu'on s'est vus c'était il y a sept ans, parce que étant juif allemand il était retourné en Allemagne. Et j'étais extrêmement impressionné de recevoir la lettre de son fils, qui le jour même de la mort de son père m'a écrit : « Mon père avant de mourir a pensé à vous, et il m'a demandé de vous écrire un mot — je dis ça par vanité —, vos livres l'ont accompagné toutes ces dernières années. » Et je trouve que quand on reçoit une lettre pareille, on se dit que finalement ça vaut la peine d'écrire, ça donne une justification, si vous voulez. Parce que cet homme qui avait tout dépassé, qui ne croyait plus absolument à rien, qui avait pu s'amouracher et commettre cet acte imprudent qu'est le mariage et avoir un enfant, cette contradiction entre son savoir et ses actes donne une dimension mystérieuse à la vie et en un certain sens la rachète. Je ne crois pas que c'est la peine de se lancer dans de grandes théories métaphysiques sur ce qui est le mystère, etc., c'est ça le mystère, qu'on puisse faire quelque chose qui est en contradiction avec tout ce que vous savez. Donc, c'est une sorte d'aventure, de folie.

L. G. : Je voudrais terminer avec une dernière citation que je trouve très touchante. Vous dites quelque part dans *Écartèlement* : « On ne peut être content de soi que lorsqu'on se rappelle ces instants où selon un mot japonais on a aperçu le " Ah ! " des choses. » Quel est ce « Ah ! » des choses ?

C. : Ça, on peut le sentir, mais on ne peut pas l'exprimer en paroles, de toute façon, sauf à dire « Ah ! » indéfiniment. *(Rires.)* Il n'y a pas d'explication rationnelle des choses comme ça. *(Éclat de rire.)* Moi, je regrette, je n'ai pas de réponse, il ne peut pas y en avoir : on ne peut pas formuler abstraitement une chose qui doit être vraiment sentie.

Question dans la salle : Que pensez-vous du suicide ?

C. : Ce qui est beau dans le suicide, c'est que c'est une décision. C'est très flatteur au fond que de pouvoir se supprimer. Le suicide en lui-même est un acte extraordinaire. Comme Rilke parle de la mort qu'on a en soi, on a aussi le suicide en soi. La pensée du suicide est une pensée qui aide à vivre. C'est ça ma théorie. Je m'excuse de me citer, mais je crois que je dois le faire. J'ai dit ceci que sans l'idée du suicide je me serais tué depuis toujours. Qu'est-ce que je voulais dire ? Que la vie est supportable uniquement avec l'idée qu'on puisse la quitter quand on veut. Elle est à *notre* discrétion. Cette pensée au lieu d'être dévitalisante, déprimante, est une pensée exaltante. Au fond nous sommes jetés dans cet univers, on ne sait vraiment pas pourquoi. Il n'y a aucune raison que nous soyons là. Mais l'idée qu'on puisse triompher de la vie, que nous *tenions* notre vie, que nous puissions quitter le spectacle quand nous voulons, c'est une idée exaltante. Une des raisons pour lesquelles j'ai toujours eu une attitude antichrétienne, c'est que le christianisme a mené campagne contre le suicide, alors que le suicide est l'auxiliaire de l'homme. C'est l'une des grandes idées que l'homme possède. Or, pendant deux mille ans on a empêché les gens de se tuer. *(Rires.)* Non, j'ai forcé ma pensée, ce n'est pas de se tuer, mais d'avoir l'idée de se tuer. Vous savez que sous la monarchie, quand on se tuait, on donnait votre fortune aux dames de la Cour. On voit ça dans Saint-Simon, dans Dangeau : le roi a donné à la comtesse Unetelle la fortune d'Untel parce qu'il s'est tué. Sans le suicide la vie serait à mon avis vraiment insupportable. On n'a pas besoin de se tuer. On a besoin de *savoir* qu'on peut se tuer. Cette idée est exaltante. Elle vous permet de supporter *tout.* C'est un des plus grands avantages qui soient donnés à l'homme. C'est pas compliqué. Je ne suis pas pour le suicide, je suis uniquement pour l'utilité de cette idée. Il faut même dans les écoles qu'on dise aux élèves : « Écoutez, ne soyez pas désespérés, vous pouvez vous tuer quand vous voudrez. » *(Rires.)* Mais ça c'est vrai. Les gens ne s'en tueront pas pour autant, il n'y aura pas plus de suicides. Je suis pour une sorte de réhabilitation de cette pensée. Je suis sûr que l'homme en a besoin : quand on réfléchit vraiment pourquoi on est jeté ici, on ne sait pas. Ce que nous faisons n'a aucun intérêt, en général. Pourquoi ? Quand on sait ce que l'avenir réserve aux hommes... L'idée qu'on est maître de soi, on n'a qu'à se tuer... Tout est réglé. Écoutez, j'ai un ami qui me téléphone de temps en temps : il veut se suicider. Et depuis très longtemps. Il était dans une clinique psychiatrique, il était mineur, et il m'a demandé l'autorisation. Je lui ai dit : « Je ne peux pas vous donner l'autorisation, parce que je ne veux pas aller en prison, je ne peux pas. Vous savez que je suis pour le suicide, mais je ne peux pas vous y pousser. » Lâchement, j'ai dit : « Demandez au psychiatre. S'il est d'accord, vous n'avez qu'à vous suicider. » Et après — il était en province, il est venu à Paris — je l'ai eu, pour ainsi dire, sur le dos. Parce qu'il me téléphone cinq, six, dix fois par an : « Je veux me tuer. » Je lui dis : « Écoutez, le seul conseil que je puisse vous donner, c'est : attendez encore vingt-quatre heures. Si demain vous voulez encore vous tuer, vous verrez. Il se peut que non. Mais ne vous tuez pas sur le coup, tout de suite. » Et alors, comme il est un peu timbré — je vais finir là-dessus, parce que l'exemple est grotesque — il m'a dit (il m'a téléphoné il y a quelques mois) : « Cette fois-ci, c'est sérieux. Je vais me suicider. » Je lui dis : « Pourquoi ne l'avez-vous pas fait ? — Parce que j'ai vu que mes pieds étaient sales, je n'avais pas la force de les laver. » Je lui dis : « Mais quelle importance ? » Il me dit : « Non, non, je veux être dans une tenue absolument convenable. » *(Rires.)* Vous savez, quand on écrit sur ces choses-là, on est embêté, on a des emmerdements. Il y a quelqu'un qui me téléphone et qui me dit : « Écoutez, je veux vous voir tout de suite, car je sens que je vais me suicider. » Je lui dis : « Écoutez, je ne peux pas, j'ai quelqu'un chez moi, je ne peux pas. » Il me dit : « Non ! Je sens que je vais me suicider. » Je lui dis : « Mais vous n'en êtes pas à quelques heures près ? Vous pouvez attendre un peu. » Je lui dis : « Écoutez — il habitait Montparnasse —, je vous donne rendez-vous à onze heures et demie au Dôme. » Mais je n'étais pas fier, toute la soirée, je me suis dit : « Mon Dieu, il aurait mieux valu que j'accepte de le voir tout de suite. » Et je vois sa femme, qui attendait dehors. Et là, ç'a été terrible... Je me suis dit : « Alors là, il s'est tué. » Je n'étais pas très, très fier. Et je lui dis : « Et votre mari ? » Elle me dit : « Justement, il s'est endormi. Je n'ai pas voulu le réveiller. » *(Rires.)*

Il y a un côté comique. Mais ce même garçon, il a essayé effectivement de se suicider il y a trois semaines. Il avait des raisons de se suicider, évidemment ça... Alors, sa femme l'a surpris au moment où dans la salle de bains il allait avaler les cachets et elle a appelé Police Secours. Et quand Police Secours est venue, avec cinq flics, il a dit : « Mais... je voulais me tuer pour des raisons métaphysiques. » Les flics ont dit : « Non, non, nous sommes venus là pour d'autres raisons. » *(Rires.)*

L. G. : Bon. Merci, vous avez beaucoup parlé. Merci. Vous avez parlé presque sans interruption, vous devez être fatigué. Je crois qu'on va en rester là. Merci.

(Applaudissements.)

Entretien donné à la Maison Descartes d'Amsterdam, le 1er février 1982.

ENTRETIEN AVEC LUIS JORGE JALFEN

Luis Jorge Jalfen : Monsieur Cioran, je viens d'Argentine, qui est un pays très lointain dans l'espace, mais très proche de la tradition européenne, ce qui nous pose, cycliquement, des problèmes d'identité culturelle. Il y a cependant une très grande différence entre les Américains du Nord et ceux du Sud. J'aimerais entamer cette rencontre en vous demandant comment vous voyez l'avenir de l'Amérique.

Cioran : En ce qui concerne l'Amérique du Nord, il s'agit à mes yeux d'une civilisation sans avenir. Et je ne parle pas du point de vue technique.

L. J. J. : Oui, je crois que nous faisons allusion au sens de l'existence.

C. : L'Amérique du Nord n'a pas la volonté de s'imposer dans l'histoire. Elle a défendu des valeurs qui lui sont totalement extérieures. Cependant, ce qui est intéressant, en elle, c'est que tout ce qu'elle entreprend échoue.

L. J. J. : Mais je vous dirai qu'en Amérique latine, notre problème est que les classes dirigeantes croient au progrès comme si nous étions Européens et non pas

Sud-Américains. On pense qu'il y a une histoire unique, qui s'achemine sur un parcours linéaire, et qu'il suffit, dès lors, de nous lancer. À la pointe du « progrès » et de la consommation vont les États-Unis, l'Allemagne, la France et les pays nordiques. Le reste court derrière, *en voie* de les rattraper. Mais comme les grandeurs correspondent exactement aux pays « développés », comme dans le paradoxe de Zénon, nous ne pourrons jamais les rejoindre. Il est nécessaire de reconsidérer cette supercherie du mouvement historique régi par une seule mesure.

C. : La crainte de tous ces pays, des grandes civilisations comme la France, l'Allemagne, l'Angleterre, est d'assumer des responsabilités. Tout ce qu'ils voudraient, c'est que l'histoire se fasse loin d'eux. Les peuples ne sont pas au même niveau de fatigue. Si tous étaient également épuisés, l'harmonie universelle s'établirait. Par malheur, il y a des peuples qui ne sont pas fatigués. La France a mille ans d'histoire derrière elle. C'est le peuple qui a livré le plus de guerres en un millénaire. Mais il ne semble pas qu'on en ait tenu compte. Le cas de l'Allemagne est un peu différent, elle n'a pas eu d'existence nationale, elle a un destin relativement récent en tant que grande nation, que grande puissance. C'est pour cela qu'elle a pu provoquer deux guerres mondiales. Il a fallu la participation du monde entier pour briser son élan. Mais à présent elle est au même stade que la France et l'Angleterre. Je crois même que pour le moment elle est guérie du désir de conquêtes. De toute manière, l'histoire universelle se réduit à cela : les nations ne peuvent parvenir au même degré d'épuisement.

L. J. J. : Je pense que la question que vous soulevez doit être mise en relation avec l'absence de conscience de la finitude. Il y a quelques jours, j'ai lu certaines déclarations de Leonardo Sciascia — un écrivain italien qui vient de recevoir un prix —, selon lesquelles l'Occident manque d'un authentique sentiment de la mort, d'une véritable conscience des limites. Il attribue une assez médiocre valeur à la vie, à la qualité de l'existence.

C. : C'est de la fuite devant la mort, du rejet de la mort qu'il s'agit. Plus on est civilisé (au mauvais sens du terme), plus on refuse la mort. Pour l'homme de la campagne, pour les anciens habitants de la terre, la vie et la mort étaient situées sur le même plan. Le citadin, au contraire, met la mort de côté, l'escamote.

L. J. J. : Et plus encore : la mort est maintenant administrée par la médecine — qui en est la bureaucratisation.

C. : C'est cela, justement, escamoter la présence de la mort, pour la voiler et la masquer. C'est pour cela que l'homme occidental, l'homme civilisé, se sent mal, se précipite chez le médecin, le pharmacien. À mes yeux, il s'agit de la terreur de la souffrance.

Mais pour en revenir à ce que nous disions tout à l'heure, ce n'est pas l'évolution historique ou l'évolution tout court qui explique la tragédie de l'homme. C'est la tragédie initiale ; le problème est là, c'est le fait d'être homme qui est tragique en soi.

L. J. J. : Il y a un ordre de problèmes qui me préoccupe beaucoup : il s'agit des choses en tant que telles ; je veux dire que nous parlons de la condition humaine et de son caractère métaphysique ; du fait que l'expulsion du paradis et tous ces phénomènes premiers et originaux scellent le destin de l'existence. Mais jusqu'à quel point ces déterminations métaphysiques ne sont-elles pas incluses dans la signification des choses mêmes, de *toutes les choses* ? Je crois que nous sommes encore trop humanistes et romantiques.

C. : Parce que nous sommes contaminés par l'homme et par son désir de domination.

L. J. J. : Quand on pense que les philosophes, qui devraient être ceux qui parlent de *ce qui est,* se vouent à écrire sur la conscience, la perception, les valeurs, la connaissance. Mais pour savoir ce qu'est une rose, le soleil, l'espace et le temps, ou la vie, notre culture préfère se fier aux botanistes, aux astronomes, aux physiciens et aux biologistes.

C. : C'est qu'il semble que l'apparition de l'homme soit due à une explosion de mégalomanie. L'ambition est à l'origine des désastres. C'est ce qui rend les gens malheureux, désireux de se surpasser. Tout le mal vient de cette volonté de dépassement, de cette infirmité mentale, de cette omnipotence.

L'homme est une apparition étrange, fruit d'un devoir originel qui le pousse à aller au-delà de ses limites, au-delà de l'humain. C'est cela qui l'a marqué et — chose extraordinaire — c'est pour cela qu'il est condamné. L'homme a forcé ses propres limites. L'homme n'est rien ou, en tout cas, il est peu de chose. Mais en voulant être tout, il s'est perdu, par manque de modestie, et maintenant, il ne peut plus s'arrêter. C'est pour cela qu'il n'y a rien à faire. Et c'est aussi en cela que réside l'aspect génial de l'homme. Il faut qu'il continue ; là est la logique de l'existence humaine. C'est normal, en définitive. S'il est un mot pour désigner l'avenir, ce mot est « enlisement ». Il est destiné à s'enliser parce que tout destin exceptionnel implique une chute. Je suis de plus en plus persuadé que l'homme finira — métaphysiquement, historiquement — par être un fantôme, une ombre ; ou qu'il deviendra une sorte de retraité ou d'imbécile. On ne peut le « sauver », parce que la voie qu'il a prise est nécessairement néfaste. Si je m'oppose aux utopies, c'est parce que l'homme s'est engagé sur un chemin qui ne peut le conduire qu'à sa perte. Il ne peut se comporter autrement, il ne peut reculer, et c'est là sa tragédie. L'homme a tout, sauf la sagesse. Par exemple, je connais beaucoup de gens qu'elle tente, mais ce sont des monstres incapables de sagesse, et j'en suis moi-même plus incapable que les autres. Nous sommes tous des non-sages.

L. J. J. : Monsieur Cioran, je me demande, et je vous demande : quel est le rôle du penseur, en ces temps d'égarement ?

C. : Seulement de témoigner. Il ne peut avoir aucune influence sur le cours des choses. Le penseur apporte un témoignage. Il est comme un gendarme qui vient de constater un accident. Tel a été le cas de Montaigne, mais son message est sans effet parmi les penseurs. Il y a des gens qui ont eu un destin intéressant, mais parmi les philosophes, il n'y a pas de sage. L'homme est devenu fondamentalement incapable de sagesse.

Écoutez, je ne suis pas philosophe. J'ai fait des études de philosophie dans ma jeunesse, mais j'ai vite abandonné toute idée de me lancer dans l'enseignement. Je ne suis rien de plus qu'un *Privat Denker* — un penseur privé —, j'essaie de parler de ce que j'ai vécu, de mes expériences personnelles, et j'ai renoncé à faire une œuvre. Pourquoi une œuvre ? Pourquoi la métaphysique ? Carnap a dit une chose profonde : « Les métaphysiciens sont des musiciens sans don musical. »

L. J. J. : Que répondrez-vous, si je vous demande : « Où est le tabernacle ? » C'est-à-dire : Où sont les Tables de la Loi ? Qui sont ses gardiens ? Où peut-on trouver certains types de preuve de la divinité, je ne veux évidemment pas dire en personne, mais en tant que phénomène originel de la présence, en tant que manifestation de la vérité ? Y a-t-il de tels chroniqueurs parmi nous ? Semblables témoins existent-ils ?

C. : Oui, ils existent. On peut les trouver dans n'importe quel milieu, et ils n'ont aucun rapport avec ce qu'on appelle niveau intellectuel. J'ai pratiqué des gens de toutes sortes, des gens qui ont *compris*. Pour moi, l'humanité se divise en deux catégories : ceux qui n'ont pas compris (presque toute l'humanité, en fait) et ceux qui ont compris, et ils ne sont qu'une poignée. Mais encore, que veut dire « avoir compris » ? J'ai connu un mendiant à Paris qui jouait de la flûte aux terrasses des cafés. Il réfléchissait tout le temps. Un jour, complètement désespéré, il est venu chez moi. J'avais jusque-là cru qu'il était mort, car je ne le voyais plus depuis des années, et il était sans domicile fixe, on ne lui connaissait pas de maison. Il dormait parfois sous les ponts, parfois dans les grands hôtels, car il gagnait beaucoup d'argent mais dépensait tout. Lors de cette rencontre, je lui ai dit : « Écoute. Tu es le plus grand philosophe de Paris, le seul grand philosophe contemporain. » Il m'a répondu : « Tu te paies ma gueule. Tu te moques de moi. » J'ai protesté : « Non, en aucune manière. Si je t'ai dit ça, c'est parce que tu *vis,* tu réfléchis tout le temps ; tu fais l'expérience des problèmes, et tes problèmes sont mêlés à ta vie. » Son existence me rappelait celle des philosophes grecs qui tenaient leurs discours dans les rues et les marchés. Ses paroles se confondaient avec la vie même.

Mais pour en revenir à ce que nous disions, il faut reconnaître que ceux qui ont *compris* sont généralement ceux qui ont échoué dans la vie. Je me souviens d'un autre cas, celui de quelqu'un qui avait été très riche dans l'un des pays de l'Europe de l'Est. Ayant tout perdu, il vivait dans une mansarde. Une fois, il m'a dit quelque chose d'extraordinaire : « Le régime communiste m'a dépouillé de tout, mais je lui en suis reconnaissant, parce que en perdant tout, j'ai trouvé Dieu. » Voyez-vous pourquoi l'échec est indispensable au progrès spirituel ? L'échec est une expérience philosophique capitale et féconde.

Pendant ma jeunesse, j'ai fréquenté quelqu'un qui a eu sur moi une influence immense. Il devait se marier, et le jour même du mariage, au dernier moment, il a disparu ; il a abandonné tout le monde et sa future femme. Dès lors, il a vécu une vie de marginal. C'est un homme qui heureusement ne poursuit aucun but, dans la vie ; chaque fois que je le rencontre, il parle comme un sage. L'homme qui triomphe est, au contraire, celui qui ne voit que son but personnel.

L. J. J. : Monsieur Cioran, dans ces entrevues que vous m'avez si aimablement accordées, nous ne pouvons éviter de considérer la situation de l'homme occidental. Je crois qu'en Argentine, elle nous préoccupe tout particulièrement. On a l'impression que ni la souffrance contemporaine, ni la société de consommation, ni la société prétendument « socialiste » ne peuvent l'apaiser. On dirait que cette souffrance originelle se manifestera toujours sous des formes nouvelles.

C. : C'est qu'il y a parmi nous une peur terrible de souffrir. Mais, en définitive, vouloir éradiquer la douleur a-t-il un sens ? Étant donné que même les êtres primitifs ont souffert, la douleur est une constante. Avant, il n'y avait pas de médicaments, mais aujourd'hui, on a inventé un ensemble de moyens pour éviter la souffrance. Considérez que le christianisme, par exemple, serait privé de toute consistance si l'on supprimait l'idée de la souffrance et de la douleur. De nos jours, l'escamotage de cette dimension métaphysique caractérise l'homme civilisé. Pour ma part, je ne suis pas croyant, mais la religion m'intéresse. Et ce qui est paradoxal, c'est que de nombreux croyants, au contraire, ne s'intéressent pas le moins du monde à la religion et à ce qu'elle implique. Parce que si l'on supprime le mal ou le péché originel — qui sont liés à la souffrance —, le christianisme n'aura plus aucun sens. Parmi bien d'autres choses, il sera impossible d'expliquer l'histoire de l'homme occidental.

L. J. J. : Croyez-vous que la philosophie ait quelque chose à dire concernant ce détournement de la douleur et de la mort ?

C. : Je ne le crois pas. On peut dire que la philosophie est, dans le fond, dissociée ; elle est devenue une activité en soi. Qu'est-ce que cela signifie ? Qu'avant même d'avoir abordé un problème, elle prend la parole, et croit de la sorte dire quelque chose sur la réalité. Celui qui « invente » la parole « dévoile » parfois la réalité, mais, à mon sens, ce n'est pas la bonne voie ; elle peut être extrêmement dangereuse. C'est pour cela que je crois qu'en philosophie, il n'est pas nécessaire d'inventer sans cesse des mots nouveaux, des termes techniques. Nietzsche n'a pas créé de mots, ce qui n'a pas amoindri son œuvre. Tout au contraire : cette technicisation est le grand danger de la philosophie universitaire, et c'est ce qui l'éloigne des choses.

L. J. J. : C'est qu'il semble bien que les impératifs techniques aient aussi gagné la sphère de la pensée et de ce qu'on appelle communément les « humanités ».

C. : Mais remarquez qu'au fond, chacun sait que par la spécialisation et la technique le monde se détruira.

Et il est maintenant nécessaire de l'admettre comme un fait acquis. Avant, les parents croyaient que l'avenir de leurs enfants serait heureux ; ils disaient : « Pour eux, les conditions seront plus favorables. » À présent, je plains ces enfants d'hier, parce qu'ils sentent sans doute que leur vie a changé ; maintenant, le progrès existe, tout le monde en parle, mais le progrès est en lui-même compromis. Dans les temps anciens, il y avait la peur de la fin du monde — quelque chose qui allait arriver —, mais désormais, l'apocalypse est présente, de fait, dans les préoccupations quotidiennes de tout un chacun.

L. J. J. : C'est intéressant, car vous suggérez que tous, dans leur for intérieur, ont la terrible conviction...

C. : Oui...

L. J. J. : Pardonnez-moi, mais cela peut nous donner la possibilité de toucher au cœur d'un problème important sur lequel fonder le dialogue réflexif et vers lequel orienter notre attention.

C. : Mais sans que le dialogue puisse empêcher la catastrophe qui en fait est déjà là. On peut mener la compréhension du problème ou le dialogue jusqu'à la fin, mais — comme je l'ai dit — cela n'empêche pas, à mes yeux, la catastrophe.

L. J. J. : Qu'appelez-vous « catastrophe » ? Il ne s'agit pas de l'explosion de la bombe atomique.

C. : Non, bien que cela aussi en fasse partie. Le danger d'une explosion nucléaire est sans doute inclus dans ce que j'appelle « catastrophe », mais il n'est pas intéressant, parce qu'il est évident.

L. J. J. : C'est que l'homme d'aujourd'hui vit sous la pression d'impératifs qu'il croit naturels. L'industrialisation nous a coûté notre âme — comme à Faust — et nous ne savons que faire du temps gagné. Cependant, par un mécanisme étrange, tout va grossir les préjugés, qui sont monnaie courante. Pis encore : les critiques mêmes sont englouties par le Grand Moloch. Vous savez bien que cette culture peut tout digérer. Nietzsche, par exemple, qui a été l'un des plus éminents critiques des « succès » de la société industrielle de consommation naissante, même lui fait partie des programmes universitaires dans lesquels on le consomme.

C. : Mais ce danger guette tout le monde ; c'est le danger de la réussite. J'aimerais vous rappeler quelques paroles de Pascal : « Vous n'avez pas idée des dangers de la santé et des avantages de la maladie. »

Le drame de l'existence en général, c'est que tout ce que l'on gagne d'un côté est perdu de l'autre. L'humanité aurait fort bien pu rester inerte. Si l'on va au fond des choses, on se rend compte que l'homme aurait eu intérêt à demeurer tel qu'il était. Pourquoi cette frénésie de nouveauté ; de nouveauté dans le domaine de la pensée, de la poésie, en tout ?... Toujours et encore la nouveauté. C'est ridicule. Je crois que l'idée la plus simple, la plus directe, mais la plus difficile, est celle de vivre avec ses propres contradictions. Il est nécessaire de les accepter.

L. J. J. : Dans le domaine philosophique aussi faire cohabiter les contradictions s'impose, mais pas, comme le prétendent la dialectique et le marxisme, pour les dépasser. Pour moi, il n'y a pas, essentiellement, de dépassement, parce qu'il n'y a pas de vérité. Supposer le contraire, c'est essayer de caser l'espérance, ou spéculer sur la nécessité du salut. Je crois qu'il s'agit d'assumer ce qui se présente comme étranger à nous, comme l'autre, l'opposé, sans en attendre la moindre gratification. C'est peut-être en cela que consiste la sagesse ; en définitive, les Orientaux — et tout particulièrement le zen — le savent, quand ils parlent de conciliation des opposés. Je crois qu'assumer les contradictions implique un commencement de connaissance.

C. : Savez-vous une chose ? Je me suis beaucoup occupé du bouddhisme, à un certain moment. Je me croyais bouddhiste, mais en définitive, je me leurrais. J'ai finalement compris que je n'avais rien de bouddhiste, et que j'étais prisonnier de mes contradictions, dues à mon tempérament. J'ai alors renoncé à cette orgueilleuse illusion, puis je me suis dit que je devais m'accepter tel que j'étais, qu'il ne valait pas la peine de parler tout le temps de détachement, puisque je suis plutôt un frénétique. Après avoir accepté les contradictions, j'ai découvert que même s'il ne s'agissait pas d'une forme d'équilibre, j'étais au moins beaucoup mieux que quand je vivais dans le mensonge. Ce qui est terrible, lorsque quelqu'un pratique la philosophie orientale, c'est qu'elle lui donne une version flatteuse et autocomplaisante de lui-même. On croit être au-delà de tout et de tous, mais finalement on dépasse ce stade et on aboutit à la conclusion que l'on est un pauvre type. Ces changements sont nécessaires, parce qu'il n'est pas possible de se créer une image idéale de soi-même, une image homogène.

L. J. J. : D'accord. Mais alors, comment vivre ? Aujourd'hui, l'existence est harcelée par la précipitation. Pour nous qui sommes les hommes de la technique, le défi, dans le monde des communications, de la télévision, des changements, est : comment vivre avec des choses de ce genre, quelles relations établir avec elles ? Car nous ne pouvons éviter d'écouter la radio, ni nous garder d'être renversés par une automobile ; nous sommes dans un domaine technique, et la question est de savoir comment éviter de penser et de vivre sous les ordres de la logique scientifique.

C. : Je suis tout à fait d'accord avec vous.

L. J. J. : Alors, la question qui se pose inévitablement de manière urgente est comment éviter de nous transformer en prophètes de l'apocalypse. Je veux dire qu'il ne s'agit pas de tomber dans la pensée millénariste qui considère la réalité comme un châtiment des temps, pour on ne sait quelles erreurs commises. On ne peut, définitivement, rompre avec la technique. L'interrogation qui demeure est : comment vivre avec elle ?

C. : Moi, par exemple, j'aime me promener, mais je ne peux le faire facilement à Paris. Je dois prendre le train pour aller à la campagne. Je suis par là complice de la technique.

L. J. J. : Oui, mais le risque va bien au-delà de cette complicité primaire que nous partageons tous. Le développement de la technique laisse croire que tout est possible et qu'à chaque fois de nouvelles choses sont possibles, d'un caractère qualitativement supérieur. C'est là que réside l'un des périls : la fabrication d'illusions, d'utopies de supériorité. Il s'agit de l'utopisme des spécialistes, qui n'est rien de plus que la rêverie moderne de la domination du monde à partir d'éléments techniques.

C. : Sans doute, mais il s'agit d'une domination absolument antinaturelle.

L. J. J. : Devant ce panorama, quel est votre diagnostic ou, dit autrement : où couve la catastrophe ?

C. : On ne peut rien vaticiner sous une forme achevée. Nul n'est en condition de le voir d'une manière précise, mais ce que l'on peut dire, c'est que l'aventure humaine ne peut durer indéfiniment. La catastrophe, pour l'homme, vient du fait qu'il ne peut rester seul. Il n'y a pas une seule personne qui puisse rester seule avec elle-même. Actuellement, tous ceux qui devraient vivre avec eux-mêmes s'empressent d'allumer le téléviseur ou la radio. Je crois que si un gouvernement supprimait la télévision, les hommes s'entre-tueraient dans la rue, parce que le silence les terroriserait. Dans un lointain passé, les gens demeuraient beaucoup plus en contact avec eux-mêmes, pendant des jours et des mois, mais à présent, ce n'est plus possible. C'est pour cela que l'on peut dire que la catastrophe s'est produite, ce qui veut dire que nous vivons catastrophiquement.

L. J. J. : J'aimerais maintenant parler du caractère convivial de votre écriture. Je crois que vous pratiquez un exercice testimonial sous le signe du registre. Il s'agit d'une écriture itinérante, qui enseigne à vivre avec la pensée, et à voir les choses. Je dis cela parce que, sinon, on peut avoir l'impression que vous vivez enfermé dans une cellule monacale sans contact avec l'existence, profondément solitaire et amer.

C. : Bien sûr, cela n'est pas vrai.

L. J. J. : Non, mais je veux le souligner, car votre attitude est — au contraire —, très saine. Vous recherchez la campagne, vous parlez avec les vagabonds, vous dialoguez avec les gens les plus simples et les plus sophistiqués. Et il me semble que cela est important, surtout ici, à Paris, où le formalisme et les préjugés dominent largement les relations humaines.

C. : Vous savez, je suis né dans un petit village des Carpates, en Roumanie. Quand j'étais petit, je passais tout mon temps dehors, dans les montagnes, de l'aube à la nuit, comme un animal sauvage. Lorsque j'ai eu dix ans, mes parents m'ont transplanté en ville. Je me souviens encore de ce voyage, où l'on m'a transporté dans une voiture à chevaux ; j'étais complètement désespéré. On m'avait déraciné, et au cours de ce trajet qui a duré une heure et demie, j'ai pressenti une perte irréparable.

Cette histoire peut servir de parabole : franchement, il aurait mieux valu qu'il n'y ait pas de civilisation, et que l'homme soit resté au stade de la Bible, de la Genèse, plus précisément. À mes yeux, la vérité se trouve dans ce livre. C'est un témoignage, dans lequel tout est contenu. Si on le lit attentivement, on se rend compte que tout y est expliqué. Ensuite, il n'y a que des commentaires...

L. J. J. : Même ceux de la science ?

C. : Absolument. La science est l'escamotage de la sagesse au nom de la connaissance du monde.

Entretien paru dans l'ouvrage de Luis Jorge Jalfen, Occidente y la crisis de los signos, *Editorial Galerna, Buenos Aires, 1982.*

Traduit de l'espagnol par Gabriel Iaculli.

ENTRETIEN AVEC VERENA VON DER HEYDEN-RYNSCH

Verena von der Heyden-Rynsch : Cela fait longtemps que vous vous intéressez de près à Élisabeth d'Autriche. En fait, qu'est-ce qui a suscité ainsi votre intérêt pour un personnage qui a souvent été si mal compris ?

Cioran : J'aimerais commencer par une citation : « L'idée de la mort purifie et fait l'office du jardinier qui arrache la mauvaise herbe dans son jardin. Mais ce jardinier veut toujours être seul et se fâche si des curieux regardent par-dessus son mur. Ainsi je me cache la figure derrière mon ombrelle et mon éventail, pour que l'idée de la mort puisse jardiner paisiblement en moi. »

Ce sont ces quelques phrases, lues en 1935 quand j'avais vingt-quatre ans, qui ont été le point de départ de cet intérêt passionné que j'éprouve pour l'impératrice Élisabeth. [...] Ce verbe « jardiner » n'est pas dans le texte original allemand, qui dit simplement « travailler ». Mais cette inexactitude au fond très fidèle ajoutait au texte une nuance poétique qui allait me poursuivre jusqu'à l'obsession.

V. H. R. : Dans sa préface, Maurice Barrès écrit que les propos de Sissi consignés par Christomanos sont « le plus étonnant poème nihiliste qu'on ait jamais vécu dans nos climats ». Diriez-vous également qu'il s'agit de nihilisme, ou parleriez-vous plutôt de *desengaño* ?

C. : Même si on peut citer d'elle des propos teintés de nihilisme, ce mot a dans son cas une connotation philosophique gênante. Elle était totalement *desengañada,* désabusée, coupée du monde. Elle ne s'est pas souciée des débats idéologiques de son époque, sa formation étant principalement littéraire. Sa « philosophie », elle la tenait de Shakespeare, plus précisément des bouffons de Shakespeare. Il n'est donc pas question de nihilisme mais d'ironie suprême, de lucidité désespérée.

Lorsqu'on songe à sa vision des choses, on ne peut s'empêcher de penser à Hamlet exaltant devant Rosencrantz et Guildenstern la splendeur de l'univers, du ciel et de la terre, de l'homme, être unique, sommet de la création, et ajoutant qu'à ses yeux tout cela n'est que « quintessence de poussière ».

V. H. R. : Marie-Valérie, la fille préférée de Sissi, attribue l'amertume de sa mère au « sentiment de s'être trompée sur le compte de tant d'êtres qu'elle avait aimés ». Elle présente sa mère comme une jeune femme qui aurait abordé la vie toute pleine d'espoir, mais que l'incompréhension et les déceptions auraient poussée à fuir le monde, voire à le mépriser. Est-ce que vous souscririez à cette opinion ?

C. : Je ne veux pas minimiser ses déceptions et ses épreuves mais je ne pense pas qu'elles aient joué un rôle fondamental. Elle aurait été déçue dans n'importe quelles circonstances, elle était née déçue. Songez à ceux qui pratiquent l'ironie, qui y recourent à chaque moment. D'où vient-elle ? La cause n'en est pas extérieure, elle est interne, elle est bien en eux. C'est du plus profond d'un être qu'émane le besoin de ruiner illusions et certitudes, facteurs du faux équilibre sur lequel repose l'existence. « La folie est plus vraie que la vie », a dit l'impératrice, et elle aurait pu arriver à cette conclusion sans même le concours d'une seule déception.

Pourquoi aimait-elle tant les bouffons de Shakespeare ? Pourquoi visitait-elle les asiles de fous partout où elle allait ? Elle avait une passion marquée pour tout ce qui est extrême, pour tout ce qui s'écarte de la destinée commune, pour tout ce qui est en marge. Elle savait que la folie était en elle, et cette menace la flattait peut-être. Le sentiment de sa singularité la soutenait, la portait, et les tragédies qui se sont abattues sur sa famille n'ont fait que favoriser sa résolution de s'éloigner des êtres et de fuir ses devoirs, offrant ainsi au monde un rare exemple de désertion. [...]

V. H. R. : Sissi considérait que l'amour était une chose qu'on ne devait pas prendre au sérieux, elle était capable d'être très froide, même envers ses propres enfants, à l'exception de Marie-Valérie ; comment expliquez-vous alors qu'elle ait tellement pris au sérieux l'affaire Pacher, cette romance, qu'elle s'en soit préoccupée au point d'écrire à son propos de longs poèmes d'amour ? Étaient-ce les fantasmes d'une femme frustrée ?

C. : Je crois pour ma part qu'elle était incapable d'éprouver une véritable passion. L'illusion qui y est indissolublement liée aurait été sans doute pour elle impossible. Elle est peut-être tombée amoureuse par jeu. Les années aidant, ses rapports avec les êtres devinrent de plus en plus étranges. Elle cherchait ses semblables ailleurs..., elle nommait l'Océan son « confesseur » et un arbre de Gödöllö son « confident », son « meilleur ami », un intime, disait-elle, « qui sait tout ce qui est en moi et tout se qui se passe pendant le temps où nous sommes séparés ». Et elle ajoutait : « Il ne dira d'ailleurs rien à personne. » Par plus d'un côté elle rappelle le roi Lear.

Elle détestait les hommes, à l'exception du petit peuple, des pêcheurs, des paysans, des idiots de village. Elle n'était dans son élément que durant ses ruminations solitaires. Une figure me vient à l'esprit, celle d'une Finlandaise d'une quarantaine d'années, toujours vêtue de noir, avec laquelle, dans ma jeunesse, je m'entretenais souvent dans le parc de l'asile d'aliénés de Sibiu, en Transylvanie. Nous parlions allemand ensemble, car elle ne savait ni le roumain ni le français. Elle avait l'habitude de se promener toute seule dans une allée écartée. C'est là que je lui ai demandé une fois : « Que pouvez-vous bien faire ici toute la journée ? » Et elle : *« Ich hamletisiere »*, « J'hamlétise ». C'est une réponse qu'aurait pu donner Sissi [...]

V. H. R. : La figure d'Élisabeth est aujourd'hui redevenue d'une grande actualité. Quelle peut en être la raison ?

C. : L'effacement de l'Autriche, on l'a dit et redit, préfigure celui de l'Occident. On a même parlé d'une répétition générale... Ce qui va nous arriver, l'acte suivant dans la tragédie historique de l'Europe, cela s'est déjà déroulé à Vienne, symbole désormais d'effondrement. Sans ce grandiose arrière-plan, Sissi n'aurait été qu'un sujet inespéré pour biographes, ou qu'une déesse pour des ravagés. La Russie tsariste n'eut pas la chance d'avoir à sa fin une figure analogue, car la dernière tsarine ne fut qu'une psychopathe lamentable et grotesque.

Dans l'histoire, seules les périodes de déclin sont captivantes, car c'est en elles que se posent véritablement les questions de l'existence en général et de l'histoire en tant que telle. Tout se hausse jusqu'au tragique, tout événement prend du coup une dimension nouvelle. Les obsessions, les lubies, les bizarreries d'une Sissi ne pouvaient prendre un surcroît de sens qu'à une époque qui allait culminer dans une catastrophe modèle. C'est pourquoi la figure de l'impératrice est tellement significative, c'est pourquoi nous la comprenons mieux que ne la comprenaient ses contemporains.

Paris, janvier 1983, version française de Bernard Lortholary, in Vienne 1880-1938, L'Apocalypse joyeuse, *éditions du Centre Georges Pompidou, Paris, 1986.*

ENTRETIEN AVEC J. L. ALMIRA

J.L. Almira : Le corps, ce que vous avez appelé la conscience des organes, est une constante dans votre œuvre. Pourquoi ?

Cioran : Si je remonte à mon enfance et à mon adolescence, je constate que j'ai toujours éprouvé un malaise que les années ont délimité et accentué. Un malaise qui s'immisce dans la vie, et la bouleverse. Mais il s'agit d'un malaise global, pas d'une maladie, qui serait en tout cas une maladie virtuelle, non réalisée. Dans le fond, tout se réduit à une question de physiologie.

J. L. A. : Dans votre dernier livre, vous affirmez qu'il n'y a rien de plus mystérieux que le destin d'un corps. Que vouliez-vous dire, exactement ?

C. : Nous dépendons du corps ; il est comme un destin, une fatalité mesquine et lamentable à laquelle nous sommes soumis. Le corps est tout, et il n'est rien : un mystère quasi dégradant. Mais le corps est aussi une puissance fabuleuse. Même si l'on ne peut plus oublier la dépendance qu'il engendre, dès lors que l'on en est devenu conscient.

J. L. A. : Un médecin français vient de publier un livre sur l'influence de la climatologie en l'homme. En épigraphe apparaît une citation de vous sur ce thème.

C. : L'une des raisons pour lesquelles on peut nier la liberté est notre dépendance du facteur météorologique. La liberté est une illusion, puisqu'elle dépend de choses qui ne devraient pas me conditionner. Mes idées m'ont toujours été dictées par mes organes, lesquels, à leur tour, sont soumis à la dictature du climat. Le corps a joué un rôle très important dans ma vie. Et c'est quelque chose qui s'accentue avec l'âge. Nietzsche a très bien perçu ce conditionnement du climat. Mon propre malaise, d'ordre climatologique, est lié au malaise de type métaphysique. Je ne dis pas que la météorologie conditionne la métaphysique, mais je constate une certaine simultanéité entre l'interrogation métaphysique et le malaise physique. Très tôt, j'ai été conscient de cette évidence et, honteux, j'ai toujours essayé de l'occulter.

J. L. A. : Dans *Écartèlement,* vous vous définissez comme le secrétaire de vos sensations, ce qui revêt une importance particulière, de la part d'un écrivain. Cette constatation postule, en outre, l'unité indissoluble du corps et de l'esprit.

C. : Ils sont, en effet, intimement liés. De toute évidence, dans les biographies d'écrivains et de philosophes, on n'en parle pas beaucoup, parce que c'est un sujet embarrassant. Reconnaître ce phénomène, pour un écrivain, c'est diminuer ce qu'il fait, car cela revient à dire que nos états et nos sentiments les plus intimes sont à la merci de la météorologie. Esclavage humiliant sur lequel il n'est pas nécessaire de s'appesantir.

J. L. A. : Les années vous ont-elles aidé à contrôler les

humeurs de votre corps ou ont-elles accentué cet esclavage ?

C. : Je vais vous raconter une anecdote. Je viens de recevoir une lettre d'un ami que je connais depuis toujours, dans laquelle il me dit qu'il ne croit pas un mot de tout ce que j'ai écrit, « parce que je te connais bien, et je sais que tu es très jovial », ce qui démontre à quel point on peut se tromper. Quel que soit mon état d'âme, j'ai toujours réussi à le cacher sous un comportement d'histrion. Je suis l'esclave de mes nerfs, mais je puis le dissimuler, et je le fais, comédie qui me permet, par exemple, d'aller dîner dans un état de désespoir absolu et de raconter des histoires frivoles sans interruption. Je ne sais s'il s'agit de pudeur ou d'un mécanisme de défense ; en tout cas, si ma dépendance de la physiologie n'était pas aussi écrasante, je n'aurais jamais eu à recourir à cette joie apparente. Cela, c'est évident, a son revers. Kierkegaard raconte qu'en rentrant chez lui après avoir fait rire tout le monde dans un salon, il n'avait pas d'autre envie que de se suicider, crise naturelle que j'ai moi-même pu vérifier en maintes occasions. Je me souviens maintenant que peu après la parution de mon livre en France *[Précis de décomposition]*, cinq écrivains que je ne connaissais pas du tout m'ont invité à déjeuner. Je peux vous jurer que pendant les trois heures que dura le repas, je n'ai parlé que de bidet. Ils s'attendaient, bien entendu, à ce que je parle de mon livre, et je me souviens encore de leur expression de gêne, tandis que je continuais à parler du dédain que m'inspirent les Allemands parce qu'ils n'ont pas de bidet. C'est que je ne puis parler de ce qui me touche profondément si je ne suis pas seul avec quelqu'un : ce moment pendant lequel deux solitudes peuvent tenter de communiquer.

J. L. A. : Si nous voulons parler de l'ennui, nous allons inévitablement revenir à la physiologie.

C. : L'ennui a été et est toujours le malheur de ma vie, inconcevable sans une base physiologique. Ce qui se passe, c'est que le sentiment de vide qui précède ou qui est l'ennui même se transforme en un sentiment universel qui englobe tout, faisant de la sorte disparaître la base organique. Mais minimiser cette base, c'est tricher.

J. L. A. : Quel est votre premier souvenir de l'ennui ?

C. : Ce fut pendant la Première Guerre. J'avais cinq ans. Un soir, d'été sans doute, tout ce qui m'environnait perdit, se vida de son sens, se figea : une sorte d'angoisse insupportable. Sans pouvoir alors formuler ce qui se passait, je m'étais rendu compte de l'existence du temps. Je n'ai jamais pu oublier cette expérience. Je parle du vide essentiel, qui est une prise de conscience extraordinaire de la solitude de l'individu. C'est pour moi un sentiment si étroitement lié à ma vie que je pourrais l'éprouver, j'en suis sûr, même au paradis. Évidemment, s'il nous marque aussi profondément, c'est parce qu'il est l'expression capitale de nous-mêmes. En ce moment, l'ennui a mauvaise presse ; de quelqu'un qui s'ennuie, on se dit seulement qu'il est oisif, ce qui n'est pas certain, car cette vacance porte en elle une explication du monde. C'est pour cela que je me suis tellement intéressé à l'ennui monastique, l'*acedia,* le fait que la vie monastique est présidée par la tentation, par le péril de l'ennui. On décrit toujours les moines égyptiens à la fenêtre, attendant on ne sait quoi. L'ennui est la grande menace spirituelle, une sorte de tentation diabolique.

J. L. A. : Vous avez très peu écrit sur le sexe.

C. : Céline a dit que l'amour était l'infini mis à la portée d'un caniche. C'est la meilleure définition que je connaisse. S'il n'avait pas ce double aspect, cette incompatibilité perturbatrice, il faudrait laisser ce sujet aux gynécologues et aux psychanalystes. En plein délire sexuel, n'importe qui a le droit de se comparer à Dieu. Ce qui est curieux, c'est que l'inévitable déception postérieure n'affecte pas le reste de la vie, qu'elle soit momentanée. Il m'est arrivé de me dire que l'on peut avoir une vision postsexuelle du monde, vision qui serait la plus désespérée possible : le sentiment d'avoir tout investi en quelque chose qui n'en valait pas la peine. L'extraordinaire, c'est qu'il s'agit d'un infini reversible. La sexualité est une immense imposture, un mensonge gigantesque qui invariablement se renouvelle. Sans doute, le moment présexuel triomphe du postsexuel : c'est l'infini inépuisable dont parle Céline. Et le *désir* est cet absolu momentané impossible à éradiquer.

J. L. A. : D'où vient cet amour pour l'Espagne qui, alors que vous avez choisi la condition d'apatride, vous pousse à écrire que vous avez renoncé à tout, sauf à l'Espagnol que vous auriez voulu être ?

C. : Quand j'étais étudiant, j'ai lu un livre sur la littérature espagnole contemporaine, qui reprenait l'anecdote du paysan qui, montant dans un wagon de troisième, s'exclame, en se déchargeant du lourd ballot qu'il portait : « Que tout est loin ! » Cette phrase m'a tellement impressionné que j'en ai fait le titre d'un chapitre de mon premier livre en roumain. Comme toujours pour moi, un détail infime a déchaîné une passion. Très jeune, j'ai lu Unamuno — quelque chose sur la conquête —, Ortega et, bien sûr, sainte Thérèse. L'aspect non européen de l'Espagne m'attire, cette sorte de mélancolie permanente, de nostalgie indubitable.

J. L. A. : Quelle est pour vous la différence entre mélancolie et nostalgie ?

C. : Le fond métaphysique de la nostalgie est comparable à l'écho intérieur de la chute, de la perte du paradis. Un Espagnol donne toujours l'impression de regretter quelque chose. Bien sûr, ce qui est significatif, c'est l'intensité avec laquelle la chose est ressentie. La mélancolie est une sorte d'ennui raffiné, le sentiment que l'on n'appartient pas à ce monde. Pour un mélancolique, l'expression « nos semblables » n'a aucun sens. C'est une sensation d'exil irrémédiable, sans causes immédiates. La mélancolie est un sentiment profondément autonome, aussi indépendant de l'échec que des grandes réussites personnelles. La nostalgie, au contraire, s'accroche toujours à quelque chose, même si ce n'est qu'au passé.

J. L. A. : J'aimerais que nous parlions de ce que vous avez appelé le masochisme historique des Espagnols.

C. : Le rêve historique démesuré de l'Espagne, un rêve fantastique qui s'est achevé en déroute, m'a toujours fasciné. Toute la frénésie de la conquête s'est effondrée. L'Espagne a été le premier grand pays à sortir de l'histoire, préfiguration grandiose de ce qu'est l'Europe, à présent. Curieusement, cet échec a permis à la langue espagnole d'être à présent universelle.

J. L. A. : On dirait une vision de l'Espagne presque théâtrale.

C. : Les Espagnols pratiquent fanatiquement la dérision. Leur orgueil personnel, toujours accompagné d'ironie, se retourne contre eux et, grâce à cela, n'est pas insupportable, en définitive. Pendant l'un de mes voyages en Espagne, dans le train, en troisième, une enfant qui devait avoir une douzaine d'années s'est mise à réciter des poèmes. Cela m'a paru tellement extraordinaire que j'ai eu un geste d'une indélicatesse irréparable, épouvantable : je lui ai donné une poignée de monnaie.

Elle a pris l'argent et l'a jeté à mes pieds. Sa réaction m'a paru sublime. L'Espagne représente pour moi l'émotion à l'état pur. On ne peut s'entendre avec les paysans français ou allemands, pour ne pas parler des Anglais, mais en Espagne, comme cela se passe aussi en Roumanie, le peuple des campagnes existe.

J. L. A. : *Abominable Clio,* écrivez-vous dans votre dernier livre de façon laconique, quasi lapidaire.

C. : Pendant de nombreuses années, j'ai méprisé tout ce qui se rapportait à l'histoire. Et je sais par expérience qu'il vaut mieux ne pas lui accorder trop d'attention, ne pas s'y arrêter, car elle représente la plus grande preuve imaginable de cynisme. Tous les rêves, les philosophies, les systèmes ou les idéologies se brisent contre le grotesque du développement historique : les choses se produisent sans pitié, d'une manière irréparable ; le faux, l'arbitraire, le fatal triomphent. Il est impossible de méditer sur l'histoire sans éprouver envers elle une sorte d'horreur. Mon horreur s'est convertie en théologie, au point de m'amener à croire qu'on ne peut concevoir l'histoire humaine sans le péché originel.

J. L. A. : Pourquoi utilisez-vous fréquemment les allégories chrétiennes pour expliquer l'histoire ?

C. : Je ne suis pas croyant, mais je suis forcé d'admettre l'existence du péché originel en tant qu'idée, parce que celui qui l'a eue a mis dans le mille. L'histoire de l'homme a commencé par une chute. Je ne peux cependant pas admettre qu'avant existait un paradis ; je crois plutôt que quelque chose a craqué quand l'homme a commencé à se manifester, que quelque chose s'est brisé en lui, peut-être quand il est devenu l'homme proprement dit. Longtemps, je me suis intéressé à la décadence de l'Empire romain, dont la fin désespérée, complète, honteuse, est un modèle pour toutes les civilisations. Et si à présent je m'intéresse tant à l'Occident, l'Occident contemporain, c'est parce qu'il rappelle le crépuscule des grandes civilisations antérieures.

J. L. A. : Et le progrès ?

C. : Le progrès, pour l'essentiel, n'existe pas. Je ne reconnais que le progrès technologique, duquel tout ce que j'aime est tout à fait indépendant. Pour tout ce qui concerne la destinée humaine, on ne gagne rien à arriver tard. Si nous éliminons de l'histoire l'idée du progrès, nous aboutissons à la conclusion que ce qui adviendra dans l'avenir n'a aucune espèce d'importance. Il n'y a pas lieu de se plaindre d'être né trop tôt. Au contraire, nous devons plaindre ceux qui viendront après nous. Pendant très longtemps, les Anciens ont été enviés, et plus tard, surtout à partir du XIXᵉ siècle, on a fait le contraire. Il me semble que ces dernières années un changement s'est produit dans la conscience de l'Europe.

Plus personne n'envie les jeunes, car on sait que le futur, avec ou sans guerres, sera effroyable. Bien entendu, la négation du progrès a aussi un aspect mesquin. Il me paraît inconcevable d'admettre que quelqu'un né après moi aura des avantages que je n'ai pu connaître : l'orgueil ne peut le tolérer. En définitive, il n'y a aucune différence entre vivre dans cinquante ou dans cent ans et avoir vécu il y a cent ans.

J. L. A. : On dirait que pour vous l'histoire est régie

par des mécanismes pareils à ceux de n'importe quelle existence.

C. : Oui, l'histoire peut être comparée à une vie qui apparaît et dégénère. C'est une question de rythme. Je crois que l'homme n'aurait pas dû se compromettre avec l'histoire, qu'il aurait dû mener une existence stationnaire, proche de l'animalité, sans orgueil ni ambition. Il n'aurait pas dû céder à la tentation prométhéenne, car Prométhée fut le grand incitateur. Comme tous les bienfaiteurs, il manquait de perspicacité, c'était un ingénu. En réalité, l'histoire universelle n'est qu'une répétition de catastrophes, en attendant la catastrophe définitive, et de ce point de vue, la vision chrétienne de l'histoire s'avère très intéressante, car Satan tient le rôle de maître du monde, et le Christ celui de quelqu'un qui n'aura aucune influence avant le jugement dernier. Le Christ sera tout-puissant, mais seulement à la fin. C'est là une idée profonde, une vision de l'histoire presque acceptable dans l'actualité.

J. L. A. : Admettrez-vous que ce que vous venez de dire est réversible, que nous pourrions soutenir le contraire sans trop élargir la marge d'erreur ?

C. : Je crois que le destin de l'homme est, comme celui de Rimbaud, fulgurant, c'est-à-dire bref. Les espèces animales auraient duré des millions d'années, si l'homme n'en avait pas fini avec elles, mais l'aventure humaine ne peut être indéfinie. L'homme a donné le meilleur de lui-même. Nous sentons tous que les grandes civilisations sont derrière nous. Ce que nous ne savons pas, c'est comment sera la fin.

Entretien paru sous le titre « Los detalles mínimos y las pasiones desencadenadas », dans le quotidien espagnol El País, *du 13 novembre 1983.*

Traduit de l'espagnol par Gabriel Iaculli.

ENTRETIEN AVEC LEA VERGINE

Cioran : Je suis en général hostile aux interviews. Il faut se tenir à l'écart, ne pas faire de l'autopropagande. Mais, au fur et à mesure que l'on vieillit, on commence à faire des concessions... Je n'ai jamais accordé d'interviews en France et je ne suis jamais allé à la télévision, parce que cela ne m'intéresse pas d'être reconnu par tout le monde. Cependant, il est des confidences que l'on peut faire au cours d'une conversation, mais qui ne peuvent pas être écrites, à moins qu'il ne s'agisse d'une autobiographie. Je ne veux pas raconter ma vie, cela n'en vaut pas la peine. Mais je suis naturellement très indiscret et j'aime donc raconter des anecdotes personnelles. Voilà pourquoi, en vieillissant, je commence à me prêter à ce jeu.

Lea Vergine : Alors, la « décomposition » avance ?

C. : *(Il rit.)* Oui, ma décomposition. Au fond, tous mes livres sont autobiographiques, mais d'une autobiographie masquée.

L. V. : Pas trop !

C. : *(Il rit.)* Non, pas trop !

L. V. : Comment peut être vécue aujourd'hui la métaphysique ? Dans votre lettre de réponse vous avez écrit que nous aurions une conversation un peu frivole et un peu métaphysique. Que signifie pour vous ce terme qui est pour moi légèrement dégoûtant, en ce qu'il me fait venir à l'esprit la recherche de Dieu ?

C. : Je ne suis pas quelqu'un qui a la foi.

L. V. : J'espère bien !

C. : Je ne crois ni en Dieu, ni en rien. Mais j'ai eu une crise religieuse, par exemple, à l'âge de vingt-six ans, pendant toute une année je n'ai fait que lire des mystiques et des vies de saints. À la fin, j'ai compris que je n'étais pas fait pour croire, je m'en suis rendu compte à travers une grande crise de désespoir. Je ne lisais que Shakespeare (j'habitais dans une ville de province, en Roumanie) et des textes de religion. J'ai écrit un livre de commentaires à ces textes, à la fois pour et contre la religion. Ce livre aurait dû être publié par mon éditeur en Roumanie, il l'avait accepté sans le lire ; lorsqu'il le lut, il m'avoua : « Je ne peux pas le publier, j'ai fait ma fortune sur la foi en Dieu et je ne veux pas éditer ce livre qui pourrait me faire du tort. » Le livre fut ensuite imprimé et presque tous mes amis furent furieux quand ils le reçurent, et ils dirent : « Ce n'est pas possible de parler ainsi de Dieu et même de la sainteté ! » Ils m'ont presque tous attaqué. Le livre a paru en 1937, à mon arrivée à Paris...

L. V. : À quel âge êtes-vous arrivé à Paris ?

C. : À vingt-six ans environ. Ma mère a lu le livre et elle m'a écrit : « Tu aurais dû publier ce livre après notre mort. » Mon père était prêtre orthodoxe, ma mère n'était pas croyante. Elle m'a dit : « Je ne comprends pas, il y a des passages complètement mystiques et des passages d'un nihilisme absolu et d'un cynisme total ! » Mon attitude à l'égard de la religion est aujourd'hui encore la même, un mélange de tentations contradictoires. Alors j'ai écrit à ma mère : « Écoute, c'est le livre le plus religieux qui ait jamais paru dans les Balkans !... » Je ne pouvais pas dire la Roumanie, parce que c'eût été idiot, comme c'était idiot de dire les Balkans, j'ai dit cette exagération énorme, n'est-ce pas, qu'il s'agissait du livre le plus religieux... parce que dans les Balkans c'est comme en Bulgarie, il y a eu des mouvements religieux extrêmement intéressants, au Moyen Âge, comme les bogomiles, une secte qui soutenait que le monde était le produit d'un dieu quelconque, méchant, inique. J'ai écrit un livre intitulé *Le mauvais démiurge*, où le Créateur est un salaud. Mes rapports avec la théologie et la métaphysique sont donc doubles.

L. V. : Ambigus ?

C. : Ambigus parce que l'on peut citer des passages complètement contradictoires. Comme il s'agit, de toute façon, de questions insolubles et puisque, par tempérament, je change constamment d'humeur, je ne peux pas construire un système. Un système ne supporte pas la contradiction. Voilà mon attitude et j'en tire les conséquences. C'est pourquoi j'écris des fragments, pour pouvoir me contredire. La contradiction fait partie de ma nature et de celle de tout le monde, au fond.

L. V. : Souvent, lorsqu'on parle de Cioran en Italie, le commentaire est le suivant : « C'est une écriture intéressante, certes, mais c'est un auteur réactionnaire, qui a eu des rapports avec le fascisme. » Pouvez-vous préciser votre position ?

C. : Il faudrait raconter tout ce qui est arrivé en Roumanie du temps de ma jeunesse, il y faudrait tellement de temps ! J'étais contre le roi, je le haïssais d'une haine féroce qui dérivait d'un fait très précis : je lisais tous les jours dans une bibliothèque en face du palais royal (j'étais plutôt pauvre) et je voyais le roi sortir, entrer, etc. J'ai fini par concevoir une haine terrible contre lui. À cette époque j'étais complètement anarchiste, bref, dans cette bibliothèque je lisais les anarchistes, j'avais vingt et un ans. Ce n'était pas une pensée politique, mais une révolte absolue. Il arriva à cette époque quelque chose qui eut un poids déterminant dans mon existence, ce fut peut-être le moment le plus extraordinaire de ma vie. J'avais deux amis d'enfance, nous étions à Bucarest en tant qu'étudiants : l'un était apolitique et l'autre communiste militant, il avait écrit à seize ans un livre intitulé *La mort de la civilisation capitaliste.* J'avais beaucoup d'admiration pour lui. Il existait, à cette époque, une organisation qui était un mélange très étrange de fascisme, de mysticisme et de fanatisme religieux orthodoxe, qui s'appelait Archange Michel. Un des adeptes du mouvement était Marin Stefanescu, un philosophe qui avait fait ses études à Paris avant la guerre de 1914. C'était quelqu'un de très bien, mais il fut ensuite blessé à la guerre et devint à moitié fou. Il tenait des discours de ce genre : « Aucun être conscient ne peut être communiste, Platon était conscient, donc ne pouvait pas être communiste. » Des raisonnements absurdes et moi et mes deux amis nous nous moquions de cette idiotie. Un dimanche après-midi nous allâmes tous les trois à une rencontre avec le philosophe. Nous nous assîmes au centre d'une grande salle et chaque fois qu'il lançait une de ses idées, je riais comme un fou. À un moment donné, il a dit : « Notre pays est menacé, et nous nous sacrifierons tous pour la patrie. » Tous se mirent alors debout, sauf moi. Je restai assis et je me tordais de rire. Il a dit d'autres bêtises, et moi toujours : « Ha, ha, ha ! »

Je fus entouré, j'étais foutu ! Je fis quelque chose que je n'arrive pas aujourd'hui encore à comprendre. Je sautai par-dessus les gens, j'atteignis un couloir, je m'enfuis. Quatre types me sautèrent dessus, mais il y avait la police et elle me sauva. Je dus me cacher pendant un mois environ, parce qu'on me cherchait. C'est alors qu'intervint un problème psychologique : j'avais eu si peur que je commençai à m'intéresser à ce groupe et puisqu'il luttait contre la personne que je détestais le plus au monde, c'est-à-dire le roi, je me pris de sympathie pour lui. Heureusement je vins à Paris comme boursier du gouvernement français. J'étais un ami du directeur de l'Institut français de Bucarest qui m'envoya à Paris pour faire ma thèse de doctorat. Depuis lors j'ai pratiquement rompu avec la Roumanie. La thèse je ne l'ai pas encore passée, mais mon directeur était intelligent ; et puisque j'avais parcouru toute la France à bicyclette, il me dit quelque chose de formidable : « Il vaut mieux faire la France à bicyclette qu'une thèse de doctorat. » Je suis donc resté à Paris, et je n'ai rien écrit en français jusqu'en 1947, lorsque j'ai commencé le *Précis de décomposition*, publié en 1949.

L. V. : Pourquoi vous considérez-vous apatride ?

C. : Je suis juridiquement apatride, et cela correspond à quelque chose de profond, mais ni idéologique, ni politique, c'est mon statut métaphysique. Je veux être sans patrie, sans identité. Je buvais beaucoup dans ma jeunesse, on boit beaucoup dans les Balkans par désespoir. Je lisais Bouddha, quand je me soûlais, j'avais une anthologie bouddhiste en allemand, c'était mon livre de chevet, je le lisais avant de m'endormir. N'oubliez pas que mon livre sur les saints a paru en 1937, avant que je vienne en France. C'est le meilleur que j'aie écrit en roumain : il n'a aucun rapport avec ce qui se passait, je n'avais aucune affinité avec les problèmes que l'histoire posait à cette époque. Mon philosophe était Chestov, un Juif russe qui eut une certaine influence en France dans l'après-guerre. Son disciple, Fondane, un Juif roumain, était mon meilleur ami... il est mort à Auschwitz, il était très célèbre en France avant la guerre. Il resta chez lui au lieu de se cacher et il fut fait prisonnier, c'était un des types les plus intéressants que j'aie connus à Paris. On reparle maintenant de lui et toute son œuvre est rééditée. Chestov était un Dostoïevski en version contemporaine, un Dostoïevski philosophe.

L. V. : On dit que vous êtes le Dostoïevski des aphorismes...

C. : J'ai été fasciné tout d'abord par son épilepsie, vous savez, je me suis toujours considéré comme un épileptique raté. Dès l'âge de dix-sept ans j'ai vécu comme si je pouvais avoir une crise d'épilepsie, celle que j'appelle ma crise épileptique quotidienne. J'ai été professeur pendant un an : les élèves m'appelaient le fou dément... *(Il rit.)*

L. V. : Mais il faut se spécialiser dans la démence, ce n'est pas facile !

C. : J'étais extraordinairement malheureux. En tant que professeur, écoutez ce que j'ai fait en tant que professeur ! J'allais en classe, je ne restais qu'une demi-heure, je disais des choses provocatrices, mes élèves en étaient tous désorientés. Je demandais, par exemple, à l'un d'eux : « Pour quelle raison ne peut-on pas dire phénomènes psychologiques, mais doit-on dire phénomènes psychiques ? » L'élève répondait : « Un phénomène psychique est instinctuel, normal. » Et moi : « Ce n'est pas vrai, tout ce qui est psychique est anormal, non seulement ce qui est psychique, mais aussi ce qui est logique », et j'allais jusqu'à ajouter : « Le principe d'identité lui-même est malade. » La stupeur, dans la classe, était générale !

Je me trouvais à Braşov, une ville de province en Roumanie, et je lisais Shakespeare, j'avais décidé de ne parler qu'avec Shakespeare, je partais lire tous les jours dans un café. Une fois, le professeur de gymnastique s'est assis à ma table. Je lui ai demandé : « Qui êtes-vous ? » Et lui : « Vous ne me reconnaissez pas ? Je suis le professeur de gymnastique. — Comment donc, vous n'êtes pas Shakespeare ? Allez-vous-en alors ! » Il s'en alla dire que Cioran avait refusé de lui parler parce qu'il n'était pas Shakespeare ! J'étais vraiment un peu fou. J'avais un goût pour l'excès, j'aurais adhéré à n'importe quoi qui fût excessif, même à une secte religieuse morbide.

L. V. : On vous considère comme un misanthrope, un personnage sombre, dans le meilleur des cas un intellectuel timide et craintif. Mais seul qui connaît le désespoir connaît la joie de vivre... Qu'y a-t-il de vrai dans ce qu'on écrit sur vous ?

C. : Ah ! La joie de vivre ! Je ne veux pas employer cette expression. Tout ce que j'ai écrit est une sorte de thérapeutique. Mes livres donnent une idée fragmentaire de moi pour une raison précise, parce que je n'écris que dans les moments de découragement, parce que je n'écris pas quand je suis content... écrire quoi ?

L. V. : Quand êtes-vous content ?

C. : Ça m'arrive. *(Il rit.)* Ça m'arrive souvent... Que pourrais-je vous dire, je ne peux pas décrire une journée de soleil, le soleil d'ailleurs me déprime, je suis sujet à la mélancolie. Mon œuvre... en somme... mes livres offrent une idée incomplète. C'est justement grâce à eux que je ne suis pas devenu épileptique. *(Il rit.)* L'épilepsie non réalisée s'est transférée dans mes livres, presque tout ce que j'ai écrit a été écrit dans des moments de noire exaltation. Je peux dire que depuis l'âge de dix-sept ans je n'ai pas passé une seule journée sans une crise de mélancolie. Mais je suis en société l'homme le plus joyeux que l'on puisse imaginer.

L. V. : Vous fréquentez souvent la société ?

C. : Plus maintenant, mais je l'ai fait pendant quelque temps ; je vois cependant beaucoup de gens, beaucoup d'étrangers. Je ne parle pas en public de ce qui m'intéresse profondément, je parle de la pluie et du beau temps.

Écrire est pour moi une sorte de guérison. Comme je l'ai écrit une fois à Octavio Paz, ce qui est vraiment extraordinaire c'est que chaque fois que j'ai fini d'écrire, j'ai envie de me mettre à siffler. Je ne crois pas à la littérature, je ne crois qu'aux livres qui traduisent l'état d'âme de celui qui écrit, le besoin profond de se débarrasser de quelque chose. Chacun de mes écrits est une victoire sur le découragement. Mes livres ont plusieurs défauts, mais ils ne sont pas fabriqués, ils sont vraiment écrits à chaud : au lieu de gifler quelqu'un, j'écris quelque chose de violent. Il ne s'agit donc pas de littérature mais de thérapeutique fragmentaire : ce sont des vengeances. Mes livres sont des phrases écrites pour moi ou contre quelqu'un, pour ne pas agir. Des actions ratées. C'est un phénomène connu, mais dans mon cas il est systématique.

Je parle beaucoup de moi : à mon avis, un auteur doit le faire. Montaigne a dit qu'il était lui-même la matière de son œuvre. Il y a des écrivains plus pudiques qui le masquent. Pascal, par exemple, est à mi-chemin, il est plus pudique, il n'emploie pas la première personne, il refuse le *je* de Montaigne, comme quelque chose de mauvais goût. Si on écrit, c'est pour se débarrasser de quelque chose, il n'existe pas de littérature impersonnelle. On dit que la philosophie est impersonnelle, mais je suis un faux philosophe. J'ai étudié la philosophie, j'ai fait une thèse sur Bergson, mais j'ai cessé de croire à la philosophie à la suite d'une catastrophe personnelle dont je parle dans tous mes écrits : la perte du sommeil. À vingt ans, j'ai ainsi abandonné la philosophie parce qu'elle ne me servait à rien. Cette période de folie dont je parlais à propos des tentations politiques correspond à cette phase de l'insomnie. Je m'en suis délivré en France : j'en souffre aujourd'hui encore, mais pas au sens pathologique. À vingt-six, vingt-sept ans, je dormais deux ou trois heures au maximum. Tout ce que j'ai écrit à cette époque est délirant, et l'on ne comprend aucune de mes réactions sans les rapporter à cette catastrophe. C'était si grave que ma mère pleurait... j'errais toutes les nuits... Un jour je lui ai dit : « Je n'en peux plus » ; ce à quoi elle m'a répondu avec une phrase qui continue de m'impressionner (il ne faut pas oublier que ma mère était la femme d'un prêtre) : « Si j'avais su, j'aurais avorté. » Cela m'a bouleversé, mais ça m'a fait beaucoup de bien.

Tout ce que j'ai écrit est toujours né de quelque chose, d'une conversation, d'une lettre reçue. Je pourrais écrire, et cela serait peut-être plus intéressant que mes livres, le pourquoi de mes écrits, en en montrant le côté mesquin, l'origine accidentelle...

L. V. : Comment préféreriez-vous que l'on vous définisse ?

C. : Je ne sais pas... On peut dire n'importe quoi.

L. V. : Aujourd'hui, quel rapport avez-vous avec vous-même ?

C. : Eh bien, il n'est pas si bon que ça.

L. V. : Mais il n'est pas non plus si mauvais que ça.

C. : Non, parce que, malgré tout, je ne peux pas nier que je suis vieux. Mais je ne me sens pas particulièrement vieux...

L. V. : Ça vous ennuie d'être vieux ?

C. : Oui et non. Non, parce que je sais exactement ce que l'avenir nous réserve, mais ça me dérange un peu parce que j'aurais voulu assister à la catastrophe et j'ai au contraire l'impression que je n'en serai pas le témoin, *(il rit)* ou la victime. J'ai une vision précise de l'avenir. Je parle de la catastrophe historique, naturellement, non pas de l'atomique. De plus, en tant que vieux, je me supporte, mais je ne supporte pas les vieux ; les autres vieux. Ce sont les jeunes qui lisent mes livres. J'ai écrit un petit livre qui s'intitule *Syllogismes de l'amertume*, il contient des choses insolentes, je l'ai écrit aussitôt après la guerre, quand j'étais extrêmement pauvre et très cynique. Lorsque le livre est paru, *Précis de décomposition* venait à peine de sortir, et mes amis m'ont dit : « Tu t'es compromis, c'est insolent mais ce n'est pas sérieux. » Il n'y a eu que deux courts comptes-rendus, dont un dans *Elle* (c'est pourquoi je ne serai jamais complètement antiféministe). Le livre fut un échec total. Il est sorti en 1952 et en vingt ans on n'en a vendu que deux mille exemplaires et il ne coûtait que quatre francs, une bêtise ! C'est un livre qui passa pour un mauvais livre et moi-même j'ai fini par en convenir. Vingt-cinq ans après, il est paru en livre de poche et c'est actuellement mon livre le plus lu en France et en Allemagne. On peut prévoir le destin d'un homme, mais non celui d'un livre.

L. V. : Dans *La tentation d'exister,* il y a le texte que vous considérez comme le meilleur que vous ayez écrit, les trente pages sur les Juifs. Vous aimez les Juifs ?

C. : J'ai connu beaucoup de Juifs extrêmement intéressants, ce sont les personnes les plus intelligentes, imprévisibles, les plus généreuses dans les relations humaines. Lorsque je suis arrivé en France, les seuls à s'intéresser à moi et à se demander comment je parvenais à vivre étaient des Juifs. J'ai vécu avec les réfugiés politiques juifs-hongrois en 1937.

L. V. : Quels sont les écrivains que vous fréquentez ou que vous avez fréquentés à Paris ?

C. : Les personnes les plus intéressantes sont celles qui n'ont rien écrit. On sait que les écrivains sont intéressants, on connaît de toute façon leur œuvre. Alors, mes meilleurs amis, tant en Roumanie qu'en France, étaient des personnes qui n'écrivaient pas ou qui étaient remarquablement plus intéressantes. L'écrivain vend son passé. Il s'en débarrasse. Mais celui qui ne s'est pas exprimé, celui dont on dit qu'il est raté, garde tout en lui parce qu'il n'en a pas parlé, c'est ça l'avantage.

L. V. : Que signifie Paris pour vous ?

C. : Énormément de choses ! C'est la passion de ma vie... mais à présent c'est fini. Quand je suis arrivé à Paris avec une bourse française, j'ai décidé qu'il fallait absolument que j'y vive. J'ai écrit un article, le dernier en roumain, sur le quartier Latin : il était d'une horrible tristesse et j'y jouais presque ma bourse d'étude. Il commençait par une citation de Rilke : « On vient ici pour vivre ou plutôt pour mourir. » L'article eut un très grand écho en Roumanie, parce que, pour les Roumains, Paris était le paradis terrestre. Leur rêve était de dilapider une fortune à Paris, et puis de se suicider.

J'écrivis ceci : « C'est une des villes les plus tristes, les plus mélancoliques du monde. »

L. V. : Que voudriez-vous que l'on écrive sur vous qui n'a jamais été écrit ?

C. : ... Comme j'ai toujours écrit sur moi-même, comment dirais-je, je n'ai pas le bon point de vue. Je ne sais pas... Je crois que le problème qui se pose est plutôt le suivant : comment est-ce que j'ai pu vivre avec la vision de la vie que j'ai ? Tout le monde s'est toujours demandé pour quelle raison je ne me suis jamais suicidé, et la question n'est pas du tout absurde. Je ne veux pas parler de cela, ça n'en vaut pas la peine. La réponse, la voici, je vais vous la montrer. [Il va prendre une revue, *La Délirante*, et il m'indique les lignes suivantes : « Comme, jour après jour, j'ai vécu dans la compagnie du suicide, il serait de ma part injuste et ingrat de le dénigrer. Quoi de plus sain, de plus naturel ? Ce qui ne l'est pas, c'est l'appétit forcené d'exister, tare grave, tare par excellence, ma tare [1]. »] Voilà la vérité.

L. V. : Une vertu négative et un défaut digne d'éloges.

C. : De qui, de moi ?

L. V. : Non, en général.

C. : Il y a un de mes amis de jeunesse, arménien, qui a perdu toute sa famille, à présent il est fatigué de vivre. Il est plus vieux que moi, il a presque quatre-vingts ans et il m'a écrit en un moment de grande dépression. Il m'a demandé une sorte d'autorisation à se suicider. J'ai répondu : « Si tu peux encore rire, ne le fais pas, mais si tu ne peux plus, alors oui. » Ce sont les derniers mots

1. Cf. " Tares ", in *La Délirante* (dir. Fouard El-Etr), n° 8, été 1982, p. 21 *(N.d.T.)*.

que je peux dire si quelqu'un me consulte. Tant que vous pouvez rire, même si vous avez mille raisons de désespérer, il faut continuer. Rire est la seule excuse de la vie, la grande excuse de la vie ! Et je dois dire que même dans les grands moments de désespoir j'ai eu la force de rire. C'est l'avantage des hommes sur les animaux. Rire est une manifestation nihiliste, de même que la joie peut être un état funèbre.

Entretien paru sous le titre « Anarchia disperazione, tenerezza », dans la revue italienne Vogue Italia, *n° 413, août 1984.*

Traduit de l'italien par Jean-Paul Manganaro.

ENTRETIEN AVEC GERD BERGFLETH

Gerd Bergfleth (écrivain allemand) : Monsieur Cioran, pourquoi avez-vous pris la décision d'écrire en français alors que vous aviez déjà publié plusieurs livres en roumain [1] ?

Cioran : Ce sont les circonstances qui m'ont amené à abandonner ma langue maternelle. Si on en croit Simone Weil, changer de religion est aussi dangereux pour un croyant que changer de langue pour un écrivain. Je ne suis pas tout à fait de cet avis. Écrire dans une langue étrangère est une émancipation. C'est se libérer de son propre passé. Je dois avouer cependant qu'au commencement le français me faisait l'effet d'une camisole de force. Rien ne saurait moins convenir à un Balkanique que la rigueur de cette langue. Le roumain, mélange de slave et de latin, est un idiome dépourvu d'élégance mais poétique au possible, ouvert comme pas un aux accents de Shakespeare et de la Bible. Tout ce que j'ai écrit là-bas est exempt du moindre souci de style, tout y est désastreusement spontané. Lorsque plus tard je me suis mis à écrire en français, j'ai fini par me rendre compte qu'adopter une langue étrangère était peut-être

1. L'entretien a eu lieu le 5 juin 1984 à l'Institut français de Tübingen.

une libération mais aussi une épreuve, voire un supplice, un supplice fascinant néanmoins.

Je vous raconterai maintenant comment j'en suis venu à déserter ma langue. Je suis arrivé à Paris en 1937 comme boursier de l'Institut français de Bucarest. Je m'étais engagé à faire une thèse — engagement de pure forme. Jamais, en effet, je n'ai envisagé le moindre travail sérieux, à aucun moment je n'ai essayé de m'accrocher à un sujet quelconque, sans cesser pour autant de laisser entendre que j'étais menacé de surmenage. Au bout d'un an je devais, pour la prolongation de ma bourse, envoyer à Bucarest deux lettres de recommandation. Je ne connaissais personne, n'ayant jamais suivi un cours. Je ne voulais à aucun prix retourner là-bas. Que faire ? J'appelai un ami pour lui demander de me présenter à Louis Lavelle qu'il rencontrait de temps en temps. Nous voilà partis. Il était onze heures et demie. Je voulais faire bonne impression et me mis à parler de philosophes à peine connus en France, de Georg Simmel en particulier, mon idole d'alors, et d'un tas de livres et d'auteurs qui me passionnaient à l'époque. Au bout d'une demi-heure, j'entendis des bruits dans la pièce voisine : c'était l'heure du déjeuner. Il me demande : « Quel est exactement l'objet de votre visite ? — J'aimerais avoir une lettre de recommandation pour l'Institut français de Bucarest. — Mais je ne vous connais pas. — J'ai parlé une demi-heure avec vous. Vous avez pu vous apercevoir que je suis au courant de certaines choses. » Il se leva tel un automate. Puis, visiblement à contrecœur, il rédigea la lettre.

J'avais besoin d'une seconde recommandation. Au Luxembourg j'abordai Jean Baruzi. Devant ce spécialiste de la mystique espagnole je fis étalage de tout ce que je savais dans son domaine. « J'aimerais vous revoir », me dit-il, mais quand je lui révélai la raison de mon empressement, il fut effaré par mes procédés, et refusa carrément. Je rencontrai finalement un autre professeur plus compréhensif. Le directeur de l'Institut français de Bucarest était par bonheur affranchi des préjugés universitaires. « Il n'a pas fait de thèse, disait-il de moi, mais il est le seul boursier à connaître la France à fond. Il est allé partout, ce qui vaut mieux, en fin de compte, que d'avoir passé son temps dans des bibliothèques. » Pendant des mois, en effet, j'avais parcouru la province à bicyclette, couchant dans les auberges de la jeunesse — catholiques et laïques. Dix ans passèrent, dix ans de stérilité où je ne fis qu'approfondir ma connaissance du roumain. Durant l'été 1947, alors que je me trouvais dans un village près de Dieppe, je m'employais sans grande conviction à traduire Mallarmé. Un jour, une révolution s'opéra en moi : ce fut un saisissement annonciateur d'une rupture. Je décidai sur le coup d'en finir avec ma langue maternelle. « Tu n'écriras plus désormais qu'en français » devint pour moi un impératif. Je regagnai Paris le lendemain et, tirant les conséquences de ma résolution soudaine, je me mis à l'œuvre sur-le-champ. Je terminai très vite la première version du *Précis de décomposition* et la montrai à un ami dont le jugement, ou plutôt le diagnostic, fut loin d'être encourageant. « Ça fait métèque. Il faut tout reprendre. » J'étais déçu et furieux. Je sentais pourtant qu'il avait raison et je suivis rigoureusement son conseil.

Je voudrais évoquer ici un autre épisode. Je connaissais un vieux Basque qui avait perdu un bras à la guerre de 14. Comme moi, il habitait le quartier Latin. C'était un grand spécialiste de la langue de ses ancêtres. À part quelques articles, il n'avait jamais rien fait de sa vie — ce qui m'émerveillait. Maniaque de la correction, puriste endurci, il avait une vraie passion pour les subtilités grammaticales. Une autre particularité de ce manchot : son érotomanie. Pendant ses promenades, il abordait les prostitués et leur débitait des obscénités dans une langue des plus recherchées. Nous allions souvent le soir à Montparnasse. Fanatique de l'imparfait du subjonctif, quand l'une de ces péripatéticiennes y manquait, il la reprenait d'une voix si forte que les passants interdits s'arrêtaient. Je l'écoutais des heures durant, je ne perdais rien de ce qu'il disait, j'étais à l'affût de ses tournures superbes et démodées. Ses remarques, ses allusions équivoques étaient pleines de finesse. Sa bibliothèque abondait en livres érotiques dont il appréciait surtout les acrobaties verbales, la grivoiserie raffinée. Il me demandait souvent si je comprenais telle ou telle expression subtilement obscène. Ses livres favoris — je m'abstiendrai d'en donner les titres — il les lisait, j'y insiste, pour leurs trouvailles, leurs tournures insolites et leur obscénité de grande classe. Cet invalide a eu une grande influence sur moi. Je discutais avec lui de lexique et de syntaxe, tout en rejetant en partie ses superstitions de puriste. Il me faisait la leçon : « Si vous ne voulez pas écrire comme il faut, vous n'avez qu'à retourner chez vous dans les Balkans. » C'est ainsi que j'ai réécrit plusieurs fois le *Précis*. Je décidai finalement de le lui soumettre. Dans un de ces cafés où nous nous retrouvions souvent, je lui lus la valeur d'une page : il s'endormit presque aussitôt. Malgré tout, j'ai une dette envers lui. Sa culture était vaste, sa verve unique. C'est à son contact que j'ai compris la toute-puissance du Mot. J'adore le XVIIIe où cependant, à force de perfection et de transparence, la langue s'est débilitée comme d'ailleurs la société. J'ai beaucoup pratiqué la prose exsangue et pure du siècle, les écrivains mineurs en particulier. Je pense aux souvenirs de Mme Staal de Launay, une suivante de la duchesse du Maine. Un historien a prétendu que c'était le livre le mieux écrit de toute la littérature française.

G. B. : Revenons à vos livres roumains. Pouvez-vous nous en dire quelque chose ?

C. : Mon premier livre, paru en 1934, est contaminé d'un bout à l'autre par le jargon philosophique. Ce qui le sauve, c'est le fond éminemment sombre. J'avais perdu alors le sommeil, toutes mes nuits étaient devenues des nuits blanches et ma vie une perpétuelle veille. J'habitais une ville presque aussi belle que Tübingen : Sibiu, en Transylvanie. Je déambulais la nuit par les rues, tel un fantôme. C'est alors que m'est venue l'idée de hurler mon désarroi. Ainsi naquit *Sur les cimes du désespoir,* titre fâcheux dont usaient les quotidiens à l'occasion d'un suicide. Après un tel début j'étais persuadé que j'allais sombrer. Pour vous donner une idée de mon état, j'aurai recours à une comparaison disproportionnée et presque loufoque. Imaginez un Nietzsche commençant par *Ecce Homo,* par l'effondrement, pour passer ensuite à *La naissance de la tragédie* et au reste de son œuvre. J'ai donc débuté comme *atteint* ou presque pour devenir ensuite de plus en plus normal, trop normal même. Il y avait dans mon livre une sincérité infernale, voisine de la démence ou de la provocation. On m'a raconté à l'époque qu'une femme l'avait jeté au feu à cause de l'effet qu'il avait produit sur son mari. Ma mère, elle, était sérieusement inquiète. Un spécialiste qu'elle avait consulté à mon sujet, et avec lequel j'eus une manière d'entretien, était à peu près sûr que j'avais la vérole. Dans les milieux intellectuels de l'Europe de l'Est elle jouissait alors d'un très grand prestige. Je venais justement de lire un livre d'un Serbe qui entendait démontrer que ceux qui n'avaient pas eu la chance de l'attraper devaient abandonner tout espoir... À l'appui de sa théorie il citait de nombreux exemples de personnages qui avaient eu le bonheur d'être infectés. Une analyse de sang s'imposait. Le résultat fut décevant. « Votre sang est pur, m'annonça le médecin d'un air triomphant. Vous ne semblez pas être content. — Je ne le suis pas, c'est vrai », fut ma réponse.

Mon avenir me semblait inconcevable. Je ne voyais pas ce que je pourrais faire. J'aurais dû choisir une profession à mon goût mais je me sentais incapable d'un travail régulier. Pendant une année je fus pourtant professeur de philosophie au lycée de Braşov en Transylvanie. C'est alors que j'écrivis un livre sur les saints, résultat d'une crise religieuse relativement profonde. Je le portai chez un éditeur de Bucarest qui l'accepta sans le lire. Deux mois plus tard il m'annonça qu'il refusait de le publier parce que, alerté par le typo, il y avait jeté un coup d'œil qui l'avait horrifié. « Comprenez-moi, je suis riche, ma fortune je l'ai faite avec l'aide de Dieu, et vous venez maintenant avec tous ces blasphèmes épouvantables. » Deux mois plus tard il fut imprimé ailleurs avec la mention : « Édition de l'Auteur ». Entre-temps, fin 37, j'étais parti pour Paris.

À l'exception d'une jeune Arménienne, mon livre fut très mal accueilli par mes amis. Eliade l'attaqua violemment. Mes parents furent particulièrement embarrassés. Ma mère n'était pas à vrai dire croyante mais elle était tout de même femme de pope et, ce qui était non moins grave, présidente de l'Association des femmes orthodoxes de la ville. Elle m'écrivit : « Tu n'aurais pas dû publier ton livre de notre vivant. Tout le monde ici le trouve scandaleux. » Je lui répondis par retour du courrier : « Il faut leur dire à tous que j'ai écrit le seul livre vraiment religieux qui ait jamais paru dans les Balkans. » C'est alors que j'ai compris que je n'appartiendrais jamais à la race des croyants. Je n'avais pas et n'aurais jamais la foi. Chose curieuse, j'étais fasciné par Thérèse d'Avila. Sa ferveur exerce sur vous un tel pouvoir, une telle magie qu'on a l'impression de croire alors même qu'on ne croit pas. C'est après avoir ouvert par hasard un livre d'elle qu'Edith Stein s'est convertie au christianisme — danger qui menace tout incroyant tombé sous le charme de la sainte.

Je vais revenir maintenant à mes expériences parisiennes. Qu'ai-je au fait appris en France ? Avant tout ce que signifie manger et écrire. Dans l'hôtel où je logeais au quartier Latin à neuf heures tous les matins le gérant élaborait avec sa femme et son fils le menu du déjeuner. Je n'en revenais pas. Jamais ma mère ne nous avait consultés sur un tel sujet, alors que dans cette famille-là se tenait une conférence quotidienne à trois. Je pensais au début qu'ils attendaient des invités. Erreur. L'ordonnance des repas, la succession des plats faisaient l'objet d'un échange de vues comme s'il s'était agi de l'événement capital de la journée, ce qui d'ailleurs était le cas. Manger — j'en fis alors la découverte — ne correspond pas simplement à un besoin élémentaire mais à quelque chose de plus profond, à un acte qui, si étrange que cela puisse paraître, se dissocie de la faim pour acquérir le sens d'un véritable rituel. J'ai donc appris à l'âge de vingt-sept ans seulement ce que manger veut dire, ce que cet avilissement quotidien a de remarquable, d'unique. Et c'est ainsi que j'ai cessé d'être un animal.

Insensible au bien-manger, je l'étais encore plus au bien-dire. Avais-je quelque chose à formuler, je le faisais sans me tourmenter autrement. Mais, au pays de Valéry, m'entretenir avec n'importe qui constituait pour moi une sorte d'initiation.

G. B. : Peut-être pourriez-vous me dire s'il existe des

rapports internes entre vos premiers livres roumains et votre premier livre français ?

C. : Ils procèdent d'une même vision de la vie, d'un même sentiment de l'être, si vous voulez. Ils expriment la réaction d'un marginal, d'un pestiféré, d'un individu que rien ne rattache plus à ses semblables. Cette vision ne m'a pas quitté. Ce qui a changé, c'est ma façon de la traduire. Avec l'âge — et c'est la grande honte de la vieillesse — on n'adhère plus à ses idées avec la même intensité. Dans ma jeunesse, ce qui n'était pas *intense* me semblait nul. Ce n'est pas un hasard si mon premier livre fut une explosion. Le néant était en moi, je n'avais pas besoin de le chercher ailleurs. Déjà le pressentiment m'en était venu enfant, à travers l'ennui, facteur de découvertes abyssales. Je pourrais citer avec exactitude le moment où j'eus la sensation du vide, l'impression d'être éjecté du temps. Je n'ai jamais cessé d'éprouver ce vide, il est devenu pour moi une rencontre presque quotidienne. Ce qui est capital, c'est la fréquence d'une expérience, le retour insistant d'un vertige.

G. B. : Vous écrivez dans *Écartèlement* : « Les philosophes écrivent pour les professeurs, les penseurs pour les écrivains. » S'il en est ainsi, vous êtes, sans nul doute, un penseur. Pouvez-vous préciser ?

C. : En Allemagne, on regarde de haut le penseur. En revanche, le philosophe y est considéré : il a construit un système, il a le privilège d'être illisible ! En France, l'écrivain est dieu, de même le penseur dans la mesure où celui-ci écrit pour celui-là. Malheureusement depuis la dernière guerre les écrivains se sont abaissés à enseigner !

G. B. : Vous êtes pourtant un penseur et en même temps un écrivain, et cela non seulement dans un sens large parce que, un peu comme Nietzsche, vous accordez une grande importance au style, mais d'une façon qui vous est tout à fait particulière, irritante et fascinante à la fois, qui vous différencie des autres écrivains. Vous semblerait-il exact de dire que vous partez de vos sensations, de vos humeurs, de l'ennui par exemple comme tout à l'heure, et que de l'humeur vous passez à l'idée ?

C. : C'est exactement ça. Tout ce que j'ai écrit m'a été dicté par mes états, par mes accès de toutes sortes. Ce n'est pas d'une idée que je pars, l'idée vient *après*. Tout ce que j'ai écrit, je pourrais en retrouver la cause ou le prétexte. Mes raccourcis, mes formules sont fruits de mes veilles. La nuit on est un autre homme, on est tout à fait soi-même, pareil au Nietzsche, souffrant et coincé, de la fin. Celui-là, quelle preuve que tout au fond est provoqué par nos « misères » !

G. B. : Dans son cas il en va tout autrement dans la mesure où, à ses défaillances de toutes espèces, il a conféré un statut objectif.

C. : Il a fait ça très bien, il a tout merveilleusement camouflé.

G. B. : C'est justement ce que vous ne faites pas.

C. : C'est exact. Pourtant un écrivain doit ruser, cacher en somme l'origine et l'arrière-plan de ses manies et de ses obsessions. Quant aux idées, il m'arrive d'en émettre à l'occasion...

G. B. : Mais elles ne sont, en fait, que des pensées tout à fait subjectives.

C. : J'écris pour me débarrasser d'un fardeau ou tout au moins pour l'alléger. Si je n'avais pas pu m'exprimer, je me serais livré à plus d'un excès. Le philosophe subjectif part de ce qu'il sent, de ce qu'il vit, de ses caprices et de ses troubles. On peut objectiver ce qu'on éprouve, on peut le masquer. Pourquoi le ferais-je ? Ce que j'ai ressenti au cours des années s'est mué en livres et c'est comme si ces livres s'étaient écrits d'eux-mêmes.

G. B. : « Malheur au livre qu'on peut lire sans se poser à tout moment des questions sur l'auteur », avez-vous écrit. Bien que vous ne parliez pas en votre nom, ce que vous exprimez là n'est-il pas totalement et foncièrement subjectif ?

C. : Je vous répondrai d'une façon indirecte. Je lis de préférence des journaux intimes, des Mémoires, des lettres. Il y a une vingtaine d'années j'ai travaillé pendant des mois à une anthologie : « Le portrait de Saint-Simon à Tocqueville » qui paraîtra peut-être en Italie. Aujourd'hui encore n'importe quels souvenirs m'attirent, un écrivain quelconque a souvent une vie plus captivante qu'un génie. Il est sûr que je préfère une œuvre qui m'oblige à penser à son auteur, ce qui est inimaginable d'un ouvrage strictement philosophique.

G. B. : Les poètes eux-mêmes se cachent derrière leurs créations. Vous, au contraire, vous parlez ouvertement au nom d'un « je ».

C. : Prenons Emily Dickinson que j'admire, non, que je vénère. Elle ne cesse jamais de parler d'elle-même. Le poète objectif n'existe pas et ne peut pas exister. Le « je » est omniprésent dans tout poème.

G. B. : C'est d'un moi lyrique dont il s'agit. Les poètes ont pour ainsi dire une conscience qui s'exprime à la place de la leur, alors que vous parlez, vous, en tant qu'auteur.

C. : C'est faux. Si je parlais en tant qu'auteur, je parlerais de ce que j'écris. Ce n'est pas le cas. Ce dont je parle, ce sont mes exaspérations et mes stupeurs plus ou moins quotidiennes, ce qu'à la rigueur même une bonniche pourrait comprendre. Il serait ridicule de ma part de me comporter comme un plumitif.

G. B. : Ce que je voulais dire tout à l'heure, c'est que votre subjectivité a quelque chose de démoniaque, car elle dévore votre moi. C'est une subjectivité absolue qui ressort lorsque vous vous comparez à Hamlet ou à Macbeth. Macbeth, dites-vous, est votre frère, votre alter ego.

C. : Oui, je me compare à Macbeth, bien que je n'aie tué personne. Mais, intérieurement, j'ai vécu ce qu'il a vécu et ce qu'il dit j'aurais pu le dire. Dans mes accès de mégalomanie, je l'accuse de plagiat.

G. B. : C'est une véritable provocation. Vous vous présentez ici en tant que Macbeth.

C. : Tout à fait.

G. B. : Devant un vrai Macbeth, toute la salle s'enfuirait.

C. : C'est une façon trop littérale de prendre les choses. Il faut y mettre des nuances. Quand je pense à Macbeth, je m'identifie à lui, et même lorsque je n'y pense pas, il reste mon frère. Ce qu'il dit est évidemment lié à son crime, mais va aussi plus loin et plus profond. Macbeth est un penseur, tout comme Hamlet. Je comprends Shakespeare dont j'admire éperdument le manque de mesure.

G. B. : Shakespeare pourtant n'est qu'un écrivain, encore que le plus grand sans doute.

C. : Lorsque j'étais professeur à Braşov et que j'écrivais mon livre sur les saints, je pris la brusque résolution de ne plus m'adresser qu'à... Shakespeare. Résolution claire et nette, un tantinet démente, mais c'est ainsi que cela se passa. Il y avait dans la ville un café très agréable, genre café viennois. J'y allais tous les jours après le déjeuner. La résolution dite une fois prise, je m'étais installé à ma place habituelle. Arriva sur ces entrefaites un de mes collègues, professeur de gymnastique. « Puis-je m'asseoir à votre table ? me demanda-t-il. — Qui êtes-vous ? Êtes-vous Shakespeare ? — Vous savez bien que non. — Comment, vous n'êtes pas Shakespeare ? Alors fichez le camp ! » Il s'en alla furieux racontant à qui voulait l'entendre que j'étais devenu fou. Pour en revenir à Macbeth, je ne lui pardonnerai jamais d'avoir dit ce que, j'en suis intimement persuadé, il m'appartenait de dire.

G. B. : Là, vous dépassez les bornes.

C. : Tranquillisez-vous. Je suis beaucoup plus modeste qu'il n'y paraît.

G. B. : La question que je voudrais vous poser maintenant concerne le scepticisme qui est un aspect fondamental de votre œuvre. Scepticisme si radical qu'il s'exerce contre lui-même et sape tout système. Il n'est pas jusqu'au langage que vous ne mettiez radicalement en doute. Voici donc ma question : n'est-ce pas le scepticisme qui a déterminé votre choix de l'aphorisme comme mode d'expression ?

C. : Pour vous dire la vérité, je ne sais pas très bien où j'en suis par rapport au scepticisme, bien qu'il soit au centre de tout ce que j'ai pensé. Ce qui est sûr, c'est qu'il a joué pour moi dans maintes occasions le rôle du plus efficace des tranquillisants. Je me suis livré au doute avec volupté, ce que ne fait pas précisément le sceptique, soucieux qu'il est de maintenir un intervalle entre ses idées et soi-même. Pascal représente le genre de sceptique que j'aime, le sceptique qui s'obstine à croire, qui s'accroche avec désespoir à sa foi, synonyme ou presque de déchirure intérieure.

G. B. : Vous faites aussi un rapprochement entre scepticisme et mysticisme. Le scepticisme ne serait-il pas la forme négative de la mystique dans la mesure où il débouche sur l'expérience du vide ?

C. : Quand on lit la vie des mystiques, on s'aperçoit qu'ils passent tous par une période de doute, doute qui, poussé à l'extrême, côtoie l'abîme et se détruit par son excès même. C'est alors qu'a lieu réellement le saut hors du scepticisme. Il importe ici de faire la distinction entre saints et mystiques. Les saints ont un côté positif, ils veulent agir, ils se démènent pour autrui. La passivité ne leur sied pas. À l'opposé, le mystique peut être, lui, totalement inactif, un obsédé, un égoïste sublime. La plus grande épreuve pour lui est la sensation d'abandon, de sécheresse, de désert intérieur, c'est-à-dire l'impossibilité de retrouver la plénitude de l'extase.

G. B. : Le vide du mystique débouche sur le néant, mais sur un néant qui est le tout. Est-ce ainsi que vous le voyez ?

C. : J'ai toujours subi l'envoûtement de ce qui se situe *après* Dieu ou plutôt *au-dessus* de Lui.

G. B. : Le sceptique souhaite-t-il que tout le monde le suive ? En d'autres termes, écrivez-vous pour le lecteur ou pour vous-même ?

C. : Sûrement pas pour les autres. On ne devrait s'adresser qu'à soi et qu'incidemment à des inconnus. Même une pièce de théâtre, si elle prétend au vrai, doit faire abstraction des spectateurs.

G. B. : D'après vous, un livre est un « suicide différé ». La littérature serait donc une sorte de succédané ; écrire au lieu de se tuer. Elle s'intercale entre le désir de la mort et la mort, repoussant toujours plus loin la solution dernière, sans toutefois l'écarter. L'écriture a-t-elle été pour vous un secours ?

C. : Écrire est la grande ressource quand on n'est pas un habitué des pharmacies, écrire, c'est se guérir. Je vous donne ce conseil : si vous haïssez quelqu'un sans vouloir spécialement le supprimer, marquez cent fois son nom suivi de « je vais te tuer ». Au bout d'une demi-heure, vous êtes soulagé. Formuler, c'est se sauver, même si on ne gribouille que des insanités, même si on n'a aucun talent. Dans les asiles d'aliénés, on devrait fournir à chaque pensionnaire des tonnes de papier à noircir. L'expression comme thérapeutique. L'idée de suicide possède la même vertu. La vie cesse d'être un cauchemar quand on se dit : « Je peux me tuer quand je veux. » On peut en effet tout supporter quand on dispose d'un tel recours.

G. B. : La mort est-elle pour vous un absolu ?

C. : Dans ma jeunesse, elle ne me quittait jamais, elle était au centre de mes nuits et de mes jours, présence justifiée en soi, suprêmement légitime et pourtant morbide. Chose étrange : avec l'âge, on y pense de moins en moins. Je viens de recevoir une lettre d'un vieil ami qui m'écrit que la vie ne lui dit plus rien. Je lui ai répondu : « Si tu veux un conseil, le voici : quand tu ne pourras plus rire, alors seulement tu devras te tuer. Mais tant que tu en es capable, attends encore. Le rire est une victoire, la vraie, la seule, sur la vie et la mort. » L'une et l'autre offrent un spectacle innommable. La Création, quelle extravagance !

G. B. : Comment envisagez-vous le déclin de la civilisation et la fin de l'histoire ?

C. : L'homme étant un aventurier, il ne peut que mal finir. Son destin est clairement défini dans la Genèse. La vérité de la Chute, cette certitude des premiers temps, est devenue notre vérité, notre certitude.

G. B. : Une dernière question : ne seriez-vous pas un théologien caché, un théologien du désastre, un théologien gnostique ?

C. : Je me suis intéressé à la Gnose, cela va de soi. Il en est résulté un petit livre, *Le mauvais démiurge*, dont le titre allemand, *Die verfehlte Schöpfung* (La Création ratée), me plaît. Le Créateur, on ne peut l'imaginer que malfaisant ou, au mieux, bousilleur. Cette conception, après une éclipse de quelques siècles, revient aujourd'hui en force. Mais je ne manque pas à tel point d'humour pour m'ériger en théologien.

G. B. : Ce n'est pas ce que je voulais dire.

C. : Toute hérésie — que j'aime ce mot ! — est exaltante. Après la trop longue hégémonie chrétienne, nous pouvons maintenant adopter sans embarras l'idée d'un principe impur, immanent au Créateur et au créé. Cette idée nous permet de mieux comprendre et surtout de mieux affronter l'inqualifiable devenir historique et, à vrai dire, le devenir tout court. La croyance à un tel principe n'est certes pas un remède miracle, mais elle n'en constitue pas moins un refuge pour tous ceux qui ne cessent de ruminer sur la carrière triomphale du Mal.

Entretien publié pour la première fois en allemand sous le titre « Ein Gespräch — Geführt von Gerd Bergfleth ». © Konkursbuchverlag Claudia Gehrke 1985, Tübingen.

Version française de E.M. Cioran parue à l'Ire des Vents, à tirage limité, en 1987 puis à l'Herne en 1988.

ENTRETIEN AVEC ESTHER SELIGSON

Esther Seligson : On dit que vous êtes un pessimiste.

Cioran : Ce n'est pas vrai. Je n'ai pas l'impression de l'être. Je n'exagère pas : ce que je dis est exact ; il se peut que je sois en deçà de la réalité, mais cela s'explique : je n'ai jamais écrit que dans des moments de dépression, où écrire devient une sorte de thérapie conçue à ma guise. On n'écrit pas quand on a envie de danser. Il en est, pourtant, qui peuvent écrire dans un état neutre, et pas seulement les professeurs. Généralement, écrire est inutile, mais comme nul ne peut rien faire pour personne, on peut alors le faire pour soi, pour « guérir », ne serait-ce que momentanément. Les pages les plus sinistres que j'ai écrites m'ont fait rire, par la suite. À la relecture, elles sont de nouveau déprimantes, mais ce que je corrige, c'est le style, pas la pensée. Si j'étais véritablement pessimiste, la plupart des gens ne me liraient pas. Ils me trouvent même « réconfortant ». Je suis un petit bienfaiteur. Mais mon remède n'est pas universel.

E. S. : Depuis que vous avez écrit *Histoire et utopie*, votre vision de la Russie et de l'Europe a-t-elle changé ?

C. : Essentiellement, non. La Russie m'intéresse parce

que sa littérature est la plus profonde. En revanche, il n'y a pas de poètes comparables aux Anglais. La littérature a deux grands génies : en poésie, Shakespeare et, comme visionnaire, Dostoïevski, ce dernier à cause de sa dimension religieuse qui touche à la fois au délire et à l'ultime limite de cette dimension. Le personnage de Kirilov n'a pas été surpassé. Dostoïevski a transformé ses états pathologiques en visions. À première vue, il pourrait sembler morbide ; en fait, il a élevé l'épilepsie au rang de la métaphysique. Je me considère comme un épileptique frustré. Shakespeare et Dostoïevski m'ont profondément marqué. D'autre part, il y a, à l'origine d'*Histoire et utopie,* María Zembrano, dont j'ai fait la connaissance au Café de Flore. Nous avons parlé de ses maîtres — d'Ortega — et de l'utopie. Je lui ai dit alors que j'écrirais quelque chose sur le sujet. Et il en est allé ainsi. Je me suis mis à lire la littérature utopique. Swift a écrit la plus belle antiutopie, bien que Gulliver soit en lui-même une utopie. Sa comparaison entre l'homme et les chevaux, qui sont le contraire de l'homme, est la plus terrible des descriptions que l'on ait pu en faire. C'est de l'humour noir porté à l'absolu. Le propre de l'utopie est d'admettre que l'état de perfection est possible. Pour l'Europe, je crois qu'elle va finir par céder, face à la Russie. Je ne pense pas à une agression, mais à des pressions, chaque fois plus fortes, sur une Europe épuisée. Cette vision, je l'ai depuis toujours, depuis le lycée, quand je lisais la théologie russe. Mon père était un pope dépendant d'un évêque qui avait une bibliothèque en allemand sur les Russes, lesquels ont sans nul doute toujours cru qu'il était de leur devoir de sauver le monde. Peu importe sous quelle forme ; l'important, c'est la volonté de mener à bien cette mission, qui donne à la Russie son sens, en tant que nation. Tandis que les nations de l'Europe occidentale, qui ne croit plus en elle-même, se sont usées. Il est bien entendu que je parle de réalités historiques, et non pas idéologiques ou politiques. L'idéologie implique toujours une situation locale, alors que la perspective historique est plus vaste. La formule politique, elle, est une réponse à une situation immédiate.

E. S. : Considérez-vous encore la fin de l'histoire comme une apocalypse ?

C. : Non. Je crois que l'homme est condamné, mais je ne peux dire comment il va finir. Il y a de nombreuses possibilités. Je crois, oui, en son destin tragique. Parler de la bombe atomique est trivial, mais c'est une réalité. La catastrophe ne sera pas totale. Pour être plus précis : l'Europe, les États-Unis et la Russie disparaîtront. Ce sont les nations qui ont fait l'histoire. L'apocalypse atomique est devenue une vision de concierge : si elle est, sans doute, vraisemblable et fondée, elle n'est pas intéressante. C'est le destin de l'homme, en dehors de tous ces « accidents », qui est intéressant. Étant aventurier de nature, il ne finira pas dans son lit. Si tout va bien, il finira en dégénéré, impotent, une caricature de lui-même, un animal dégénéré. Il ne peut se renouveler indéfiniment, étant donné le rythme accéléré de l'histoire, mais il peut se maintenir encore quelques siècles, comme survivant. Tout ce que l'homme fait se retourne contre lui : c'est là son destin, et la loi tragique de l'histoire. On paie pour tout, pour le bien et pour le mal. C'est la grande ironie de l'histoire comme destin de l'homme, destin qui ne consiste qu'à se corrompre. Tout a une finalité, sauf l'homme, fanatique agrippé à ses objectifs. Et tout fanatique est un simulacre de Dieu. Peut-on vivre, si l'on ne croit pas au sens de l'histoire ? La vie a-t-elle un sens ? Quand on assiste à un enterrement, on ne peut se dire que mourir a été le sens de cette vie. Et il n'y a pas d'objectif en soi. C'est l'illusion de l'objectif qui est le grand moteur. Sauf que celui qui le possède ne sait pas qu'il s'agit d'une pure illusion. Et la connaissance consiste à savoir ce qu'il en est, tout le reste, c'est la vie (pas nécessairement avec un grand V)... Enfin, c'est là ma vision optimiste, dans le cas où l'homme ne se détruit pas par ses propres moyens...

E. S. : Vous avez dit que votre seule patrie est la langue dans laquelle vous vous exprimez. L'écriture serait de la sorte pour vous vos papiers d'identité.

C. : C'est assez juste. Simone Weil écrivait dans sa *Lettre à un religieux* que « changer de religion est une chose aussi grave et dangereuse que changer de langue, pour un écrivain ». Pour moi, qui ai adopté le statut d'apatride, la langue est une amarre, un fondement, une certitude. On n'est pas une nationalité, on est une langue. Hors d'elle, tout devient abstrait et irréel. Alors, oui, une langue est une patrie, et je me suis dénationalisé. En un certain sens, je me suis libéré, mais cela s'avère également douloureux. Pour un poète, ce serait une catastrophe.

E. S. : Paris vous séduit-il toujours autant ?

C. : Non. Pour moi, Paris a été l'idolâtrie. Mais je m'en suis lassé, parce que je vieillis, et la ville aussi. L'enchantement a pris fin. Si je ne la quitte pas, c'est parce que j'y ai vécu pendant quarante ans. Mais elle ne m'inspire plus. Chamfort a écrit avant la Révolution française : « Paris, ville lumière, ville de plaisir, où quatre habitants sur cinq meurent de chagrin. » C'est une ville triste. Elle est abîmée. Elle s'est changée en un enfer — ou en un cauchemar — que je ne peux abandonner. Je ne pourrais vivre autre part.

E. S. : Quelle a été votre relation avec Henri Michaux ?

C. : Je l'ai connu il y a plus de trente ans. Nous nous sommes très bien entendus, et nous avons toujours été amis. Nous parlions des heures au téléphone, et nous nous voyions tout le temps. L'âge en lui ne comptait pas, car il a toujours été vif, combatif, critique et drôle, curieusement épargné par la vie. Je me sentais plus vieux que lui. Il n'avait pas cette amertume qui nous vient avec les années, et je le surprenais souvent en flagrant délit d'optimisme. Il était très railleur et ironique. Il donnait l'impression d'être hors du monde, mais en fait, il était toujours au courant de tout, du cinéma, surtout. Sa vie a été une réussite, puisqu'il a fait exactement ce qu'il a voulu. Il a écrit, approfondi. Ce n'était pas un raté (la plupart d'entre nous le sommes dans une certaine mesure. Pour moi, la réussite est justement d'être un raté, encore que j'eusse pu mieux faire), et c'est pour cela que sa mort n'a rien de triste. Ma faiblesse va à ceux qui font partie des irréalisés. Je lui reprochais de s'affliger de la probable disparition de l'homme ; cet aspect naïf de la part d'un être aussi lucide et intelligent me surprenait. Je lui reprochais aussi d'avoir tant cherché à approfondir la drogue. Un écrivain ne doit pas trop approfondir son sujet, au risque de ressembler à un scientifique. L'écrivain doit suggérer. Michaux avait un esprit de scientifique ; en fait, il voulait être médecin, mais il a abandonné la carrière. Pour moi, c'est le type même de l'homme accompli.

E. S. : L'homme vous fascine, n'est-ce pas ?, bien que vous vous opposiez à la condition humaine. Ou est-ce le contraire ?

C. : Il est évident que ce qui m'intéresse, c'est l'aspect ambigu de l'homme. Les hommes me font horreur, mais je ne suis pas un misanthrope. Si j'étais tout-puissant — Dieu ou Diable —, j'éliminerais l'homme. De lui, tout est dit dans la Genèse. Attiré par ce qui le nie, il a opté pour le risque, c'est-à-dire pour l'histoire. Dès le commencement, il a mal choisi, et sans cet exil, l'histoire n'aurait pas été. Il a choisi sa condition tragique... Non, je n'admets pas la Genèse comme révélation, mais comme point de vue sur la conception de l'homme. Ceux qui ont écrit ces livres n'ont fait que réfléchir — ils avaient le temps — et ont vu, dans le déroulement de l'histoire, ce qu'était l'homme, son destin, et sa condition : il a choisi la connaissance et, par voie de conséquence, le drame. L'aventure humaine a commencé par une incapacité de modestie. Dieu lui demandait d'être humble, de se tenir tranquille dans son coin, de ne se mêler de rien. Mais l'homme est un touche-à-tout indiscret, c'est là son principe démoniaque, et si l'on n'accepte pas ce principe, on ne comprend pas l'histoire. Je ne crois pas au péché originel à la façon chrétienne, mais sans lui, on ne peut comprendre l'histoire universelle. La nature humaine était corrompue dans l'œuf. Et non, je ne parle pas comme un croyant, mais à défaut de cette idée, je me trouve dans l'impossibilité d'expliquer ce qui est advenu. Mon attitude est celle d'un théologien non croyant, d'un théologien athée.

E. S. : Si l'on vous offrait l'immortalité, dans quel monde imagineriez-vous vivre ?

C. : Je ne puis répondre, à moins de croire à la réalité de l'utopie. Dans le fond, pour moi, l'intérêt de la vie, c'est qu'il n'y a pas de réponses. Certes, par hasard ou par accident, il y en a, mais ce ne sont pas *en elles-mêmes* des réponses. Pour moi, il n'y a pas de certitudes. Je suis un sceptique...

Entretien paru sous le titre « Cioran de cara a tí mismo » dans la revue mexicaine Vuelta, *février 1985.*

Traduit de l'espagnol par Gabriel Iaculli.

ENTRETIEN AVEC FRITZ J. RADDATZ

Fritz J. Raddatz : Je voudrais pour commencer parler de votre conception de l'histoire. On trouve chez vous beaucoup de formules qu'on pourrait citer et qui paraissent contradictoires : l'histoire mondiale comme l'histoire du mal, ou bien : « Ma passion pour l'histoire vient du goût que j'ai pour les catastrophes », ou bien : « L'histoire est une histoire de fous ». En même temps Susan Sontag rapproche votre représentation de l'histoire de celle de Nietzsche. Est-ce juste ?

Cioran : Non. Il y a, si j'ose dire, une ressemblance de tempérament entre Nietzsche et moi : nous sommes l'un et l'autre des insomniaques. Cela crée une complicité. Mais ma conception de l'histoire réside bien dans les formules que vous venez de citer. C'est ma position, mon sentiment.

F. J. R. : Revenons à Nietzsche. Susan Sontag dit : Nietzsche ne rejette pas la pensée de l'histoire parce qu'elle est fausse, c'est au contraire parce qu'elle est vraie qu'il faut la rejeter. Elle dit que c'est également votre conception. Mais elle est apparemment différente ?

C. : Elle est différente. À l'origine de ma position il y

a la philosophie du fatalisme. Ma thèse fondamentale c'est l'impuissance de l'homme. Il n'est qu'un objet de l'histoire et non le sujet. Je hais l'histoire, je hais le processus historique.

F. J. R. : Vous niez le progrès ?

C. : Je nie le progrès. Je vais vous raconter une anecdote qui est plus qu'une anecdote. C'est ici, pas loin de chez moi, qu'on a écrit le premier et le meilleur livre sur le progrès. Pendant la Terreur c'est ici que Condorcet s'est caché et qu'il a écrit son livre *Esquisse d'un tableau des progrès de l'esprit humain*, la théorie du progrès, la première théorie claire et militante de l'idée de progrès ; c'était en 1794. Il savait qu'il était recherché, il a quitté sa pension de famille et il s'est réfugié dans un faubourg de Paris. Des gens l'ont reconnu dans un bistrot, ils l'ont dénoncé — et il s'est suicidé. Et ce livre est la bible de l'optimisme.

F. J. R. : Cela, c'est une anecdote. Mais vous n'avez pas formulé votre critique. Peut-on vraiment et d'une façon générale nier tout processus historique et nier le progrès à l'intérieur d'un tel processus ?

C. : Je ne peux pas nier cela. Mais pour moi tout ce qui est gain est en même temps une perte. Et ainsi le progrès s'annule lui-même. Chaque fois que l'homme fait un pas en avant il perd quelque chose.

F. J. R. : Me donneriez-vous un exemple ?

C. : Prenez la science, les médicaments, les techniques médicales, les machines à prolonger la vie. Je dirais : les hommes jadis mouraient de leur propre mort, c'était leur destin, ils mouraient sans soins. À présent grâce aux médicaments l'homme mène une fausse vie, une vie artificiellement prolongée. Il ne vit plus son destin.

F. J. R. : Mais, monsieur Cioran, vous étiez bien heureux et soulagé quand vous me parliez tout à l'heure du résultat de vos examens radioscopiques. Pour cela il a bien fallu que M. Röntgen ait fait un jour sa découverte. Ce n'était pas un progrès ?

C. : Si, mais il vaudrait mieux que je meure de ma propre mort.

F. J. R. : Mais vous aussi vous la fuyez.

C. : C'est vrai, je fais partie du lot, de cette folie. Je ne peux pas faire autrement. Je prends aussi le métro. Je fais tout ce que font les autres.

F. J. R. : Vous vous servez de la civilisation que vous condamnez. Vous avez le téléphone, vous prenez l'avion.

C. : Je pense aujourd'hui qu'il aurait beaucoup mieux valu pour moi rester dans le petit village d'où je viens et d'y garder les troupeaux. J'y aurais compris les choses essentielles aussi bien qu'à présent. J'y serais plus près de la vérité.

F. J. R. : Vous pensez que votre culture vous masque la vérité ?

C. : Il aurait mieux valu que je vive en compagnie des animaux, de gens simples, comme sont les bergers précisément. Quand je vais dans des endroits tout à fait primitifs, en Espagne, par exemple, ou en Italie et que je parle avec des gens tout à fait simples, j'ai toujours l'impression que c'est chez ces gens-là que se trouve la vérité.

F. J. R. : Vous parlez comme un marginal, un peu comme un « vert » : le retour à la nature.

C. : Pour l'essentiel, la culture, la civilisation, n'est pas nécessaire. Pour comprendre la nature et la vie, on n'a pas besoin d'être cultivé. Pardonnez-moi encore cette autre anecdote. Du temps de mon enfance nous avions un jardin près du cimetière, et le fossoyeur était mon ami, j'étais un petit garçon et lui devait avoir cinquante ans. Je suis sûr que ces premières années vécues près du cimetière ont agi sur moi, inconsciemment. Ce rapport direct à la mort a certainement exercé une influence sans que j'en aie été conscient.

F. J. R. : Peut-on faire de cette expérience personnelle un philosophème ? C'est la question que je me pose à propos de ce que vous écrivez. Vous avez vécu très jeune dans le voisinage de la mort, soit. Mais est-ce que cela justifie des aperçus philosophiques comme : « Hier, aujourd'hui, demain, sont des catégories à l'usage des domestiques » ou bien : « J'étais, je suis, je serai, cela relève de la grammaire et non de l'existence. »

C. : Les grandes questions de la vie n'ont rien à voir avec la culture. Les gens simples ont bien souvent des intuitions qu'un philosophe ne peut avoir. Car le point de départ c'est le vécu, ce n'est pas la théorie. Un animal même peut être plus profond qu'un philosophe, je veux dire, avoir un sens de la vie plus profond.

F. J. R. : Je ne dis pas le contraire, mais je songe à autre chose : du fait que vous exprimez vos pensées, vous indiquez une sorte de chemin à suivre à d'autres que vous. Ces pensées que vous exprimez ne sont pas simplement des propos de table, vous les publiez. Publier c'est déjà enseigner. Vous conduisez donc les gens à penser que l'histoire est une catastrophe, que le progrès n'existe pas. Est-ce qu'on peut vraiment dire ces choses-là aussi carrément ?

C. : Je ne crois pas qu'il y ait de solutions.

F. J. R. : Vous ne croyez pas non plus à ce qui fait pourtant partie de la pensée de tout auteur quand il publie, à une humanisation du genre humain. Ce n'est pas imaginable pour vous ?

C. : Non, ce n'est vraiment pas imaginable. On peut de temps à autre modifier un peu le cours de l'histoire, mais profondément, essentiellement, on ne peut rien changer.

F. J. R. : La nature de l'homme est immuable, est mauvaise ?

C. : Non pas mauvaise : maudite. L'homme est mauvais, je le crois volontiers, mais c'est presque un détail. L'homme ne peut pas échapper à son destin.

F. J. R. : Devant une représentation aussi sinistre de l'homme et de l'histoire en est tenté de vous demander : pourquoi publiez-vous finalement ? Pour quoi faire ? Pour qui ?

C. : Vous avez absolument raison de faire cette objection. Je suis un exemple de ce que je décris. Je ne suis pas une exception, au contraire. Je suis plein de contradictions. Je suis incapable de sagesse, et pourtant j'ai un grand désir de sagesse.

F. J. R. : Mais vous avez dit une fois : « Celui qui est sage ne produit plus. » Ne pas être sage est la source du produire.

C. : C'est absolument ce que je pense. Mais personne ne doit me suivre.

F. J. R. : Personne ne doit vous suivre ?

C. : S'il le fait, tant pis pour lui. Tout ce que j'ai écrit, ce sont des états, des états d'âme ou d'esprit, si on peut dire. En tout cas je l'ai écrit pour me délivrer, moi de quelque chose. Par conséquent je considère tout ce que j'ai écrit non pas comme une théorie, mais comme une véritable cure à mon propre usage. Le parti pris de mes livres vient de ce que je ne puis écrire que dans un certain état. J'écris au lieu de me frapper...

F. J. R. : ... de couper des têtes.

C. : C'est pour moi un soulagement incroyable. Je crois que si je n'avais pas écrit, les choses auraient pu tourner encore plus mal pour moi.

F. J. R. : Oui, mais écrire et publier ce n'est pas tout à fait la même chose. Votre cure, dites-vous, c'est d'écrire. Mais pourquoi publiez-vous ? C'est bien pour influencer d'autres gens.

C. : Non, publier est extrêmement salutaire. C'est une libération, comme de donner une gifle à quelqu'un. Quand vous publiez quelque chose que vous avez écrit, c'est hors de vous, ça ne vous appartient plus. Quand on hait quelqu'un, il suffit d'écrire cent fois : « Je hais ce type » et au bout d'une demi-heure on est délivré. Par conséquent, quand je m'en prends à la vie, l'humanité, l'histoire...

F. J. R. : Se pourrait-il que le caractère très aphoristique de votre écriture soit en rapport avec cela ?

C. : Tout à fait, c'est tout à fait vrai. Tous les aphorismes que j'ai écrits sont...

F. J. R. : ... de petits comprimés ?

C. : C'est très bien dit, ce sont des comprimés que je me procure moi-même et qui font de l'effet.

F. J. R. : Mais naturellement vous en empoisonnez d'autres avec eux, moi, par exemple. Si vous me permettez d'en parler : quand, pour préparer notre entretien, j'ai relu encore une fois tout ce qui existe de vous en allemand, c'était comme si un poison entrait goutte à goutte en moi : tantôt cela m'amusait, tantôt cela me mettait mal à l'aise. Je me disais : il a raison, rien n'a de sens finalement.

C. : C'est sûrement vrai !

F. J. R. : Je ne parle pas de vos livres naturellement, mais en général : rien dans le monde n'a de sens.

C. : Je crois vraiment que rien n'a de sens.

F. J. R. : Il y a quelque part un petit terroriste qui se cache en vous.

C. : Non, j'ai reçu beaucoup de lettres au cours de ma vie. Les gens ont éprouvé une libération. J'avais peur en publiant ces livres, parce que je pensais que j'allais nuire. C'est tout le contraire qui s'est produit.

F. J. R. : Il faut dire que les gens qui se sont suicidés n'étaient plus en état de vous remercier.

C. : Ce n'est pas du tout le cas.

F. J. R. : Mais quelqu'un qui dit de la vie que c'est « le kitsch de la matière », pour prendre une phrase de vous parmi beaucoup d'autres, ou qui dépeint l'acte de la procréation comme une « gymnastique grotesque accompagnée de grognements », ou qui dit : « Je ne peux plus prononcer les mots " je suis " sans rougir de honte », il infuse le poison du découragement, aussi au sens actif de ce mot, dans l'esprit des autres. Si vraiment « je ne puis plus dire : " je suis " sans rougir de honte », alors je dois vous demander, même si la question a l'air brutale : pourquoi donc êtes-vous ?

C. : Ces choses-là ont été écrites dans un moment de vrai désespoir. Mais je n'aime pas ce mot.

F. J. R. : Trop visqueux ?

C. : Tout ce que j'ai écrit m'est venu durant la nuit. Qu'est-ce qui fait le caractère de la nuit ? Tout a cessé d'exister. Il n'y a plus que vous, le silence et le néant. On ne pense absolument à rien, on est seul comme Dieu peut être seul. Et, bien que je ne sois pas croyant — je ne crois peut-être à rien — cette solitude absolue demande un interlocuteur ; et quand je parle de Dieu, c'est seulement comme d'un interlocuteur au milieu de la nuit.

F. J. R. : Mais vous ne désignez pas le Dieu qu'on se représente généralement dans la religion ?

C. : Non, mais l'ultime limite. Un interlocuteur passager, dont on a besoin. C'est l'idée que je me fais de Dieu. Or en pleine nuit on ne se demande pas si telle ou telle formulation est ou non dangereuse. Car rien n'existe. Il n'y a pas d'avenir, pas de lendemain. On ne songe pas à faire impression sur les gens, à les influencer, il n'est pas question d'influence au milieu de la nuit. Il n'y a pas d'histoire, tout s'est arrêté. Et la formulation échappe au temps, échappe à l'histoire, est au-delà de l'histoire.

F. J. R. : Mais vous continuez bien dans la journée à écrire ? Et vous lisez à ce moment-là ce que vous avez écrit ?

C. : Oui, mais en général tout cela est formulé durant la nuit. Et c'est vraiment autre chose, non pas ma « vision du monde », mais une tout autre disposition : j'écris sans me demander si cela a de l'influence, si c'est dangereux ou non, c'est un point de vue absolu. Vous devez bien savoir ce que c'est qu'une insomnie, on est un autre homme, on n'est pas même un homme, on n'est pas même une créature, tout s'est arrêté et le mot sens n'a absolument plus de sens, on ne se pose même pas la question.

F. J. R. : Simplement, les mots « je suis » ont même en pleine nuit encore un sens, car même en pleine nuit, dans le noir de la solitude, avec cette limite qui recule, Dieu, vous savez naturellement que vous *êtes,* que vous *êtes* physiquement. Et si vous dites alors : « Je ne peux plus prononcer les mots "je suis" sans rougir de honte », c'est que vous vous haïssez. Y a-t-il chez vous de la haine pour vous-même ?

C. : Bien entendu. Il est clair qu'à tout ce que j'ai écrit se mêle plus ou moins, mais toujours, ce sentiment de haine. Je ne sais pas d'où il vient, ce sentiment de haine. Il peut y avoir beaucoup de motifs, y compris le fait que je n'en aie pas tiré les dernières conséquences, c'est bien possible.

F. J. R. : Vous parlez du suicide ?

C. : Oui.

F. J. R. : Vous avez écrit une fois : « Tous mes livres sont des suicides manqués. »

C. : C'est vrai.

F. J. R. : Mais quand quelqu'un vit si près de la frontière du suicide, de la haine, du dégoût de soi, il est permis de poser une question, si inconvenante qu'elle soit : pourquoi Cioran ne s'est-il pas tué ?

C. : La réponse se trouve dans mon livre *Syllogismes de l'amertume* : sans l'idée du suicide je me serais certainement tué. C'est la clé de ma position.

F. J. R. : C'est-à-dire que vous faites abstraction de la réalité, de la réalité possible du suicide. Dans la mesure où vous la pensez, elle disparaît en tant que réalité.

C. : Oui. C'est bien le problème. Depuis ma jeunesse jusqu'aujourd'hui j'ai vécu chaque jour avec cette idée, l'idée du suicide. Plus tard aussi, jusqu'à maintenant, mais peut-être pas avec la même intensité. Et si je suis encore en vie c'est grâce à cette idée. Je n'ai pu endurer la vie que grâce à elle, elle était mon soutien : « Tu es maître de ta vie, tu peux te tuer quand tu veux », et toutes mes folies, tous mes excès, c'est ainsi que j'ai pu les supporter. Et peu à peu cette idée a commencé à devenir quelque chose comme Dieu pour un chrétien, un appui ; j'ai un point fixe dans la vie.

F. J. R. : Le point fixe dans votre vie, c'est l'idée du suicide ?

C. : Oui, elle m'a accompagné durant toute ma vie, et avec succès.

F. J. R. : Comme on peut voir.

C. : C'est une religion à l'envers, une sorte de religion pervertie.

F. J. R. : Une ritualisation aussi. Tout ce que vous avez écrit jusqu'ici témoigne que vos efforts pour penser et pour écrire sont finalement un rituel de conjuration.

C. : Oui, c'est très juste.

F. J. R. : Mon objection maintenant, ou ma question : si les choses sont ainsi, peut-on aussi bien dire que c'est là le point faible de votre œuvre, que vous vous débarrassiez de la réalité par l'écriture, et de même que vous évitez le suicide en écrivant et en y pensant, que vous repoussiez la réalité par l'écriture, avec l'écriture ?

C. : Il y a tout simplement que je ne suis pas quelqu'un d'actif. Si je l'étais, je me serais suicidé. Je suis quelqu'un de passif, incapable d'intervenir, irresponsable aussi, j'ai peur de toute forme de responsabilité. La seule idée de responsabilité me rend malade.

F. J. R. : C'est peut-être pour cela que vous êtes devenu entre-temps une sorte de porte-parole de l'irrationalisme ?

C. : L'irrationalisme a en Allemagne un tout autre caractère qu'ici.

F. J. R. : Je ne sais pas si vous connaissez le poète allemand Gottfried Benn ?

C. : J'ai découvert Benn il y a quatre ou cinq ans. Mais il n'a eu sur moi aucune influence car je ne le connaissais pas avant.

F. J. R. : Mais vous ne trouvez pas que vous êtes très proche de lui ?

C. : En partie, peut-être.

F. J. R. : Extraordinairement proche. Beaucoup de vos mots — « j'aimerais au fond être une pierre », « si je pouvais être un animal », « que ne sommes-nous restés pouilleux et gais en compagnie des bêtes » — se lisent comme des vers de Benn, rappellent son fameux « Ô si nous pouvions être les ancêtres de nos ancêtres. Une motte d'argile dans la tiédeur des marais ».

C. : C'est absolument vrai.

F. J. R. : Si j'ai parlé de Benn, c'est que nous en étions à l'irrationalisme, l'irratio. Gottfried Benn aussi a été un porte-parole de l'irratio, et où cela a-t-il fini ? Je vous lis maintenant une phrase de Cioran. « L'idolâtrie d'un paradis originel qui aurait déjà eu lieu est le signe particulier de la pensée réactionnaire, conservatrice, si l'on préfère. » L'idolâtrie du statique par Benn et son refus de l'histoire l'ont conduit au bord du fascisme. Et les mêmes phrases chez Cioran ? Est-ce qu'elles ne conduisent pas aussi tout droit à des positions réactionnaires ?

C. : C'est selon. Mais, vous savez, pour moi des concepts comme origine, préhistoire, non-histoire occupent un autre niveau. Réactionnaire ? Peut-être. Mais ce serait plus juste, je crois, si vous trouviez pour ma position une explication philosophique plutôt que politique.

F. J. R. : Mais le fait est que nous vivons dans l'histoire, même si vous en refusez l'idée. Staline, c'est l'histoire. Hitler, c'est l'histoire. Je lis encore une phrase de Cioran : « La nostalgie de la barbarie est le dernier mot de toute civilisation. » Il y a bien aussi chez vous une part de nostalgie de la barbarie ? Une part de nostalgie du limon originel ? De la stalactite, des cavernes ?

C. : C'est tout à fait vrai, je ne le conteste pas. Je ne me situe pas au-dessus de la politique, là, vous avez raison. Mais c'est beaucoup plus profond, c'est au-delà du politique, c'est dans ma nature, dès ma jeunesse il y avait ce penchant pour la négation, pour le non, la jouissance du non.

F. J. R. : Votre vie consciente ne s'exprime jamais que par la négation ?

C. : C'est très profondément en moi.

F. J. R. : Mais le non absolu peut très bien basculer en un mauvais oui.

C. : Cela peut arriver.

F. J. R. : Est-ce vrai que dans votre jeunesse vous étiez proche du fascisme roumain ?

C. : Oui. Mais ce ne sont pas ses idées qui m'intéressaient, plutôt son enthousiasme. Cela établissait entre ces gens-là et moi une sorte de lien. Une histoire pathologique finalement. Car par ma culture et mes conceptions j'étais tout à fait différent d'eux.

F. J. R. : Un point très important, décisif : négation, élimination de la réalité par l'écriture, penchant prononcé pour l'irratio, et finalement des chutes aussi monstrueuses, y a-t-il là une suite logique ?

C. : Pas du tout, car, en même temps, moi qui étais le fils d'un pasteur, j'ai pris part à toutes les sessions du congrès mondial des Juifs à Bucarest, seul à n'être pas juif. Et j'étais fasciné. C'est l'autre aspect de ma nature.

F. J. R. : Êtes-vous un adversaire des Lumières ?

C. : J'ai étudié le siècle des Lumières en France durant des années. Cela m'attirait parce que c'était aussi quelque chose d'extrême pour moi. C'est comme cela qu'il faut dire, je crois. Tout ce qui est extrême m'a toujours fasciné. Le marxisme par exemple ne m'a jamais attiré. Pourquoi ? Parce qu'il est trop systématique, trop sérieux, rigide et dogmatique, et trop peu individuel. Il n'y a pas de fantaisie, de fantaisie théorique, dans le marxisme.

F. J. R. : Est-ce qu'alors le fascisme aussi, très précisément le fascisme nazi, a exercé la même fascination sur vous ?

C. : Non.

F. J. R. : Une phrase de vous sur les nazis : « Et pourtant cette folie, si grotesque qu'elle ait pu être, témoignait en faveur des Allemands. Ne montrait-elle pas qu'ils étaient les seuls en Occident à avoir conservé encore quelques restes de fraîcheur et de barbarie ? » Fraîcheur et barbarie : deux concepts positifs chez vous. Et cela continue ainsi : « Et qu'ils étaient encore capables d'un grand dessein ou d'une énorme folie. »

C. : Ce sont les Allemands qui m'intéressent ici, pas les nazis. D'autre part l'histoire n'est pas un système de valeurs. Il est probable qu'en tant qu'Allemand vous ne puissiez voir les choses autrement, je peux bien le comprendre. Mais mon point de vue a toujours été esthétique, et non politique. J'ai parlé de fantaisie tout à l'heure. C'est mon point de vue, ce n'est pas celui des Allemands. Les Allemands sont fous de principes, ils ne sont pas doués pour le doute. C'est bien pourquoi ils ont connu ce désastre. Ils n'ont aucun sens des nuances, c'est ça leur tragédie. Il y a quelque chose d'un peu cynique dans ce que vous venez de citer, mais je ne prends pas les choses aussi sérieusement que vous autres, que vous soyez de gauche ou de droite. Vous avez été très mauvais joueurs dans l'histoire.

F. J. R. : Bon, mais il y a naturellement des limites à l'attitude purement esthétique, des limites au jeu. Je ne veux dire qu'une chose : est-ce que cette façon de dire toujours et uniquement non ne crée pas un vide, un vide du cerveau, un vide moral, qui peut, conformément à la nature du vide, être brusquement et mal rempli ? Celui qui ne fait que répéter : « je me définis par le non », « ma conscience naît de dire non », il court le danger de s'égarer dans un mauvais oui.

C. : Non, parce que je n'ai vraiment jamais cru en rien. C'est l'erreur que vous faites avec moi. Je n'ai jamais vraiment cru à quoi que ce soit. C'est très important. Il n'y a rien que j'aie pris au sérieux. La seule chose que j'aie prise au sérieux, c'est mon conflit avec le monde. Tout le reste n'est jamais pour moi qu'un prétexte.

F. J. R. : Qu'est-ce que c'est que ce conflit avec le monde ?

C. : C'est très simple. C'est le malaise dans l'existence, pas seulement dans la culture, dans l'existence en général. C'est le phénomène fondamental. Pour ce qui est de mon « sens des responsabilités », je ne l'éprouve que dans la vie quotidienne — j'ai une attitude humaine à l'égard des hommes — mais pas quand j'écris, l'homme est alors pour moi quelque chose d'impensable pour ainsi dire. Je ne me soucie pas alors des conséquences possibles d'une phrase, d'un aphorisme, je me sens libre à l'égard de toute catégorie morale. C'est pourquoi on ne doit pas juger mes adhésions ou mes dénis selon ces catégories. Il est vrai que je ressens une intense pitié, une pitié maladive pour tous les êtres, y compris l'homme, et je trouve qu'il est grand temps qu'il disparaisse pour qu'on puisse le regretter. Le malentendu entre nous vient de ce que vous croyez à l'avenir, à une solution, au possible d'une façon générale, alors que moi je ne sais précisément qu'une chose : c'est que nous sommes tous là pour nous faire souffrir les uns les autres d'illusions sans fin.

F. J. R. : Avez-vous eu parfois dans votre vie le sentiment que vous pourriez même franchir la frontière qui vous sépare du meurtre ?

C. : Si j'étais le diable ou Dieu, je crois que j'aurais déjà réglé son compte à l'humanité. J'en suis presque sûr. Mais dans la vie ordinaire je suis plein de compassion. J'ai aidé moralement beaucoup de gens dans ma vie, et beaucoup aussi pendant la guerre ont trouvé un refuge chez moi à Paris. Mais dans l'abstrait je pourrais être un démon. Si j'avais la possibilité de détruire le monde, je le ferais.

F. J. R. : Mais les hommes, eux, aiment peut-être bien la vie ? Et vous les supprimeriez tous ? De nos jours c'est désormais pensable, il suffirait de tirer une seule fusée. M. Cioran enverrait sa fusée sur Moscou, pour que les Russes ripostent, et en deux minutes le monde aurait fondu, et le démon fait son travail.

C. : Je pourrais faire cela en tant que démon mais pas comme individu.

F. J. R. : Nous naviguons dans des eaux profondes. C'est assez terrible ce que vous dites là. Parce que vous ressentez des choses comme « Je hais la vie » ou « La vie est un plagiat », tous les hommes devraient mourir. De quel droit...

C. : Cela me prend de temps en temps. Si j'avais la possibilité de tout détruire, je le ferais. C'est quelque chose d'intérieur, et que chacun peut ressentir.

F. J. R. : Chacun, vraiment ? Je dirais plutôt qu'il y a peu d'hommes qui ressentent cela.

C. : C'est bien pis que vous ne croyez. Les hommes sont profondément des criminels en puissance, c'est absolument certain.

F. J. R. : Avez-vous déjà débattu de ces thèses avec d'autres auteurs ici, en France ?

C. : Non, pas du tout. Je ne donne pas d'interviews en France.

F. J. R. : Je ne parle pas d'interviews mais de débats.

Avec qui êtes-vous en relations à Paris, avec quels auteurs ?

C. : J'étais très lié avec Michaux. Beckett aussi est un de mes bons amis.

F. J. R. : Avec Beckett vous n'avez sûrement pas de désaccord.

C. : Non. Mais Beckett ne veut pas d'entretiens sur des questions aussi générales ; à lui on ne peut poser que des questions concrètes.

F. J. R. : Vous prenez peu part en somme à la vie littéraire à Paris ?

C. : Très peu.

F. J. R. : Sartre, Camus ?

C. : Durant la dernière année de la guerre, en 1944, j'allais chaque matin à huit heures à Saint-Germain-des-Prés, au Café de Flore, comme un employé. De huit à douze, puis de deux à huit, et de neuf à onze. Très souvent Sartre était assis là non loin de moi. Mais j'étais alors tout à fait inconnu.

F. J. R. : Mais en 1944 Sartre aussi était inconnu ?

C. : Non, il était déjà connu, évidemment, pas aussi célèbre que par la suite mais déjà très connu. Nous n'avons jamais parlé ensemble, je ne le connaissais pas plus que cela. Camus je ne l'ai vu qu'une fois et il m'a déplu. Il m'a dit une chose incongrue quand j'ai publié mon premier livre, *Précis de décomposition* : « À présent vous devez entrer dans le domaine des choses vraiment intellectuelles. » J'ai trouvé cela incroyablement impertinent. Camus avait la culture d'un provincial, il ne connaissait que la littérature française. Le *Précis de décomposition* n'est peut-être pas un bon livre, mais on voit qu'il a quand même un certain niveau. Et puis cette façon de s'adresser à moi comme à un écolier. Je ne l'ai plus jamais revu.

F. J. R. : Vous connaissiez Céline ?
C. : Non. C'est avec Celan que j'étais lié.

F. J. R. : Et l'autre Roumain de Paris, Ionesco ?
C. : Lui, je le connais très bien.

F. J. R. : Quand vous vous voyez, vous parlez roumain ou français ?
C. : Non, français. Je ne parle plus roumain avec personne. Je ne veux plus.

F. J. R. : Mais vous pourriez ?
C. : Sans aucun problème, bien entendu. Mais le roumain est très dangereux pour moi, parce que c'est ma première langue, il y a une attirance, et avec l'âge elle réapparaît. Cela me fait peur. Je rêve en français mais si je devais plus tard rêver en roumain, c'en serait fini de moi comme écrivain français.

F. J. R. : Combien de temps avez-vous travaillé jusqu'à ce que votre premier livre soit écrit en français ?
C. : Pas très longtemps, mais jour et nuit pendant trois ans.

F. J. R. : Qu'est-ce qu'on perd quand on change de langue ?
C. : J'écris une prose exsangue, ce n'est pas un langage direct. Je n'aurais jamais pu écrire un roman, ni quelque chose de vécu. Et la langue française me plaît justement parce que c'est une langue pour juristes et logiciens. Et c'est le côté abstrait de cette langue qui m'a

attiré, je peux me servir de cela. Mais je ne pourrais pas décrire cet après-midi, par exemple, ce serait impossible. Je ne peux exprimer que des résultats. Mes aphorismes ne sont pas vraiment des aphorismes, chacun d'eux est la conclusion de toute une page, le point final d'une petite crise d'épilepsie.

F. J. R. : Vous laissez tomber tout ce qui a précédé ?
C. : Je laisse tout tomber et je ne donne que la conclusion, comme au tribunal, où il n'y a à la fin que le verdict : condamné à mort. Sans le déroulement de la pensée, simplement le résultat. C'est ma façon de procéder, ma formule. C'est ce qui fait qu'on m'a comparé aux moralistes français et non sans quelque raison, car seule la conclusion importe.

F. J. R. : C'est ce qui fait aussi qu'on vous attaque.
C. : Bien entendu. Je ne donne que le poison, sans les essences.

F. J. R. : Le cercle de notre entretien se referme. Comment vit un homme comme vous, comment peut-il aimer, s'amuser, aller au cinéma, manger, boire ?
C. : Je vais vous répondre. Il y a les pensées de tous les jours. Et il y a les pensées qui ne vous viennent que par éclairs. Je vous l'ai dit, mon sentiment ordinaire est la pitié : je suis très sensible au malheur des autres. Mais j'ai été dans ma jeunesse en proie à la folie des grandeurs.

F. J. R. : En reste-t-il quelque chose ? Cioran est-il toujours en proie à la folie des grandeurs ?
C. : Seulement par éclairs.

F. J. R. : Qui n'ont rien perdu de leur acuité.

C. : Mais de leur intensité. C'est l'ennui qui a augmenté, cet ennui sans fond. Ma mère, qui fut l'épouse d'un prêtre, m'a dit une fois et je ne l'oublierai jamais : « Si j'avais pu prévoir tes souffrances intérieures, je ne t'aurais pas mis au monde. » Et cela m'a fait beaucoup de bien.

F. J. R. : Cela vous a fait du bien ?

C. : Je me suis dit : « Tu es le fruit d'un hasard. Tu n'es rien. »

F. J. R. : Tout autre enfant auquel sa mère dirait : « Je voudrais ne pas t'avoir mis au monde » en serait pétrifié, en souffrirait, et vous, vous dites : « Cela m'a fait du bien » ?

C. : Cela confirmait mon idée que je suis le fruit d'un hasard, que je ne suis rien. C'est aussi pourquoi j'étais incapable de faire une œuvre véritable d'écrivain. Cela ne m'a pas empêché, et je finirai là-dessus, de vivre et d'écrire comme si j'avais tout *compris*. Les autres, y compris les grands philosophes, me paraissaient plus ou moins bornés, enfantins, naïfs, victimes et esclaves de leur génie. Bien que j'aime la société, je me suis toujours senti solitaire, tiraillé entre le mépris et l'adoration de moi-même. Les seuls êtres avec lesquels je me sois vraiment entendu n'ont pas laissé d'œuvres. Pour leur bonheur ou leur malheur ce n'étaient pas des écrivains. Ils étaient quelque chose de plus : *des maîtres du dégoût.* L'un d'eux a étudié la théologie et se destinait à être pope, mais il ne l'est pas devenu. Jamais, je n'oublierai jamais la conversation vertigineuse que j'ai eue avec lui toute une nuit, il y a cinquante ans à Kronstadt, en Transylvanie. Après cet entretien il me paraissait aussi peu nécessaire de vivre que de mourir. Si on n'a pas en soi la passion de l'insoluble, on ne peut pas se représenter les excès dont est capable la négation, l'impitoyable lucidité de la négation.

Entretien paru sous le titre « Tiefseetaucher des Schreckens », dans l'hebdomadaire allemand Die Zeit, *n° 15, du 4 avril 1986.*

Traduit de l'allemand par Jean Launay.

ENTRETIEN AVEC FRANÇOIS FEJTÖ

François Fejtö : Un jour nous avons parlé des rapports entre Beckett et vous, et vous avez dit qu'on ne devrait discuter de littérature que dans le cas d'écrivains qui n'ont rien à dire et n'ont pas un univers qui leur soit propre. Supposons que je sois un écrivain qui croit avoir quelque chose à dire, donc je vous invite à laisser de côté la littérature et la philosophie et ne parler cette fois-ci que d'histoire, la vôtre et la mienne. En fait, dans votre bel ouvrage *Histoire et utopie* et aussi dans votre surprenant essai sur « Sissi », l'impératrice assassinée qui vous avait apparemment fasciné, vous avez montré votre intérêt pour ce que, dans le jargon des historiens, on appelle « événementiel ». En 1972 vous avez publié dans *La nouvelle revue française* un essai provocateur sur *le non-sens des révolutions*. Vous y déclariez abruptement que la Révolution française, qu'on appelle la Grande, était absurde, voire même qu'elle fut infiniment nuisible. Le même avis en ce qui concerne la révolution russe. Je suppose que vous ne faites pas d'exception avec les bouleversements qui ont suivi la Première Guerre mondiale et détruit la monarchie des Habsbourg. Vous êtes né en Transylvanie qui a fait partie de la Hongrie jusqu'en

1918, pour être ensuite rattachée à la Roumanie. Quel souvenir gardez-vous de l'époque de votre enfance ?

Cioran : Je suis né dans une ville qu'on appelle aujourd'hui Sibiu, les Hongrois l'appelaient Nagyszeben, et Hermannstadt les Allemands. Dans cette ville, trois nations vivaient ensemble. Trois langues étaient utilisées et, bien que les Allemands fussent en majorité, aucune langue n'avait priorité vis-à-vis des autres. Je fus forgé par cette ville. Je ne me sens heureux et à l'aise que dans les villes où on parle plusieurs langues. C'est pourquoi la Suisse est un pays idéal pour moi. Je me passionne pour ma ville natale. Je puis dire qu'il existe trois villes dans le monde qui m'ont captivé : Paris, Dresde et Sibiu.

F. F. : Pourquoi Dresde ? On n'y a jamais parlé plusieurs langues.

C. : En effet. Mais elle fut une des plus belles du monde. Schopenhauer écrivit là-bas son œuvre *Die Welt als Wille und Vorstellung*. Quand j'habitais dans cette ville, Schopenhauer m'enthousiasmait. C'était aussi la ville de Schumann et de tant d'autres. Quant à Paris... je vous avoue que j'en ai assez. J'y vis depuis quarante ans, cette ville me charme de moins en moins. Vraiment j'en ai assez. Pour ce qui est de la Dresde que j'ai connue, elle n'existe plus. Sibiu existe encore, mais elle est si loin. On m'a dit qu'elle n'était pas trop enlaidie.

Je vais vous raconter une histoire. Il y a quelques années un tremblement de terre a secoué la Roumanie et, à la première page du *Herald Tribune*, j'ai lu que Sibiu, ou bien Hermannstadt, était détruite. Je me souviens que c'est arrivé un samedi. Ça m'a fait mal, très mal. J'ai sombré dans un pessimisme profond. Quittant mon appartement, j'ai pensé à aller dans une église. Je suis passé près de Notre-Dame et pourtant je n'avais pas envie d'y entrer. Je continue mon chemin dans une léthargie absolue, je vois, je ne sais où, l'affiche d'un film pornographique. J'entre dans le cinéma qui était plein d'ouvriers étrangers. Le film était lamentable, absolument dégoûtant. Mais dans ma détresse, voilà exactement ce dont j'avais besoin. C'est absurde, me disais-je. La civilisation qui produit de tels films est près de disparaître. J'ai pensé qu'un régime communiste a au moins cela de bon qu'on n'y montre pas des films de ce genre. Cette pensée me consolait. Vous pouvez imaginer dans quel état je me trouvais. Au lieu d'entrer à Notre-Dame, je vais voir ce film qui renforce mon idée que notre civilisation est finie, l'humanité est perdue. J'ai pensé à Hermannstadt ou si vous voulez Nagyszeben comme vous l'appelez, celle que j'ai tant aimée.

F. F. : Votre famille était d'origine tout à fait roumaine ?

C. : Oui. Mon père était pope, nous habitions à douze kilomètres de Hermannstadt. Mon père m'y envoya en pension dans une famille allemande pour y apprendre la langue. La pension de famille était dirigée par deux vieilles filles. Pour notre malheur, tous les pensionnaires étaient roumains et nous parlions très rarement l'allemand entre nous. Nous étions la première génération, venant de la province, qui soit entrée dans un lycée. Pour les deux demoiselles, nous étions des barbares. « Cela aurait mieux valu pour vous de rester dans vos montagnes, nous disaient-elles, vous n'êtes pas des êtres civilisés, vous ne savez pas comment vous comporter en société. » Et elles avaient raison. Nous étions de véritables sauvageons. Ces deux sœurs furent très prévenantes et aimables. L'une était intelligente, l'autre plutôt simplette. Nous appelions la plus jeune « Tante Marie ». Un jour elle entra chez nous et annonça : « Ma sœur vient de mourir. » Nous restions muets, mais dès qu'elle fut sortie, nous avons éclaté de rire. Voyez à quel niveau nous étions ! La demoiselle décédée avait été très gentille avec nous, nous l'avons bien aimée, mais nous étions de jeunes sauvages. Nous venions des coins les plus reculés des montagnes lointaines.

Ma sœur aînée s'était mariée dans une charmante petite ville hongroise, proche d'Arad, d'où l'on pouvait déjà sentir la Hongrie de la Grande Plaine. C'était en 1932. J'étudiais alors la philosophie. J'étais sur le point de terminer mes études, je lisais Kierkegaard passionnément. Évidemment en allemand. Une fois, chez ma sœur que j'aimais beaucoup, le jardinier — qui avait l'air d'être très simple d'esprit, mais ne l'était pas — me demanda : « Jeune homme, pourquoi lisez-vous du matin au soir ? — Parce que j'ai besoin de lire, répondis-je, c'est très important pour moi. »

Le jardinier dit alors : « La vérité, jeune homme, vous ne la trouverez pas dans les livres. » Il avait raison.

F. F. : Cet homme était-il roumain ou hongrois ?

C. : Roumain ou hongrois, je n'en sais rien. Il parlait en roumain... « Vous ne trouverez pas la vérité, disait-il, vous n'apprendrez jamais rien des livres. »

Un autre souvenir me vient à l'esprit. J'étais jeune, mon sang bouillonnait, mais que peut-on faire dans une ville où tout le monde se connaît ? Sur la grande place de la ville, un gendarme, point noir dans une chaleur suffocante, se tenait en faction toute la journée. Un jour je m'approchai de lui pour lui dire : « Monsieur le gendarme, je ne suis pas d'ici et j'aurais besoin d'une femme. » Il m'a répondu comme si c'était la chose la plus naturelle du monde : « Bien sûr. En général on en trouve une à l'hôtel. Je sais cependant que pour l'instant elle est absente, mais si vous désirez, je peux vous envoyer une autre dont le mari est absent, il travaille à dix kilomètres d'ici. »

Je l'ai remercié pour son aide. Puisque j'habite ici chez ma sœur, lui disais-je, il faudrait arranger cette affaire avec discrétion. « Pourquoi le secret ? C'est une chose tout à fait naturelle », me répondit-il. Dans la manière de penser de ce gendarme, j'ai découvert le bon sens roumain et hongrois, l'humour et beaucoup de charme.

F. F. : Dans *Histoire et utopie*, vous avez écrit des pages sur les Hongrois qui m'ont ému. Vous admirez leur courage, leur distinction, leur passion pour la liberté et en même temps vous les décrivez comme un peuple dur et dominateur. Avez-vous personnellement souffert du pouvoir hongrois ?

C. : Moi non, j'étais trop jeune. Mais mes parents furent déportés pendant la Première Guerre mondiale. Mon père fut assigné à résidence dans la partie occidentale de la Hongrie, à Sopron, ma mère à Cluj (Kolozsvàr, Klausenburg).

F. F. : Mais pourquoi cela ?

C. : Parce que les Hongrois se méfiaient de l'intelligentsia roumaine, ils craignaient son séparatisme. Pourtant mes parents parlaient couramment le hongrois, avaient des amis hongrois. Mon père — comme je l'ai dit — fut un pope de province, à Nagyszeben, il lisait avec plaisir les auteurs hongrois dans l'original. Par exemple Prohàszka, un théologien hongrois...

F. F. : Oui, c'était un évêque catholique, bon écrivain, de style un peu baroque. Comme son nom l'indique, il était originaire de Slovaquie.

C. : Non, mon père n'était vraiment pas anti-hongrois.

Je dirais même qu'il vivait dans la civilisation hongroise. Le régime hongrois n'a pas persécuté les Roumains. Mais les Hongrois les traitaient comme une classe paysanne, subalterne. Et quand mon père, plus tard, comparait l'administration hongroise avec celle de la Transylvanie d'après 1918, il disait souvent que l'administration hongroise était bien différente. L'administration de la monarchie austro-hongroise fut une des meilleures du monde. Même ses adversaires les plus acharnés le reconnaissaient.

F. F. : Cependant votre père était d'accord que la Transylvanie soit rattachée à la Roumanie ?

C. : Avant la Première Guerre mondiale, il avait pensé que la meilleure solution pour le problème national serait une fédération. Les Roumains de Transylvanie partageaient les idées de Popovics qui fut leur député dans le parlement de Budapest. Or le but de Popovics n'était pas la réunion de tous les Roumains dans une « Grande Roumanie », mais un statut autonome des Roumains de Transylvanie dans le cadre d'une fédération austro-hungaro-tchéco-roumaine, suivant le modèle suisse. Popovics était un dirigeant politique très populaire.

F. F. : Puis-je déduire de ce que vous dites que vous pensez, comme moi, que la destruction de la monarchie — et par conséquent la création de la Grande Roumanie — fut une grande erreur ? Au nom du droit des peuples à disposer d'eux-mêmes, beaucoup de petits États furent créés qui n'étaient pas, nationalement, beaucoup plus homogènes que la monarchie, et où les minorités étaient systématiquement mal traitées.

C. : Pour le malheur des Hongrois, ils étaient les principaux responsables dans cette tragédie. Leur gouvernement, leurs classes dirigeantes s'opposaient à l'idée d'une fédération, à l'autonomie des nationalités.

F. F. : Je ne vous contredis pas. Lorsque l'opposition fédéraliste, pro-occidentale avait pris le pouvoir en Hongrie, en octobre 1918, c'était déjà trop tard, les jeux étaient faits.

C. : C'est comme vous le dites. J'ai souvent parlé de ces problèmes avec mon père. En outre, chez les Roumains, l'idée de la *latinité* jouait un rôle important. Les Roumains de Transylvanie acceptaient encore l'hégémonie de Vienne, mais non celle de Budapest.

F. F. : Je pense que l'Entente a fomenté et exploité les tensions de la Monarchie, et en fin de compte c'est elle qui porte la responsabilité dans ce qui était injuste dans les traités de Versailles et de Trianon et dans le bouleversement de l'équilibre européen.

C. : C'est Clemenceau, ses conseillers nationalistes, ses amis francs-maçons qui avaient soutenu les séparatistes comme Masaryk, Beneš et ses compagnons. C'est en grande partie lui le responsable de tout ce qui est arrivé. Il était hostile à l'Autriche cléricale, et en voulant détruire l'Autriche, il condamna la Hongrie au même sort. Pourtant cette haine contre l'Autriche fut une folie. Au milieu de l'Europe, entre la Russie, l'Allemagne et l'Occident, on avait absolument besoin d'un empire central. La plus grande erreur de l'Entente fut, à mon avis, de mener « jusqu'au bout », jusqu'à la capitulation sans condition, la guerre. En 1916, en 1917, il y avait des possibilités d'arrêter le massacre par une paix négociée, sans humilier la nation allemande. L'hitlérisme ne se serait jamais développé.

F. F. : Le stalinisme non plus. Et la même erreur n'a-t-elle pas été commise au cours de la Deuxième Guerre mondiale ?

C. : L'idée de la capitulation sans condition fut effectivement une absurdité. On a forcé la Wehrmacht à se tenir jusqu'à la fin aux côtés de Hitler. Tandis que si, en 1941 ou en 1942, on avait dit aux maréchaux et généraux allemands : « Libérez-vous de Hitler et vous aurez une paix honorable », l'Europe s'en serait sortie bien différemment. À la fin de la Première Guerre mondiale, c'est la France qui avait porté la responsabilité principale ; dans la Deuxième Guerre, l'entêtement des Anglo-Saxons a joué le même rôle. Les Américains ne comprenaient rien à l'Europe. Pendant la Première Guerre mondiale, deux personnalités seulement avaient une vue raisonnable et globale de la situation : Caillaux et Romain Rolland. Ils comprenaient que le jusqu'au-boutisme était le suicide de l'Europe. On mobilisait l'humanité tout entière contre l'Allemagne qui fut pourtant, à l'époque, malgré l'empereur et sa clique militariste, un État démocratique et libéral. Hitler fut le produit de cette erreur.

F. F. : En effet. Il fut le produit d'une humiliation injuste et inutile.

C. : C'est que l'Allemagne battue et désarmée, la Russie occupée par l'aventure bolchevique et la guerre civile, la France avait cru qu'elle pourrait devenir maîtresse de l'Europe et protectrice des États nouvellement créés, à la place de la monarchie austro-hongroise.

F. F. : La France n'avait pas la puissance par laquelle la paix aurait pu être garantie.

C. : La tragédie se trouve là. Mais ses racines sont plus lointaines. Si on analyse en profondeur les problèmes, je crois que le déclin de l'Europe a commencé avec les

Jacobins et Napoléon. C'est-à-dire avec le déraillement de la Révolution française et les guerres qui suivirent et qui avaient affaibli le peuple français. Ce disant, je peux paraître quelque peu réactionnaire. Le fait est que, d'une part, je suis tout à fait d'accord avec les principes de la révolution, d'autre part, je pense que les Jacobins et Napoléon furent une catastrophe pour l'histoire européenne.

F. F. : Je suis tout à fait d'accord.

C. : Le paradoxe est que même la langue française, qui était la langue de l'Europe civilisée, doit son déclin à Napoléon. C'est à cause de lui que les Anglais n'ont plus reconnu l'universalité du français. À mon avis, les Français ont un sens politique plus développé que la plupart des autres nations, à l'exception évidemment des Anglais ; mais lorsqu'ils sont saisis par une idéologie, ils déraillent. C'est pourquoi l'histoire de la France connaît des hauts et des bas si effrayants.

F. F. : C'est une lapalissade que de reconnaître que les grandes erreurs dans l'histoire des nations — tout comme dans la vie des individus — proviennent d'un manque de tempérance ou d'une perte de contrôle sur les passions.

C. : Le manque de maîtrise de soi, de modération, est le péché mortel. Dans le monde animal, ce sont des changements climatiques qui ont fait disparaître certaines races. L'homme disparaîtra du fait qu'un instinct l'empêche de s'arrêter à temps. Il est convaincu que l'impossible n'existe pas. C'est aux XVIIIe et XIXe siècles qu'est née l'idée que la progression de l'humanité serait illimitée. Cependant les limites existent. Toutes les générations en arrivent à les reconnaître, mais toujours trop tard. À présent, plus que jamais, il est à craindre que nous arriverons trop tard à faire halte. L'idée du progrès infini, c'est le mal. Je pense souvent au sort de Condorcet. Saviez-vous qu'il était — tout comme Voltaire — domicilié dans cette rue ? C'est là qu'il a écrit son ouvrage *Esquisse d'un tableau historique des progrès de l'esprit humain* qui devint la Bible des progressistes optimistes. Or l'histoire a vite fait de démentir sa pensée. Lorsque la Convention vota les lois qui allaient mener les contre-révolutionnaires à la guillotine, Condorcet, qui était un réformateur candide et modéré, se sentait menacé. Il résidait à l'époque dans une pension familiale, chez une aimable vieille dame. Il ne voulait pas qu'elle ait des ennuis de son fait. Il chercha donc refuge chez un ami, La Harpe. Celui-ci lui dit, au bout de quelque jours, qu'à son grand regret il ne pouvait plus l'héberger, car sa femme de chambre était une *patriote* enragée. Condorcet quitta alors son ami, il s'arrêta à un bistrot plein d'ouvriers. Leur regard fut attiré par ses mains soignées qui tenaient un livre. Mains d'intellectuel ! Mains de contre-révolutionnaire ! Ils l'ont aussitôt dénoncé. Condorcet se donna la mort par empoisonnement pour éviter l'échafaud. C'est la tragédie d'un des esprits responsables de la grande illusion moderne du progrès illimité.

F. F. : Les libéraux anglais, réalistes, tels qu'Adam Smith, ne se sont pas moins trompés. Ils croyaient eux aussi en la progression constante dans l'histoire.

C. : Ma thèse est que l'humanité disparaîtra le jour où l'on aura découvert des remèdes pour toutes les maladies.

F. F. : Huxley écrivit quelque part que c'est là une idée absurde, car l'expérience démontre que la nature fonctionne de la sorte que dès que l'on trouve le remède d'une maladie grave, une autre maladie apparaît à sa place.

C. : Une remarque bien juste. Mais théoriquement on peut imaginer qu'on invente un produit qui guérirait toutes les maladies. Ce serait une réalisation catastrophique, puisque l'homme doit de toute manière mourir. Même si les hommes arrivaient à vivre cent cinquante ans, ils devront mourir. On pourrait dire qu'à la suite des progrès de la médecine, une bonne part des hommes ne meurent plus d'une mort naturelle. Notre existence est prolongée artificiellement, le combat contre la mort s'allonge. C'est très inhumain.

F. F. : Cependant ce n'est pas si mal que vous et moi, tous les deux près de quatre-vingts ans, nous soyons ici ensemble en discutant avec plaisir des choses plutôt tristes. Il y a cent ans, à cet âge, je n'aurais pu grimper les sept étages jusqu'à chez vous. Il est vrai qu'il y eut des exceptions, par exemple Goethe, qui eurent la chance de vivre une longue vie d'une activité intense.

C. : C'est vrai, mais bien d'autres génies comme Mozart, Hölderlin, Kleist sont morts jeunes. Au XVIIIe, au XIXe siècle, un poète vivait, en moyenne vingt-cinq ans, un écrivain cinquante.

F. F. : En effet, il faudrait établir une typologie des génies qui ont vécu longtemps et ceux qui sont morts jeunes. Chez les Hongrois, Petöfi et Arany représentent un tel couple. On pourrait dire que Petöfi fut « programmé » pour mourir jeune et Arany, pour vivre longtemps.

C. : Ah, Arany — quel grand poète et malheureusement si peu connu en Occident ! En ce qui me concerne, je pense qu'il n'aurait pas été un malheur que je meure jeune. À l'âge de vingt-cinq ans, j'avais déjà dit tout ce que j'avais à dire dans un livre écrit en roumain.

F. F. : Sur quoi avez-vous écrit ?
C. : Un traité sur le désespoir.

F. F. : Désespéré à vingt-cinq ans ?
C. : Eh bien oui, à vingt-cinq ans. Ce qui m'amène aujourd'hui vers un désespoir plus profond encore, c'est que l'Occident ne croit plus en ses propres valeurs et en sa mission. Dans la vie, tant sur le plan individuel que sur le plan public, l'homme doit avoir confiance en lui-même, même s'il surestime ses capacités. Lamennais le dit bien que, pendant des siècles, la France s'imaginait prédestinée à sauver les nations, à changer le cours du monde. Les individus — mais les nations aussi — ont besoin d'une certaine mégalomanie. Lorsque l'on ne se croit pas exceptionnel, important, irremplaçable, on est perdu.

F. F. : C'est sur ce point que les Soviétiques ont eu pendant si longtemps un grand avantage sur l'Occident. Ce n'est pas tant sur le terrain militaire que sur le plan psychologique qu'ils paraissaient supérieurs aux Occidentaux, aux Américains qui croient de moins en moins dans leur mission d'être les gendarmes du monde.
C. : Chez les Russes, le sentiment d'une mission de salut se manifestait déjà bien avant le bolchevisme. Lorsque mon père est devenu pope de la ville de Nagyszeben, son supérieur était un homme très intelligent et, ce qui était plus rare à cette époque, il avait dans sa bibliothèque de nombreux livres de philosophie russe du XIXe siècle, que j'ai pu lire. J'ai constaté avec étonnement combien tous ces penseurs russes étaient persuadés de la mission salvatrice de leur peuple.

F. F. : C'est de ces philosophes que les communistes ont hérité l'idée que la civilisation occidentale est condamnée à la décadence, que la tâche de la Russie est de sauver et renouveler notre civilisation.

C. : Il me semble que les Russes ne croient pas tellement dans leur mission de civilisation, mais ils sont convaincus de notre décadence.

F. F. : Hitler et Mussolini l'étaient, eux aussi.

C. : C'étaient des Barbares fous. Ce fut une fantasmagorie délirante d'imaginer qu'il serait possible de construire un empire mondial sur l'idée d'un *Herrenvolk*, d'une race dominante. L'astuce extraordinaire des communistes était de vouloir régner sur le monde en axant leur propagande sur l'idée de l'égalité. C'est une idée géniale, envoûtante. Il est impossible de dominer le monde en ne cessant de proclamer que tous les autres hommes nous sont inférieurs. Hitler a fini par mener l'Allemagne, le pays européen le plus civilisé, vers un suicide. C'est la preuve du caractère dément, diabolique de son projet.

F. F. : Le paradoxe est qu'il a fini par être terriblement déçu par son propre peuple, qui n'était pas à la hauteur de ses idées. Il voulait entraîner l'Allemagne derrière lui dans le gouffre, dans la mort. Sebastian Haffner, l'auteur du meilleur livre que j'aie lu sur Hitler, écrit qu'au printemps de 1945 c'est son propre peuple, sa « race », qui est devenu pour Hitler l'ennemi numéro un.

C. : En 1943, dans son dernier discours adressé à la nation, il appelait l'Allemagne à choisir entre la vie et la mort. Si elle est vaincue, elle sera anéantie. C'est ainsi que Hitler a accéléré la catastrophe de l'Europe.

F. F. : Cependant l'Allemagne lui a survécu, elle reste toujours la clé de l'Europe.

C. : Elle ne l'est plus. C'est la faute des Anglo-Saxons. Comme je l'ai dit, ils avaient commis l'erreur d'identifier les Allemands avec Hitler. Et maintenant la moitié du monde appartient aux Russes [1].

F. F. : Pendant la guerre, réfugié dans le Lot, j'avais pour voisin et j'ai eu des entretiens intéressants avec un homme politique français, aujourd'hui oublié, l'ancien ministre de la IIIᵉ République, Anatole de Monzie. Il aurait aimé être le Talleyrand de la France de Pétain et suggérait au Maréchal de servir d'intermédiaire entre Américains et Allemands pour une paix blanche.

Il m'a dit une fois que « si nous n'arrivons pas à conclure la paix avec la Wehrmacht — avec une Allemagne débarrassée de Hitler — l'Europe tombera aux mains des Russes ».

C. : Lacoste, qui fut un grand résistant, m'avait dit la même chose. Il pensait, lui, que la destruction de l'armée allemande aurait une conséquence désastreuse pour l'Europe. Le malheur est que, tant en 1945 qu'auparavant après 1918, les Américains n'avaient pas assez de maturité pour établir la paix mondiale. Tout un chacun sait que les Américains sont de mauvais psychologues et qu'ils sont spécialement naïfs. Ils commettent des erreurs graves, d'une part parce qu'ils ne savent pas mentir, d'autre part parce qu'ils croient que la *parole* est une chose sacrée qu'il faut tenir. C'était le cas de Nixon. Avec la naïveté viscérale des Américains, il est impossible de faire une histoire mondiale. Ils gobent tout ce qu'on

1. En effet, fin 1986, au moment de notre entretien, nous n'avons pas prévu la dislocation du deuxième « Supergrand ».

leur raconte. Là-bas, un Talleyrand ne pourra jamais exister.

F. F. : Kissinger a au moins essayé de devenir un Metternich.

C. : Il voulait être un grand habile. Pour devenir Talleyrand, ce n'est pas dans des bureaux qu'il faut faire de la politique, mais dans les salons, avec des femmes. Talleyrand faisait de la grande politique. Les Américains font la politique avec des professeurs.

F. F. : Ce que moi je reprocherais plutôt aux Américains, c'est qu'ils font la politique avec des experts, des professeurs d'une compétence douteuse et qu'ils cèdent presque toujours aux pressions des différents « lobbies ». Ils ne sont pas bien préparés à diriger la politique mondiale. Quant à nous autres intellectuels européens, je pense parfois que notre situation ressemble à celle des citoyens d'Alexandrie qui tentaient d'arrêter le déclin de la civilisation gréco-romaine. Mais leurs efforts s'avéraient vains.

C. : Peut-être réussirons-nous à repousser la chute, le temps de quelques générations. Même si la décadence est irréversible, nous ne devons pas capituler.

F. F. : Je suis d'accord. Il faut continuer à se battre. L'écrivain hongrois, Imre Madàch, désespéré après l'écrasement de l'insurrection libérale de 1848, finit sa *Tragédie de l'homme* — drame dans lequel il mettait en scène l'histoire mondiale du Paradis au Falanstère, comme une succession de défaites et de dégénérescence des plus beaux idéaux — en prêtant à Dieu les paroles suivantes : « Homme, garde ta confiance et continue la lutte. » Il est difficile de garder notre confiance, mais comme vous le dites, nous ne devons pas déposer nos... plumes.

C. : Dans le *Faust* de Goethe, le Diable est le serviteur de Dieu. Je me pose souvent la question : n'est-ce pas le contraire qui est vrai ? N'est-ce pas Dieu qui est le serviteur du Diable ? Apparemment c'est le Démon, le Diable qui domine. Si Dieu était le maître du monde, il n'y aurait pas d'histoire. Tout fonctionnerait pour le mieux, sans histoires.

F. F. : Notre ami Ionesco m'a dit un jour qu'il croyait à Dieu, mais il aimerait qu'il fût différent.

C. : Chez Ionesco on sent toujours à l'arrière-plan une foi profonde. Quant à moi, je suis foncièrement sceptique. Pourtant la religion m'attirait. Je me souviens qu'à l'âge de quinze, seize ans, quand je me tenais près de mon père lorsqu'il disait sa petite prière d'avant le repas, j'avais honte de ne pas prier avec lui. Je suis incapable d'avoir la foi, mais je ne suis pas indifférent aux problèmes que la religion nous pose. La foi va plus au fond des choses que la réflexion. Celui qui n'a jamais été tenté par la religion, il lui manquera quelque chose. Savoir ce qu'est le bien et le mal. J'imagine parfois l'histoire universelle comme un grand fleuve du péché originel. Je lis et relis le Livre de la Genèse et j'ai le sentiment qu'en quelques pages tout y est dit. C'est bouleversant. Ces nomades du désert possédaient une vision complète de l'homme et du monde.

F. F. : Vous avez dit de votre ami Eliade, grand spécialiste de l'histoire des religions, qu'il restait « en marge des religions, de toutes les religions, tant par profession que par conviction ». C'était un jugement bien sévère.

C. : Qui vaut pour moi aussi. Je l'ai dit d'ailleurs à la

fin de mon essai sur Eliade que nous sommes tous, lui en tête, des ci-devant croyants, des esprits religieux sans religion.

F. F. : Je crois que, sur ce mot bien « cioranien », nous pouvons nous arrêter de philosopher.

Entretien paru en italien dans le quotidien milanais Il Giornale, *mai 1986. La version originale française est publiée ici pour la première fois.*

ENTRETIEN AVEC BENJAMIN IVRY

Benjamin Ivry : *Paris-Match* dit qu'à soixante-dix-sept ans, vous avez toujours « des traits, des expressions et une silhouette d'adolescent ».

Cioran : C'est un peu exagéré.

B. I. : Vous avez écrit qu'il faudrait se mettre à l'école des tyrans : « Un monde sans tyrans serait aussi ennuyeux qu'un zoo sans hyènes. »

C. : Il y a des tyrans supportables et d'autres insupportables. Il y a des tyrans cyniques, sans scrupules. Ceaucescu, lui, ce n'est pas un cas tragique. Il n'a pas de nuance. C'est même inexplicable. Les Roumains sont le peuple le plus sceptique, sans illusions. Il y a toujours des arrangements possibles, mais Ceaucescu, lui, est sans nuance. Il veut dominer. Les Roumains sont totalement trompés. Il y a eu un moment où Ceaucescu était plutôt raisonnable : il n'a pas rompu avec Israël, par exemple. Les tyrans sont des grands connaisseurs d'hommes. Ce ne sont pas des crétins. Ils savent comment on peut manipuler les gens, jusqu'où on peut aller. Un tyran imbécile, ça n'existe pas. Les tyrans sont des gens qui veulent faire des expériences, qui avancent tout le temps, ils vont jusqu'au bout, jusqu'au moment où tout s'écroule. L'histoire est aux trois quarts l'histoire de tyrannies, de l'esclavage humain.

Les Roumains sont un peuple sacrifié, un point, c'est tout. L'Amérique s'en fiche. Ceaucescu a une sorte d'intelligence. Il sait que tant qu'il livrera tout aux Russes, il pourra continuer. Maintenant, on est arrivé à un point de rupture. Le peuple est moralement détruit, il est à bout. Biologiquement aussi. La sous-alimentation est telle que des milliers d'enfants meurent très vite après leur naissance. Si bien qu'on attend cinq semaines avant de les déclarer.

Les Roumains sont un peuple brisé par l'histoire. Ils ont toujours été envahis par les Russes. Ils ont un scepticisme organique. Les idéologies exigent des illusions. Les Roumains n'ont pas d'illusions.

Ceaucescu est soutenu par la Russie. En Roumanie, on meurt de faim, mais 65 % de la viande va en Russie. Ceaucescu sait que Gorbatchev le soutient. En Roumanie, il n'y a pas de lait pour les enfants, tout est envoyé en Russie. Les Roumains ont transcendé le désespoir. Ils sont hantés par la question : « Qu'est-ce qu'on va manger aujourd'hui ? » Ceaucescu était le seul régime à être pour l'Ouest. Mais personne ne sait ce qui a pu se passer. Ce type qui avait été à un moment donné populaire est devenu un tyran. Ce fut une déception formidable. Après la guerre, le communisme était « l'avenir ». L'illusion était possible, mais ça a vite disparu. La Tchécoslovaquie a une tradition démocratique, avec une bonne situation économique. Les Roumains n'ont pas de tradition révolutionnaire. Donc, ils n'ont pas de liberté.

La Roumanie n'avait pas de parti communiste sérieux, comme en Hongrie avec les intellectuels. En Roumanie, il y a une grande peur de la Russie. C'est la peur de la Russie qui a empêché la réussite du communisme chez nous.

En Roumanie — un pays sceptique — il n'y a pas eu de tradition révolutionnaire avant la dernière guerre. La Roumanie était alliée à l'Allemagne. Lorsque l'Allemagne a perdu, la Roumanie a décidé de s'allier avec la Russie. Il y a eu 700 000 morts en Roumanie pour un pays de 20 millions d'habitants. Les Russes ont toujours mis les Roumains en première ligne. Ils ne pouvaient pas déserter. 700 000 morts, des sacrifices inouïs, pour tout perdre. Les Roumains étaient brisés après la guerre. Ceaucescu pouvait triompher parce qu'il n'y avait pas de communistes forts.

B. I. : Votre plus vieil ami à Paris est Eugène Ionesco.

C. : Je suis venu à Paris en 1934. S'il faut rater sa vie, c'est mieux de la rater à Paris qu'ailleurs. Il faut choisir l'endroit où on veut rater sa vie. J'ai connu Ionesco quand nous étions étudiants. Il a toujours été attiré par la religion. Il n'est pas croyant, mais il est tenté par la foi. Il est hanté par l'idée de la mort. Il ne peut pas l'accepter. Il abolit l'idée de la mort. Il ne peut rien faire. C'est un homme angoissé. Son angoisse est sa maladie. L'angoisse est au cœur de ce qu'il a écrit. Il est plus religieux que moi, qui n'ai jamais été tenté par la foi. Ionesco est toujours sur le point de l'être. Jeune, il était déjà angoissé.

B. I. : Samuel Beckett est aussi un ami.

C. : Beckett, je le vois d'une façon différente, tout à fait l'anti-Balkanique. Un homme discret, qui a une sorte de sagesse. Il domine à tout point de vue. Il vient de l'autre côté de l'Europe. C'est un angoissé qui a une sagesse. Comme hommes, Beckett et Ionesco sont à l'antipode l'un de l'autre. Samuel Beckett est maître de lui-même. Il se domine. Eugène Ionesco explose. Ce sont deux tempéraments différents. Le phénomène Beckett est sensible dès qu'on est en sa présence. Il n'extériorise pas, mais vous sentez que vous êtes devant quelqu'un. À première vue, c'est un angoissé maître de lui. Il n'est pas balkanique. C'est très beau de voir un angoissé qui est maître de soi. Un phénomène.

Bien qu'il soit à Paris depuis toujours, il n'a pas été marqué par la France intellectuelle. Il est resté un étranger, alors qu'il est ici depuis très longtemps. C'est un non-Latin distingué.

B. I. : Votre compatriote et ami Mircea Eliade n'a jamais essayé de vous convertir au « sacré » ?

C. : Non ! Jamais de la vie ! Pour Eliade, la religion, c'est sa profession. J'ai écrit un article assez perfide avant sa mort. Il était passionné par la religion, mais profondément ce n'était pas un esprit religieux. Il s'intéressait aux religions au pluriel, mais pas à la religion. Ses amis ont trouvé mon article perfide, risqué, indélicat.

Eliade, je l'ai connu alors que j'étais étudiant. C'est une chose que d'être religieux, c'en est une autre d'être passionné par tous les dieux, toutes les religions. Si vous êtes religieux, vous n'allez pas faire le tour du monde pour voir ce qu'ils croient en Asie. Si on est religieux, un dieu suffit, ou deux à la rigueur. Eliade s'intéressait à tous. Il a voulu parler de tous. Ce n'est pas la marque d'un religieux. Les grands mystiques ne s'intéressent pas à tous les dieux du monde. La religion n'est pas une sorte de bilan. Eliade a donné une interview où il a dit que j'avais tort. Et à la fin de sa vie, il avait peut-être raison. Mais s'il avait été un vrai croyant, il n'aurait pas écrit une histoire des religions.

B. I. : On dit de vous que vous êtes le meilleur aphoriste depuis Nietzsche.

C. : Nietzsche s'est mis à écrire des aphorismes au

début de sa folie, quand il a commencé à perdre son équilibre. Chez moi, c'était un signe de fatigue. Pourquoi expliquer, démontrer — ce n'est pas la peine. Je fais une affirmation, et si ça vous plaît, tant mieux, sinon, taisez-vous ! J'ai écrit des aphorismes par dégoût de tout. Je suis l'antipode du professeur. Je déteste expliquer, et surtout m'expliquer.

B. I. : Vous dites : « À quoi bon fréquenter Platon, quand un saxophone peut aussi bien nous faire entrevoir un autre monde ? »

C. : C'est un peu exagéré, un paradoxe un peu bon marché. C'est du mauvais goût balkanique. Pour provoquer.

B. I. : Vous avez écrit : « S'il y a quelqu'un qui doit tout à Bach, c'est bien Dieu. »

C. : Sans Bach, Dieu serait diminué. Sans Bach, Dieu serait un type de troisième ordre. Bach est la seule chose qui vous donne l'impression que l'univers n'est pas raté. Tout y est profond, réel, sans théâtre. On ne peut supporter Liszt après Bach. S'il y a un absolu, c'est Bach. On ne peut pas avoir ce sentiment avec une œuvre littéraire, parce que Bach, ce n'est pas du langage. Dans Bach, il y a des textes, mais ils ne sont pas formidables. Le son, c'est tout. Bach donne un sens à la religion. Bach compromet l'idée du néant dans l'autre monde. Tout n'est pas illusion quand on écoute cet appel. Mais c'est Bach, Bach seul qui fait ça, c'était un homme médiocre dans la vie. Sans Bach, je serais un nihiliste absolu.

B. I. : Vous avez « longtemps espéré ne pas achever le cours de votre vie sans assister à l'extinction de votre espèce ».

C. : J'étais un peu mégalomane. Je suis allé trop loin. J'étais trop pressé. Je n'ai pas eu le sens du ridicule sur le moment. Quand on écrit, on n'a pas le sens du ridicule. On s'identifie avec ce qu'on dit et c'est seulement après quelques minutes qu'on le remarque. Si vous écrivez, vous devez le faire comme si vous étiez seul sur la terre, une partie de l'absolu. Sinon, quel intérêt ?

B. I. : Après 1992 et les États-Unis d'Europe, est-ce que vous attendez une réunification philosophique des Européens ?

C. : Ça va échouer. Nous sommes usés, décadents. L'Europe n'a plus de vitalité. C'est une vieille civilisation. La civilisation française a maintenant mille ans. L'Angleterre aussi. L'Allemagne n'est pas épuisée. Chaque peuple doit dépenser sa folie. La France l'a fait avec la Révolution et avec Napoléon. Quand les guerres d'agression finiront, nous serons civilisés. L'Allemagne a été vaincue, mais elle n'est pas épuisée. Mais après tout, le drame de l'Allemagne, c'est de ne pas avoir eu un dictateur intelligent, mais un fou, Hitler. Chez tous les tyrans, il y a un élément de folie. Hitler a précipité la décadence de l'Europe. Sans Hitler, l'Europe aurait pu régner pendant quelques siècles. Après lui, l'Europe ne peut être un centre intellectuel et artistique. Pour l'avenir, l'Europe est de deuxième ordre. Je crois plus en l'avenir de l'Amérique latine que dans celui de l'Europe. Même si les régimes sont affreux, il y a une vitalité là-bas. Ces peuples ne sont pas usés. Ici, l'Europe s'est autodétruite. Hitler a précipité la catastrophe.

B. I. : Le suicide est un sujet important dans votre œuvre.

C. : Le suicide, c'est capital. Quand les gens qui veulent se suicider viennent me trouver, je leur dis : « C'est une idée positive ! Vous pouvez le faire à n'importe quel moment. » La vie n'a pas de sens, on ne vit que pour mourir. Mais c'est très important de savoir qu'on peut se tuer quand on veut. Ça nous calme, ça nous satisfait. Le problème est résolu, et la comédie continue. Avant le christianisme, le suicide était considéré comme bon, comme un acte de sagesse, même souhaitable. Si quelqu'un est désespéré, dites-lui : « Vous pouvez vous tuer quand vous voulez. Il ne faut pas se presser. La vie est un spectacle qui n'a pas de sens. Mais continuez aussi longtemps que vous voulez. Il n'y a pas de limites. » Ce qui rend la vie supportable c'est l'idée qu'on peut en sortir. C'est la seule façon de la supporter, pouvoir en finir quand on veut. N'importe quel imbécile peut s'en débarrasser.

Une fois, j'ai rencontré une femme dans un cinéma, et elle voulait se suicider. Elle disait qu'elle voulait en finir. J'ai dit : « Comme vous voulez. » Elle a dit : « Bien, alors je ne vais PAS me suicider ! »

C'est le seul acte vraiment indemne de désespoir et raisonnable de notre vie, de pouvoir disposer de notre vie. C'est l'idée de spectacle, mais... C'est l'idée de suicide qui rend la vie supportable. Aux gens qui sont agités, qui crient, je dis : « Vous avez la solution. Vous avez la clé de tout. »

Quand j'avais dix-huit ou vingt ans, j'étais suicidaire. J'avais des insomnies. C'est la pire maladie. Toute la nuit je circulais dans la ville. Mes parents étaient désespérés. J'ai pensé en finir, mais j'ai décidé d'attendre. La santé est quelque chose de merveilleux. L'idée de suicide me passa d'un jour à l'autre.

B. I. : Est-ce bien pour un homme politique de lire de la philosophie ?

C. : Les hommes politiques devraient lire les philosophes. Dans l'Antiquité, les hommes politiques étaient des philosophes. Transformer une œuvre en problème. Mitterrand ne lit pas les philosophes, il est littérateur. C'est un homme qui est assez cynique, qui n'a pas de conviction profonde. François Mitterrand n'est pas un homme de gauche, c'est un ancien de droite. Mais il est habile, sceptique, il change tout le temps, à toutes les occasions, il vit dans l'instant, dans l'immédiat. François Mitterrand est un homme cultivé, le seul homme politique de la Communauté européenne qui s'intéresse aux écrivains personnellement. Je préfère infiniment un type comme François Mitterrand qui change d'avis à un idéologue. Les catastrophes de l'histoire sont provoquées par ceux qui sont trop convaincus. Il faut savoir céder. Un chef d'État doit avoir des idées relatives.

François Mitterrand, ce n'est pas un homme d'idées, c'est la situation qui compte. Tout est empirique. L'habileté vous empêche d'avoir des convictions qui peuvent être dangereuses, qui mènent au fanatisme. Hitler était un cas pathologique. Il croyait, l'imbécile, à ses idées.

B. I. : Vous aimez bien le tango argentin.

C. : Je suis grand amateur de tango. C'est une vraie faiblesse. J'étais à un spectacle de tango argentin à Paris, mais je trouve que le tango a dégénéré. À l'entracte, j'ai envoyé un petit mot au directeur, pour dire que je voudrais que ça soit un peu plus mélancolique. Maintenant l'esprit n'est plus le même. L'esprit langoureux est devenu plus dynamique. C'est ma faiblesse pour l'Amérique latine. Dans le temps c'était plus profond et plus intime. Ma seule, ma dernière passion c'était le tango argentin.

Une première version ; plus restreinte, de cet entretien, traduite en anglais par Benjamin Ivry, a paru dans l'édition européenne de l'hebdomadaire américain Newsweek, *datée du 4 décembre 1989.*

La version augmentée paraît ici pour la première fois.

ENTRETIEN AVEC SYLVIE JAUDEAU

Sylvie Jaudeau : Vous avez écrit une partie de votre œuvre en roumain quand vous étiez encore très jeune. Pourriez-vous nous parler du premier livre, d'une rare virulence, *Sur les cimes du désespoir* ?

Cioran : Je l'ai écrit à vingt-deux ans, une fois mes études de philosophie terminées. Ce livre explosif et baroque est difficilement traduisible en français. En revanche, une traduction très réussie vient d'être faite en allemand, car cette langue se prête mieux que le français aux imprécisions suggestives du roumain. Cet ouvrage, c'est une sorte d'adieu, plein de rage et de dépit, à la philosophie, c'est le constat d'échec d'une forme de pensée qui s'est avérée un divertissement oiseux, incapable d'affronter un désarroi essentiel. En proie à des insomnies qui ravagèrent ma santé, j'écrivis un réquisitoire contre une philosophie sans aucune efficacité dans les moments graves, je lui adressai un ultimatum haineux. Le *Précis* n'en sera que la continuation dans un autre style.

S. J. : Cette période semble donc déterminante dans votre vie ?

C. : Oui, car ce fut le moment d'un violent rejet. J'étais passionné par mes études, j'avoue même avoir été intoxiqué par le langage philosophique que je considère maintenant comme une véritable drogue. Comment ne pas se laisser griser et mystifier par l'illusion de la profondeur qu'il crée ? Traduit en langage ordinaire, un texte philosophique se vide étrangement. C'est une épreuve à laquelle il faudrait les soumettre tous. La fascination qu'exerce le langage explique à mon sens le succès de Heidegger. Manipulateur sans pareil, il possède un véritable génie verbal qu'il pousse cependant trop loin, il accorde au langage une importance vertigineuse. C'est précisément cet excès qui éveilla mes doutes, alors qu'en 1932 je lisais *Sein und Zeit*. La vanité d'un tel exercice me sauta aux yeux. Il m'a semblé qu'on cherchait à me duper avec des mots. Je dois remercier Heidegger d'être parvenu, par sa prodigieuse inventivité verbale, à m'ouvrir les yeux. J'ai vu ce qu'il fallait à tout prix éviter.

S. J. : Votre critique de Heidegger est à rapprocher de celle que fit Berdiaev, ce philosophe dont la pensée ne vous est pas étrangère. Je le cite : « Les catégories rationnelles, Heidegger les applique à l'expérience existentielle, à laquelle elles ne conviennent point, et il crée une terminologie inadmissible. La terminologie s'avère plus originale que la pensée » *(Autobiographie)*.

C. : Si j'ai admiré la personnalité de Berdiaev, j'ai beaucoup moins fréquenté son œuvre que celle d'un autre philosophe russe, auquel on l'associe souvent, à tort me semble-t-il, Chestov. Chestov était très connu en Roumanie. Il y fit même école. C'était le philosophe de la génération à laquelle j'appartenais, qui ne parvenait pas à se réaliser spirituellement, mais conservait la nostalgie d'une telle réalisation. Chestov, dont j'ai fait rééditer *Les révélations de la mort* quand je fus nommé pendant quelques mois directeur de collection chez

Plon, a joué un rôle important dans ma vie. Je lui garde une grande fidélité, sans avoir eu le bonheur de le connaître personnellement. Il pensait à juste titre que les vrais problèmes échappent aux philosophes. Que font-ils en effet si ce n'est escamoter les véritables tourments ?

S. J. : Fort heureusement tous les philosophes ne tombent pas sous le coup de votre critique. Vous vous êtes, je crois, intéressé à Bergson, puisque vous avez écrit un mémoire sur lui en Roumanie. Qu'est-ce qui vous retenait dans son œuvre ? Vous auriez plus volontiers choisi Simmel, m'avez-vous dit.

C. : C'est effectivement Simmel qui m'intéressait et pour cette première raison qu'il écrivait remarquablement — Bergson avait cette qualité en commun avec lui — et l'on sait la rareté d'un tel talent chez les philosophes ! Simmel usait d'une langue d'une grande clarté, rare chez les Allemands. C'était un véritable écrivain. J'admirais surtout ses textes sur l'art où il manifestait une sensibilité étonnante. Il a fait justement le reproche à Bergson de n'avoir pas vu que la vie « pour se maintenir doit se détruire ». Bergson, en effet, a négligé le côté tragique de l'existence, et c'est là qu'il faut chercher la raison de l'oubli où il est tombé. On n'évite pas impunément une crise intérieure.

S. J. : Arrêtons-nous un instant à celle que vous avez traversée. Vous m'avez dit un jour que le débat religieux était au cœur de votre œuvre.

C. : Tout athéisme violemment proclamé dissimule un malaise. Ma jeunesse fut marquée par une réaction contre l'Église, mais aussi contre Dieu lui-même. Si je manquais de foi, je ne manquais pas de fureur. J'ai même réussi à dissuader mon frère d'entrer dans les ordres, par les discours farouches que je lui tenais.

S. J. : Vous avez évoqué tout à l'heure une période de désespoir profond. Est-elle liée à ce tourment ?

C. : Si elle ne le fut pas directement, elle me confirma dans ma conviction que tout est néant. C'était entre 1926 et 1927, époque de malaise permanent. J'errais toutes les nuits dans les rues en proie à des obsessions funèbres. Durant cette période de tension intérieure, j'ai fait à plusieurs reprises l'expérience de l'extase. En tout cas, j'ai vécu des instants où l'on est emporté hors des apparences. Un saisissement immédiat vous prend sans aucune préparation. L'être se trouve plongé dans une plénitude extraordinaire, ou plutôt, dans un vide triomphal. Ce fut une expérience capitale, la révélation directe de l'inanité de tout. Ces quelques illuminations m'ouvrirent à la connaissance du bonheur suprême dont parlent les mystiques. Hors de ce bonheur auquel nous ne sommes qu'exceptionnellement et brièvement conviés, rien n'a une véritable existence, nous vivons dans le royaume des ombres. Quoi qu'il en soit, on ne revient jamais le même du paradis ou de l'enfer.

S. J. : On comprend que la mystique soit la préoccupation majeure qui se dégage de vos ouvrages. Même si vous hésitez parfois à qualifier votre propre itinéraire de mystique, il est sûr que c'est le grand souci de votre vie, toutes les lectures que vous avez faites autour de ce sujet en témoignent.

C. : J'ai passé une partie de ma vie à lire les mystiques, peut-être pour y trouver une confirmation de ma propre expérience. Je les ai lus avec une grande avidité. Mais maintenant c'est fini. Je suis tombé dans un état d'épuisement intérieur difficile à définir. J'aurais dû « sombrer » dans une foi, mais ma nature s'y opposait. Je suis toujours allé dans le sens de l'inaboutissement. Il s'est passé quelque chose en moi depuis lors, un appauvrissement intérieur, un glissement vers une lucidité stérile.

S. J. : Que signifie pour vous le terme « mystique » ?

C. : Il s'agit d'une expérience d'une intensité exceptionnelle. Les périodes de l'histoire où elle fleurit correspondent à des périodes de vitalité intérieure. Si l'on est dégoûté et las, on ne peut se projeter *au-delà* de soi, mais on tombe plutôt *au-dessous.*

Pas d'expérience mystique sans transfiguration. La passivité ne saurait être aboutissement. Cette immense pureté intérieure qui place l'être au-dessus de tout n'est pas stagnation. Si, par exemple, le bouddhisme est aisé en théorie, il ne l'est pas en pratique — pour les Européens surtout, engagés facilement dans de fausses expériences qui ne donnent que l'illusion de la libération. Cette libération on la découvre par soi-même et non pas en devenant le disciple de quelqu'un ou en adhérant à une communauté spirituelle. La seule expérience profonde, c'est celle qui se fait dans la solitude. Celle qui est l'effet d'une contagion reste superficielle — l'expérience du néant n'est pas une expérience de groupe. Mais, après tout, le bouddhisme n'est qu'une sagesse. La mystique va plus loin. La mystique, c'est-à-dire l'extase. J'en ai eu moi-même quatre, en tout et pour tout, lors de ma période d'intense désarroi. Ce sont des expériences extrêmes que l'on peut vivre avec ou sans la foi.

S. J. : Comment considérez-vous le retour à l'état normal après l'expérience extatique ? Est-ce la chute ?

C. : La chute correspond à une diminution de l'intensité intérieure, à un retour à la normalité. C'est véritablement une chute.

La béatitude de l'extase est presque insupportable. On a l'impression que tout est résolu et que le devenir n'a plus de sens. Ce sont des minutes extraordinaires qui rachètent la vie et que l'on n'aspire plus qu'à voir resurgir. La déception est particulièrement pénible pour le croyant. Le mystique se sent abandonné, rejeté par Dieu, menacé de sécheresse spirituelle. Il sombre alors dans l'ennui, dans l'*acedia,* ce mal des solitaires qui comporte un aspect quasi démoniaque. Le danger pour eux n'est pas le diable mais le vide.

S. J. : Et c'est alors qu'ils perdent la foi et qu'en contrepartie, ils acquièrent cette lucidité où vous voyez l'ultime degré de la connaissance.

C. : Le désert intérieur n'est pas toujours voué à la stérilité. La lucidité, grâce au vide qu'elle laisse entrevoir, se convertit en connaissance. Elle est alors mystique sans absolu. La lucidité extrême est le dernier degré de la conscience ; elle vous donne le sentiment d'avoir épuisé l'univers, de lui avoir survécu. Ceux qui n'ont pas pressenti cette étape ignorent une variété insigne de la déception, donc de la connaissance. Les enthousiastes commencent à devenir intéressants quand ils sont confrontés à l'échec et que la désillusion les rend humains. Celui à qui tout réussit est nécessairement superficiel. L'échec est la version moderne du néant. Toute ma vie j'ai été fasciné par l'échec. Un minimum de déséquilibre s'impose. À l'être parfaitement sain psychiquement et physiquement manque un savoir essentiel. Une santé parfaite est a-spirituelle.

S. J. : Ainsi s'explique votre intérêt pour les saints, ces êtres profondément « perturbés », intérêt empreint de curiosité, d'admiration et d'étonnement, pour ces gens qui, après avoir renoncé à toutes les illusions de ce monde, gardent encore la capacité de s'aveugler sur la plus éminente, je veux dire l'absolu.

C. : Sans doute la mystique m'intéresse-t-elle plus que la sainteté ; celle-ci cependant a pour moi quelque chose d'étrange qui excite ma curiosité. Les excès des saints m'attirent par leur côté provocateur. Peut-être aussi me montrent-ils une voie que j'aurais aimé emprunter, bien que j'aie très vite compris que je ne pouvais avoir une destinée religieuse, que j'y étais inapte, parce que incapable de croire. Il ne m'était permis de vivre que des expériences en deçà ou au-delà de la foi.

Ce n'est pas elle, c'est l'ennui qui m'a fait entrevoir le règne de l'essentiel. Si l'attitude religieuse était étrangère à ma nature, elle demeurait cependant en moi une tentation. Je me souviens qu'à l'époque j'avais une amie en proie à une ferveur mystique. Elle alla même assez loin dans cette voie. C'était une personne simple, sans culture, mais douée d'une vive intelligence. Elle avait compris que je m'égarais sur ces chemins et que je serais forcé de reculer. Ses intuitions étaient justes : dès mon arrivée en France en 1937, la tentation de la mystique s'éloigne, je suis envahi par la conscience de l'échec et je comprends que je n'appartiens pas à la race de ceux qui trouvent mais que mon lot est de me tourmenter et de me morfondre. Le *Précis* représente l'aboutissement de cette période.

S. J. : Il laisse en effet transparaître l'amertume de l'échec. Toutes vos réactions ultérieures indiquent ce regret.

C. : Ce regret s'exprime déjà dans mon premier livre *Sur les cimes du désespoir.* Il est écrit par un évadé de l'humanité. Je ne suis pas nihiliste, bien que la négation m'ait toujours tenté. J'étais très jeune, presque un enfant quand je connus pour la première fois le sentiment du rien, à la suite d'une illumination que je n'arrive pas à définir.

Chez moi le refus a été toujours plus puissant que l'emballement. Animé à la fois par la tentation de l'absolu et par le sentiment persistant de la vacuité, comment aurais-je pu *espérer* ?

S. J. : Pourriez-vous commenter cet aphorisme : « Il est des moments où, si éloignés que nous soyons de la foi, nous ne concevons que Dieu comme interlocuteur » ?

C. : Dieu signifie la dernière étape d'un cheminement, point extrême de la solitude, point insubstantiel auquel il faut bien donner un nom, attribuer une existence fictive. Il remplit en somme une fonction : celle du dialogue. Même l'incroyant aspire à converser avec le « Seul », car il n'est pas facile de s'entretenir avec le néant. Le bouddhisme, quant à lui, élude cette difficulté, puisqu'il n'est pas fondé, comme le christianisme, sur le dialogue. Dieu ne lui est pas nécessaire. Seule compte la conscience de la souffrance. Cette forme de spiritualité est la plus acceptable pour une humanité hantée par sa ruine plus ou moins imminente.

S. J. : Que pensez-vous de la montée actuelle de l'intégrisme religieux et de ses violences ? Ne vous donne-t-il pas raison quand vous dénoncez la part de démoniaque que recèle toute religion ? Vous dites en effet : « Pure, une religion serait stérile : ce qu'il y a de profond et de virulent en elle n'est pas le divin mais le démoniaque » (*La tentation d'exister*, p. 188).

C. : Toute religion qui pactise avec l'histoire s'éloigne de ses racines. Tel est le cas du christianisme qui, à l'origine, était épris de renoncement, mais, par la suite, véritable trahison, devait se muer en religion conquérante.

S. J. : L'optique gnostique, elle, a perçu les dangers de l'histoire qu'elle condamne sans appel.

C. : Pour les gnostiques, tout ce qui est associé au temps procède du mal. Le discrédit s'étend à l'histoire dans son ensemble, comme appartenant à la sphère des fausses réalités. Elle n'a ni sens ni utilité. Le passage par l'histoire est sans fruit. Une telle vision s'écarte considérablement de l'eschatologie chrétienne officielle et édulcorée qui voit dans l'histoire et dans les maux qu'elle engendre des épreuves rédemptrices.

S. J. : Toute votre œuvre témoigne d'une conception de l'histoire proche de celle des gnostiques. Pensez-vous vraiment qu'il faille l'associer au mal ?

C. : J'en suis convaincu. L'homme était condamné dès le départ. Il oublie dans l'action la plénitude primordiale qui le préservait et du temps et de la mort. De son propre chef, il s'est voué à la ruine. L'histoire issue du temps et du mouvement est condamnée à l'autodestruction. Rien de bon ne peut découler de ce qui, à l'origine, fut l'effet d'une anomalie.

S. J. : C'est en ce sens qu'il faut entendre votre formule : « L'histoire est l'ironie en marche », n'est-ce pas ?

C. : Tout ce que l'homme entreprend se retourne contre lui. Toute action est source de malheur parce que agir est contraire à l'équilibre du monde, c'est se donner un but et se projeter dans le devenir.

Le moindre mouvement est néfaste. On déclenche des forces qui finissent par vous écraser. Vivre vraiment, c'est vivre sans but. C'est ce que préconise la sagesse orientale, qui a bien saisi les effets négatifs de l'agir. Pas une seule découverte qui n'ait des conséquences funestes. L'homme périra par son génie. Toute force qu'il déclenche lui nuit. C'est un animal qui a trahi ; l'histoire est sa punition. Tous les événements survenus depuis l'aube des temps révèlent l'omnipotence d'une loi inexorable. Le bien même est un mal. Un châtiment s'attache à toute volonté prométhéenne. Étonnante clairvoyance de la sagesse antique qui craignait que le destin ne frappe quiconque osait défier les dieux. L'homme aurait dû s'arrêter, mais il ne pouvait suspendre le processus grandiose et désastreux dans lequel il s'était engagé.

S. J. : Que voulez-vous dire quand vous affirmez que « toute métaphysique est réactionnaire » ?

C. : La métaphysique implique une réflexion transhistorique. Elle s'occupe de l'essence, de l'inchangeable. Elle transcende le temporel, elle *n'avance* pas.

S. J. : Quelle influence a eue sur vous Spengler, le grand théoricien du déclin de l'Occident ?

C. : Je l'ai lu dans la fièvre de l'adolescence. Ensuite j'ai cessé de m'intéresser à lui. Il ne fut pas un mauvais prophète, puisqu'il avait le goût des catastrophes. D'ailleurs une philosophie de l'histoire n'est possible que si on est sensible au spectacle qu'offre la dégringolade des civilisations. Prenons le cas de Rome : si l'avènement du christianisme fut un symptôme fatal, c'est que l'essoufflement des croyances allait de pair avec l'anémie progressive des indigènes. La majeure partie de la capitale était composée d'immigrés. Le triomphe du christianisme fut leur exploit. Les domestiques l'emportent toujours en fin de compte. Que l'intelligentsia romaine ait été à son tour séduite par la nouvelle religion est déjà moins concevable. Mais on peut supposer que son extrême lassitude en porte la responsabilité. Ce sont des Romains déliquescents et des étrangers en pleine vitalité qui ont imposé le christianisme : il est tentant d'établir un parallèle avec l'Occident actuel, à son tour las de ses traditions. La France, plus particulièrement, passe par une fatigue historique, car c'est elle qui, en Europe, s'est le plus dépensée. Si elle est le pays le plus civilisé, elle est aussi le plus vulnérable, le plus usé. Un peuple est menacé quand il a *compris*, c'est-à-dire quand il a atteint un degré de raffinement qui lui sera nécessairement funeste.

S. J. : Pour les philosophes, vous êtes une version moderne du sceptique. Qu'en pensez-vous et comment définiriez-vous le scepticisme ?

C. : C'est une perpétuelle interrogation, le refus instinctif de la certitude. Le scepticisme est une attitude éminemment philosophique, mais paradoxalement il n'est pas le résultat d'une démarche, il est inné. En effet, on naît sceptique. Ce qui n'empêche pas des manifestations superficielles d'enthousiasme. On pense généralement que je suis passionné, c'est sans doute vrai à un certain niveau, mais le fond reste sceptique et c'est ce fond, cette aptitude à mettre toute évidence en question, qui importe. On a indubitablement besoin de certitude pour agir. Seulement la moindre réflexion ruine cet assentiment spontané. Nous finissons toujours par constater que rien n'est solide, que tout est infondé. Le scepticisme ou la suprématie de l'ironie.

Les racines du doute sont aussi profondes que celles de la certitude. Il est seulement plus rare, aussi rare que la lucidité, et le vertige qui y est attaché.

S. J. : Vous notez souvent l'ambivalence du doute, à la fois nourricier et dévastateur.

C. : Le doute délicat des gens civilisés n'est qu'une manière de se tenir à distance respectable des événements. Il y a en revanche un doute dévastateur qu'on peut assimiler à une maladie qui ronge l'individu, qui peut même le détruire. Ce doute excessif n'est souvent qu'une étape. C'est lui qui provoque le saut dans la foi, car ce doute vertigineux ne peut se maintenir longtemps. Il précède souvent les conversions religieuses ou autres. Tous les mystiques ont connu de grands troubles, voisins de l'effondrement. Ainsi on se pose inévitablement la question : « Jusqu'où peut-on aller dans le doute ? » La réponse est simple : on y stagne ou on en sort. Il est paralysie ou tremplin.

S. J. : Vos propos me font revenir en mémoire ces déclarations de G. Thibon comparant le sceptique et le croyant : « Le sceptique, écrit-il, n'a pas d'illusions, mais doutant de tout, il n'avance pas ; le vrai croyant doute et il avance quand même : il marche sur son propre doute. » La foi serait donc l'une des modalités pour sortir du doute ?

C. : Certainement. Pour ceux chez qui la foi reste latente, le doute est une étape capitale, voire obligatoire. Celui qui n'a pas été contaminé par lui ne peut aller bien loin sur le plan spirituel. L'acte héroïque du dépassement est primordial. Mais il en est qui ne peuvent dépasser le doute, affectés qu'ils sont d'une inaptitude organique à croire. Tel est mon cas. Je suis un douteur incurable.

Bien souvent dans ma vie, j'ai connu des tentations religieuses, je me plongeais dans la lecture des mystiques, il me semble même que je les comprenais, mais au moment de faire le saut, quelque chose en moi se rebiffait : « Non, tu n'iras pas plus loin. » Quand j'ai écrit *Des larmes et des saints,* je vivais un véritable combat entre la tentation et le refus, cependant je n'ai jamais pu dépasser le doute. La fascination du négatif m'est si naturelle que j'en ressens la présence à chaque instant.

S. J. : Mais c'est peut-être cette négativité qui constitue le moteur d'un dépassement spirituel. Le masochiste éprouve le besoin d'humilier son ego, pour mieux s'en libérer. En somme pour s'effacer. Nous observons que les grands sceptiques sont des sages.

Dès lors le scepticisme ne serait-il pas une forme de spiritualité pour les temps modernes ?

C. : Je suis incapable de dire si cette disposition d'esprit va durer, si elle est celle de l'avenir ou si elle n'est qu'un éveil passager. Quoi qu'il en soit, c'est la première fois que j'assiste à un tel refus de l'illusion et à l'effondrement des dogmes. Ce qui est vrai c'est que tous les grands échecs historiques furent suivis d'une vogue du scepticisme. L'éclat intellectuel du monde antique s'éteint avec la percée du christianisme. Il était inconcevable que des esprits cultivés s'entichent d'un idéal aussi naïf. Le réquisitoire de Celse demeure le document le plus pathétique et le plus instructif de la stupeur d'un païen face à l'irruption chrétienne.

S. J. : Le cynisme accompagne souvent le scepticisme. Comment les distinguez-vous ?

C. : Un appétit de négation presque vicieux, une volonté de démasquer poussent le cynique. Il y a en lui quelque chose de diabolique, un jeu pervers de l'esprit, étranger à la pondération qui définit le sceptique ou cet anxieux mineur qu'est le désabusé, lequel peut rejoindre le sceptique s'il élève ses déceptions et ses troubles au niveau de la connaissance, tant il est vrai que le malaise constitue la première étape de la réflexion philosophique.

S. J. : Vous voyez en Fitzgerald le type même du désabusé dont vous venez de parler, le vaincu qui se résigne à sa défaite, voire s'y complaît, ne convertit pas son désespoir en mystique mais y végète parce qu'il n'est pas à la hauteur de ce qui lui arrive... Je vous cite à ce propos : « Réaction de désabusés, sans doute, d'individus qui, incapables de recourir à un arrière-plan métaphysique ou à une forme transcendante de salut, s'attachent à leurs maux avec complaisance, comme des défaites acceptées. Le désabusement est l'équilibre du vaincu. Et c'est ce vaincu qui, après avoir conçu les vérités impitoyables du " crack up ", se rend à Hollywood pour y chercher le succès... » *(Exercices d'admiration).* C'est cette crise plus que l'œuvre littéraire qui vous a retenu chez Fitzgerald ?

C. : Seule une crise grave pouvait lui faire entrevoir des vérités essentielles. Pour des gens comme lui, l'effondrement est nécessaire. Le bien-portant est condamné sur le plan spirituel. La profondeur est le monopole de ceux qui ont souffert.

S. J. : Le plus grand plaisir vous vient de la musique. Vous vivez de grands moments en compagnie de Brahms, Schumann ou Schubert. Que représente-t-elle pour vous ?

C. : C'est le seul art qui confère un sens au mot *absolu.* C'est l'absolu vécu, vécu cependant par le truchement d'une immense illusion, puisqu'il se dissipe sitôt le silence rétabli. C'est un absolu éphémère, en somme un paradoxe. Cette expérience exige d'être indéfiniment renouvelée pour se perpétuer, proche de l'expérience mystique dont on perd la trace, dès qu'on réintègre le quotidien.

S. J. : Y a-t-il des moments privilégiés pour écouter de la musique ?

C. : La nuit elle prend une dimension extraordinaire. L'extase musicale rejoint l'extase mystique. On éprouve le sentiment de toucher à des extrémités, de ne pouvoir aller au-delà. Plus rien d'autre ne compte et n'existe. On se trouve immergé dans un univers de pureté vertigineuse. La musique est le langage de la transcendance. Ce qui explique les complicités qu'elle suscite entre les êtres. Elle les plonge dans un univers où s'abolissent les frontières. Il est regrettable que Proust, qui a beaucoup analysé la musique et ses effets, ignore la capacité qu'elle a de vous transporter au-delà de la sensation. Il est d'ailleurs significatif à cet égard qu'il n'ait pas pratiqué Schopenhauer et qu'il s'en soit tenu à Bergson. Il ne dépasse pas la psychologie.

S. J. : C'est toute la différence entre un métaphysicien et un esthète. Proust demeure un esthète, même s'il frôle de temps à autre une dimension qui dépasse le monde des formes.

C. : La véritable inquiétude métaphysique lui faisait défaut. Ses expériences musicales ont toujours un lien avec son histoire personnelle. Elles ne le portent pas au-delà de sa vie, de *la* vie. On accède pleinement au monde de la musique seulement quand on dépasse l'humain. La musique est un univers, infiniment réel bien qu'insaisissable et évanescent. Un individu qui ne peut y pénétrer, car insensible à sa magie, est privé de la raison même d'exister. Le suprême lui est inaccessible. Ne la comprennent que ceux à qui elle est indispensable. La musique doit vous rendre *fou,* sinon elle n'est rien.

S. J. : En résumé la musique nous confronte à ce paradoxe : l'éternité entrevue dans le temps.

C. : C'est en effet l'absolu saisi dans le temps, mais incapable d'y demeurer, un contact à la fois suprême et fugitif. Pour qu'il demeure, il faudrait une émotion musicale ininterrompue. La fragilité de l'extase mystique est identique. Dans les deux cas le même sentiment d'inachèvement, accompagné d'un regret déchirant, d'une nostalgie sans bornes.

S. J. : Cette nostalgie précisément est le fondement de votre vision du monde. Comment la définissez-vous ?

C. : Ce sentiment est lié en partie à mes origines roumaines. Il imprègne là-bas toute la poésie populaire. C'est un déchirement indéfinissable qui se dit en roumain *dor,* proche de la *Sehnsucht* des Allemands, mais surtout du *saudade* des Portugais.

S. J. : Vous avez écrit : « Il y a trois sortes de mélancolie : russe, portugaise et hongroise. »

C. : Le peuple le plus mélancolique que je connaisse c'est le peuple hongrois, la musique tsigane suffit à l'attester. Brahms, dans sa jeunesse, en avait subi la fascination. D'où le charme insinuant de son œuvre.

S. J. : La nostalgie trouve son mode d'expression favori dans la musique, mais aussi dans la poésie. Vous dites d'ailleurs : « La poésie exprime l'essence de ce qu'on ne saurait posséder : sa signification dernière : l'impossibilité de toute " actualité ". La joie n'est pas un sentiment poétique (...) Entre la poésie et l'espérance l'incompatibilité est complète » (*Précis de décomposition,* p. 142).

Mais dans *La tentation d'exister,* vous reconnaissez chez les poètes un statut privilégié que vous leur enviez. C'est, semble-t-il, une espèce humaine qui entretient avec le temps un rapport différent de celui de l'homme ordinaire et qui se sent chez elle dans l'univers des mots. Quelles sont vos relations avec les poètes ? Pourquoi vous sentez-vous exclu de leur univers ?

C. : Il faut d'abord dire que pendant la guerre je me suis passionné pour la poésie, notamment pour la poésie anglaise. J'ai perdu par la suite cet intérêt. Aussi longtemps qu'on fréquente la poésie, on ne risque pas le vide intérieur. L'œuvre et vous, le lecteur, appartenez au même univers, une intimité extraordinaire vous lie. Comme avec la musique, vous touchez à quelque chose d'essentiel qui vous comble : une sorte de grâce, de complicité surnaturelle avec l'indéfinissable. Le temps est évincé, vous êtes projeté hors du devenir. Musique et poésie, deux aberrations sublimes.

S. J. : Pourquoi avez-vous rompu avec la poésie ?

C. : Par épuisement intérieur, par affaiblissement de ma capacité d'émotion. Il vient un temps où l'on se dessèche. L'intérêt pour la poésie est lié à cette fraîcheur de l'esprit sans laquelle on perce rapidement à jour ses artifices. Il en est de même pour l'écriture. Au fur et à mesure que j'avance en âge, écrire me semble inessentiel. Sorti désormais d'un cycle de tourments, je connais enfin la douceur de la capitulation. Le rendement étant la pire des superstitions, je suis heureux de n'y être pas tombé. Vous savez l'immense respect que je voue aux inaccomplis, à ceux qui ont eu le courage de s'effacer sans laisser de traces.

Si je me suis laissé aller à écrire, il faut en imputer la responsabilité à mon oisiveté. Il fallait bien la justifier, et que faire d'autre qu'écrire ? Le fragment, seul genre compatible avec mes humeurs, est l'orgueil d'un instant transfiguré, avec toutes les contradictions qui en découlent. Un ouvrage de longue haleine, soumis aux exigences d'une construction, faussé par l'obsession de la continuité, est trop cohérent pour être vrai.

S. J. : Votre vérité ne réside-t-elle pas dans ce silence que vous opposez aujourd'hui à ceux qui attendent encore de vous des livres ?

C. : Peut-être ; mais si je n'écris plus c'est parce que j'en ai assez de calomnier l'univers ! Je suis victime d'une sorte d'usure. La lucidité et la fatigue ont eu raison de moi — j'entends une fatigue philosophique autant que biologique —, quelque chose en moi s'est détraqué. On écrit par nécessité et la lassitude fait disparaître cette nécessité. Il vient un temps où cela ne nous intéresse plus. En outre, j'ai fréquenté trop de gens qui ont écrit plus qu'il n'aurait fallu, qui se sont obstinés à produire, stimulés par le spectacle de la vie littéraire parisienne. Mais il me semble que moi aussi j'ai trop écrit. Un seul livre aurait suffi. Je n'ai pas eu la sagesse de laisser inexploitées mes virtualités, comme les vrais sages que j'admire, ceux qui, délibérément, n'ont rien fait de leur vie.

S. J. : Comment envisagez-vous aujourd'hui votre « œuvre » (si ce mot garde pour vous un sens) ?

C. : C'est une question qui ne me préoccupe absolument pas. Le destin de mes livres me laisse indifférent. Je crois toutefois que quelques-unes de mes insolences resteront.

S. J. : Que diriez-vous à celui qui découvre votre œuvre ? Lui conseilleriez-vous de commencer par un ouvrage plutôt qu'un autre ?

C. : Il peut choisir n'importe lequel, puisqu'il n'y a pas de progression dans ce que j'écris. Mon premier livre contient déjà virtuellement tout ce que j'ai dit par la suite. Seul le style diffère.

S. J. : Y a-t-il un titre auquel vous soyez attaché en particulier ?

C. : Sans aucun doute, *De l'inconvénient d'être né.* J'adhère à chaque mot de ce livre qu'on peut ouvrir à n'importe quelle page et qu'il n'est pas nécessaire de lire en entier.

Je suis aussi attaché aux *Syllogismes de l'amertume,* pour la simple raison que tout le monde en a dit du mal. On a prétendu que je m'étais compromis en écrivant ce livre. Au moment de sa parution, seul Jean Rostand a vu juste : « Ce livre ne sera pas compris », a-t-il dit.

Mais je tiens tout particulièrement aux sept dernières pages de *La chute dans le temps* qui représentent ce que j'ai écrit de plus sérieux. Elles m'ont beaucoup coûté et ont été généralement incomprises. On a peu parlé de ce livre bien qu'il soit, à mon sens, le plus personnel et que j'y ai exprimé ce qui me tenait le plus à cœur. Y a-t-il plus grand drame en effet que de tomber du temps ? Peu de mes lecteurs hélas ont remarqué cet aspect essentiel de ma pensée.

Ces trois livres auraient certainement suffi et je n'hésite pas à redire que j'ai trop écrit.

S. J. : Est-ce votre dernier mot ?

C. : Oui.

Texte publié pour la première fois dans l'ouvrage de Cioran, Entretiens *avec Sylvie Jaudeau, suivis d'une analyse des œuvres.*

ENTRETIEN AVEC GABRIEL LIICEANU (extrait)

Gabriel Liiceanu : Sartre, vous n'avez pas voulu le connaître ou essayé de le connaître ; avec Camus, vous avez eu une rencontre ratée. Quels sont les écrivains avec lesquels vous avez noué de véritables liens ?
Cioran : Je n'ai pas connu de grands écrivains.

G. L. : Et Beckett ? Michaux ?
C. : C'est vrai, nous étions amis.

G. L. : Sur quel plan s'est située votre rencontre avec Beckett ? Vous êtes-vous rencontrés par hasard ou une admiration réciproque vous a-t-elle rapprochés ?
C. : Oui, il avait lu quelque chose de moi. Nous nous sommes connus lors d'un dîner, après quoi nous sommes devenus amis. À un moment donné, il m'a même aidé financièrement. Vous savez, il m'est très difficile de définir Beckett. Tout le monde se trompe en ce qui le concerne, en particulier les Français. Tous se croyaient obligés de briller devant lui, or Beckett était un homme très simple, qui ne s'attendait pas à ce qu'on lui lance de savoureux paradoxes. Il fallait être très direct, surtout pas prétentieux... J'adorais, chez Beckett, cet air qu'il avait toujours d'être arrivé à Paris la veille,

alors qu'il vivait en France depuis vingt-cinq ans. Il n'y avait rien de parisien chez lui. Les Français ne l'ont pas du tout contaminé, ni dans le bon ni dans le mauvais sens. Il donnait toujours l'impression de tomber de la lune. Il pensait s'être un peu francisé, mais ce n'était pas du tout le cas. Ce phénomène de non-contamination était ahurissant. Il était resté intégralement anglo-saxon, et cela me plaisait terriblement. Il ne fréquentait pas les cocktails, se sentait mal à l'aise en société, il n'avait pas de conversation comme on dit. Il n'aimait parler qu'en tête à tête, et il avait alors un charme extraordinaire. Je l'aimais énormément.

G. L. : Et Michaux ?

C. : Michaux était très différent, c'était un type expansif et incroyablement direct. Nous étions de très bons amis, il m'a même demandé d'être le légataire de son œuvre, mais j'ai refusé. Il était brillant, plein d'esprit et... très méchant.

G. L. : Cela vous plaisait, je crois.

C. : Oui, oui, j'aimais cela. Il exécutait tout le monde. Michaux est peut-être l'écrivain le plus intelligent que j'aie connu. Il est curieux comme cet être supérieurement intelligent pouvait avoir des impulsions naïves. Il s'était par exemple mis à rédiger des ouvrages quasi scientifiques sur les drogues, et toutes sortes d'histoires de ce genre. Des bêtises. Et je lui disais : « Vous êtes écrivain, poète, vous n'êtes pas obligé de faire une œuvre scientifique, personne ne la lira. » Il n'a rien voulu savoir. Il s'est obstiné à écrire des volumes entiers de ce genre, et personne ne les a lus. Il a fait une bêtise sans nom. Il était marqué par une sorte de préjugé scientifique. « Ce que les gens attendent de vous, ce n'est pas de la théorie, mais de l'expérience », lui disais-je.

G. L. : À propos de ce que les gens attendent d'un écrivain. Une des choses qui ont le plus intrigué vos lecteurs roumains, et, je crois, vos lecteurs en général, concerne votre rapport à la problématique du divin. Comment expliquez-vous que d'une famille religieuse — votre père était prêtre, votre mère présidente des Femmes orthodoxes de Sibiu — soit sorti un contestataire aux accents blasphématoires ? Dans votre jeunesse, si l'on s'en tient à ce que vous écriviez dans *Des larmes et des saints,* vous rêviez d'embrasser une sainte, vous imaginiez Dieu lui-même dans les bras d'une putain... Que répondez-vous à ceux qui s'indignent de votre côté blasphémateur ?

C. : C'est une question fort délicate, car j'ai essayé de croire et j'ai beaucoup lu les grands mystiques, que j'admirais à la fois comme écrivains et comme penseurs. Mais, à un moment donné, j'ai pris conscience que je m'illusionnais, que je n'étais pas fait pour la foi. C'est une fatalité, je ne peux me sauver malgré moi. Ça ne marche pas, purement et simplement.

G. L. : Pourquoi n'avoir pas alors déserté ce territoire, pourquoi en êtes-vous resté prisonnier, pourquoi avez-vous continué à nier et à vous confronter avec Dieu ?

C. : Parce que je n'ai cessé d'être en proie à cette crise, née de mon impuissance à avoir la foi. J'ai essayé à maintes reprises, mais chacune de mes tentatives s'est soldée par un échec. Le plus retentissant a eu lieu lorsque j'étais à Brasov, à l'époque *Des larmes et des saints.* J'ai écrit ce livre truffé d'invectives après avoir beaucoup lu dans le domaine de l'histoire des religions, les mystiques, etc. Le livre devait paraître à Bucarest et un beau jour l'éditeur m'appelle pour me dire : — M'sieur, votre livre ne paraîtra pas. — Comment cela, il ne paraîtra pas ; j'ai corrigé les épreuves ? Il n'y a qu'en Roumanie qu'une chose pareille soit possible. — J'ai lu votre livre, poursuit-il, et le typographe m'a montré un passage. M'sieur, j'ai fait ma fortune avec l'aide de Dieu et je ne peux pas publier votre livre. — Mais c'est un livre profondément religieux, pourquoi ne le publiez-vous pas ? — Pas question. J'étais très triste car je devais bientôt partir pour la France...

G. L. : Était-ce véritablement un livre religieux ?

C. : En un sens oui, bien que par la négation. Je suis donc parti pour Bucarest, très déprimé, et je me souviens m'être installé au café Corso. À un moment donné, j'aperçois un type que je connaissais relativement bien, qui avait été typographe en Russie. Il me voit abattu et me demande : « Que t'arrive-t-il ? » Je le lui explique et il me dit : « Mais, écoute, j'ai une imprimerie. Je te le publie. Amène-moi les épreuves. » J'ai commandé un taxi pour tout transporter. Le livre est sorti lorsque je me trouvais en France et il n'a pratiquement pas été distribué. De Paris, je reçus une lettre de ma mère : « Tu n'as pas idée de la tristesse avec laquelle j'ai lu ton livre. Tu te devais, en l'écrivant, de penser à ton père. » Je lui ai répondu qu'il s'agissait du seul livre d'inspiration mystique qui ait vu le jour dans les Balkans. Je n'ai réussi à convaincre personne, mes parents encore moins que les autres. Une femme dit à ma mère, qui était présidente des Femmes orthodoxes de la ville : « Quand on a un fils qui écrit des choses pareilles sur le bon Dieu, on s'abstient de donner des leçons. »

G. L. : Comment vos amis ont-ils réagi ? Et la presse ? Je sais qu'Arsavir Actérian a écrit alors un article très dur dans *Vremea*.

C. : C'est Eliade qui a écrit les choses les plus dures,

mais à l'époque je n'en avais rien su. Je n'ai découvert son article que tout récemment. J'ignore dans quel journal il l'avait publié. Très violent. Il se demandait comment nous pourrions rester amis après cela. J'avais aussi reçu toutes sortes de lettres d'indignation.

G. L. : La seule personne qui ait saisi le sens des tourments où vous vous débattiez dans ce livre fut Jeny Acterian, la sœur d'Arsavir.

C. : Oui, c'est exact. Elle m'a écrit une lettre admirable. Il est vrai que nous nous entendions très bien. De tous mes amis, elle fut la seule, mais vraiment la seule, à réagir ainsi. Le livre a fait l'unanimité contre lui. Ce qui m'a ensuite amené à faire une bêtise, car c'est en souvenir de cet épisode que j'ai supprimé, dans la version française, toutes les insolences que comportait le texte initial. En procédant ainsi, je l'ai vidé de sa substance.

G.L. : Mais comment se fait-il que la tentation de la foi soit néanmoins restée intacte, malgré l'effort malheureux entrepris dans *Des larmes et des saints* ?

C. : La tentation est demeurée constante, mais j'étais déjà trop profondément contaminé par le scepticisme. Du point de vue théorique mais aussi par tempérament. Il n'y a rien à faire, la tentation existe, mais pas plus. Un appel religieux, en fait *mystique* plutôt que religieux, a toujours existé en moi. Il m'est impossible d'avoir la foi, de même qu'il m'est impossible de ne pas penser à la foi. Mais la négation prend toujours le dessus. Il y a chez moi comme un plaisir négatif et pervers du refus. Je me suis mû toute ma vie entre le besoin de croire et l'impossibilité de croire. C'est la raison pour laquelle les êtres religieux m'ont tant intéressé, les saints, ceux qui ont été jusqu'au bout de leur tentation. Pour ma part, j'ai dû me résigner, car je ne suis décidément pas fait pour croire. Mon tempérament est tel que la négation y a toujours été plus forte que l'affirmation. C'est mon côté démoniaque, si vous voulez. Et c'est aussi pourquoi je n'ai jamais réussi à croire profondément en quoi que ce soit. J'aurais bien voulu, mais je n'ai pas pu. Pourtant... Vous voyez, je vous parlais de la réaction indignée de Mircea Eliade à la publication *Des larmes et des saints*. Or je n'ai jamais cessé de penser que j'étais, religieusement parlant, beaucoup plus avancé que lui. Et, ce, depuis le début. Car la religion était pour lui un objet, et non pas une lutte... disons avec Dieu. Selon moi, Eliade n'a jamais été un être religieux. S'il l'avait été, il ne se serait pas occupé de tous ces dieux. Qui possède une sensibilité religieuse ne passe pas sa vie à dénombrer les dieux, à faire leur inventaire. On n'imagine pas un érudit s'agenouiller. J'ai toujours vu dans l'histoire des religions la négation même de la religion. Ça c'est sûr, je ne pense pas me tromper là-dessus.

G. L. : Vous poursuivez aujourd'hui ce dialogue avec les larmes et les saints ?

C. : Beaucoup moins maintenant.

G. L. : Quel bilan dresser ? Votre ami de jeunesse, Petre Tutea, avec qui je m'entretenais récemment, m'a confié qu'il vous voyait aujourd'hui réconcilié avec l'absolu et avec saint Paul.

C. : Ce n'est pas sûr. Saint Paul, je l'ai attaqué et dénoncé tant que j'ai pu, et je ne crois pas être en mesure de changer d'avis à son sujet aujourd'hui ; sauf peut-être pour faire plaisir à Tutea. Je déteste chez saint Paul la dimension politique qu'il a imprimée au christianisme ; il en a fait un phénomène historique, lui enlevant par là tout caractère mystique. Toute ma vie je m'en suis pris à lui, ce n'est pas maintenant que je vais changer. Je regrette simplement de n'avoir pas été un peu plus efficace.

G. L. : Mais, tout de même, comment a pu germer en vous, qui avez été élevé dans une famille religieuse, un tel acharnement ?

C. : C'était une question d'orgueil, je crois.

G. L. : D'orgueil ? Lié à la relation avec votre père ?

E.M. C. : Non... enfin, je n'étais certes pas heureux que mon père soit prêtre. Une question d'orgueil, au sens où croire en Dieu signifiait pour moi s'humilier. Il y a un côté démoniaque ici, très grave, je sais...

G. L. : Mais à quel moment en avez-vous pris conscience et avez-vous commencé à pouvoir en parler comme vous êtes en train de le faire ?

C. : Au moment même où j'ai commencé à m'intéresser aux questions mystiques et, ce, peut-être sous l'influence de Nae Ionescu, qui donnait un cours sur le mysticisme. C'est alors que je me suis rendu compte que c'était la mystique, et non pas la religion, qui m'intéressait ; la mystique, c'est-à-dire la religion en ses moments d'excès, son côté étrange. La religion comme telle ne m'a pas intéressé, et je me suis aperçu que jamais je ne pourrais m'y convertir. Dans mon cas, c'était l'échec assuré. En revanche, je regrette énormément d'avoir détourné mon frère de cette voie. Il aurait mieux valu qu'il aille dans un monastère plutôt que de faire sept ans de prison et de passer par ce qu'il a vécu. Vous savez à quoi je me réfère ?

G. L. : Plus ou moins. Relu [Aurel Cioran] m'a fait part de...

C. : La chose s'est passée à Santa, à la montagne, près de Paltinis. Un de nos oncles y possédait une maison. Toute la famille s'y trouvait réunie, et Relu nous a annoncé qu'il voulait entrer dans les ordres. Maman était un peu inquiète. Nous avons dîné tous ensemble puis Relu et moi sommes sortis nous promener. Je lui ai parlé jusqu'à six heures du matin pour le convaincre de revenir sur sa décision. Je lui ai exposé une incroyable théorie anti-religieuse, j'ai sorti tout ce que j'ai pu — recourant à des arguments cyniques, philosophiques, éthiques... Tout ce que j'ai pu trouver contre la religion, contre la foi, tout mon nietzschéisme imbécile de l'époque, tout y est passé — vous comprenez ? — vraiment tout ce que je pouvais étaler à l'encontre de cette immense illusion, j'ai tout dit. Et j'ai conclu par ces mots : « Si, après avoir entendu mes arguments, tu persistes dans l'idée de devenir moine, je ne t'adresserais plus jamais la parole. »

G. L. : Mais pourquoi un tel acharnement et un tel chantage, au fond ?

C. : C'était une question d'orgueil : moi qui m'occupais de mystique, moi qui avais compris, ne pas être en mesure de le faire céder ? « Si j'ai échoué à te convaincre, lui ai-je dit, cela signifie que nous n'avons rien en commun. » Tout ce qui était impur en moi s'est manifesté à cette occasion.

G. L. : Vous étiez vraiment démoniaque. Aviez-vous le droit de lui forcer la main de cette façon ?

C. : Non, bien sûr que non. J'aurais par exemple pu me contenter de lui dire que cela n'avait pas de sens... mais l'acharnement que j'ai mis à vouloir le persuader était véritablement démoniaque. En cette nuit splendide, j'avais l'impression que se livrait un combat entre

Dieu et moi-même. Bien sûr, j'avançais aussi que vouloir mener une authentique vie monastique en Roumanie était d'emblée compromis, que ce ne pouvait être qu'une escroquerie. Mais mes principaux arguments étaient sérieux, d'ordre philosophique. Ce que j'ai fait là m'a paru plus tard d'une extraordinaire cruauté. Par la suite, je me suis senti d'une certaine manière responsable du destin de mon frère, qui fut tragique.

G. L. : Vous avez parlé de cruauté. Celle-ci se trouve en fait chez vous étroitement associée à la sincérité. Combien d'hommes peuvent se permettre d'atteindre ce degré de sincérité, si dur à supporter pour les autres. Où en arriverait-on si chacun cultivait cette sincérité qui vous caractérise ?

C. : Je crois que la société en viendrait à se désagréger. C'est difficile à dire. Sans doute les sociétés décadentes pratiquent-elles la sincérité jusqu'à l'excès.

G. L. : Mais qu'est-ce qui vous pousse à dire des choses que les gens savent pertinemment, mais qu'ils se refusent, par pudeur peut-être, à exprimer ? Nous savons tous que le roi est nu, que nous allons mourir, que l'horreur, la maladie, la misère morale existent. Mais pourquoi transformer le négatif, le macabre, en débouché de votre sincérité ?

C. : Mais ce n'est pas macabre, c'est notre quotidienneté même. Tout dépend ensuite de la façon dont on l'exprime, de l'endroit où on met l'accent. Le côté tragique de la vie est tout à la fois comique et si l'on a surtout en vue ce côté comique... Regardez les ivrognes, qui sont totalement sincères : leur comportement ne fait jamais que commenter cette question. Je réagis devant la vie comme un ivrogne sans alcool. Ce qui m'a sauvé, pour le dire vulgairement, ce fut ma soif de vivre, une soif qui m'a maintenu et m'a permis de vaincre malgré tout mon cafard...

G. L. : L'ennui.

C. : Oui, l'ennui, l'expérience qui m'est la plus familière, mon côté morbide. Cette expérience presque romantique de l'ennui m'a accompagné toute ma vie. J'ai beaucoup voyagé, j'ai tout vu en Europe. Partout où je suis allé, j'ai été saisi d'un immense enthousiasme ; et puis le lendemain, l'ennui. Chaque fois que je visitais un endroit, je me disais que c'était là que j'aurais voulu vivre. Et puis le lendemain... ce mal qui me possède a fini par m'obséder.

Entretien filmé à Paris dans l'appartement de E.M. Cioran les 19, 20 et 21 juin 1990. Publié dans l'ouvrage de Gabriel Liiceanu Itinéraires d'une vie : E.M. Cioran *suivi de* Les Continents de l'insomnie, un entretien avec E.M. Cioran.

Traduit du roumain par Alexandra Laignel-Lavastine.

LES TROIS QUESTIONS DE BERNARD-HENRI LÉVY

1. L'actuelle législation sur la gestion posthume des œuvres littéraires, avec les droits qu'elle accorde aux héritiers et aux exécuteurs testamentaires, vous paraît-elle satisfaisante ? ou vous semble-t-elle susceptible, au contraire, de provoquer des abus de pouvoir ?

2. Que vous inspire l'attitude de Max Brod quand, après la mort de Kafka, il décida de ne tenir aucun compte de son souhait de voir détruits ses manuscrits inédits ?

3. Avez-vous prévu, vous-même, certaines dispositions concernant la publication de votre œuvre posthume ? Si oui, pouvez-vous nous indiquer lesquelles, et les justifier ?

La première règle, c'est le respect absolu de l'écrivain. Même s'il y a une responsabilité de l'auteur face à son œuvre. Il faudrait penser à son œuvre posthume mais les amis qui survivent à l'écrivain doivent veiller ! Car tout n'est pas bon à publier de ce qu'on laisse et plus particulièrement, à mon avis, à cause des remarques personnelles qui peuvent blesser à mort, qui sont des coups plus terribles qu'un assassinat ! Et on n'est plus là pour les effacer. De là l'intérêt d'attendre cinquante ans... on ne peut plus meurtrir personne !

C'est capital pour moi, cette notion. Car je sais qu'on peut écrire dans un moment d'humeur quelque chose qui pourra rendre infiniment malheureux et pour le restant de ses jours un ami qui va vous survivre...

Alors il faut publier les œuvres posthumes mais sans les insultes qu'elles peuvent éventuellement contenir.

Pour l'essentiel, il faut savoir que les plus grands livres de l'humanité ont été brûlés par les familles !

Ah ! les veuves abusives ! on ne peut rien y faire ! C'est la tragédie des familles, les haines y sont les plus violentes. Dans les familles, il n'y a que des criminels virtuels. Alors quand il s'agit d'héritage même littéraire... On ne peut compter de façon absolue sur qui que ce soit !

Comment agir alors avec les œuvres posthumes ? Il n'y a pas de sagesse absolue. Pour le cas de Barthes, si on supprime d'éventuelles attaques contre des personnes, il faut publier ces cours. L'oral n'est pas une objection. Il faut les publier en tant que tels. Mais dix ans après, c'est drôle, n'est-ce pas ? On ne supporte les gens que lorsqu'ils sont morts...

De toute façon, la vérité n'a aucun sens. Et il faut garder ses distances aussi dans ce type de conflit. Douter. C'est la seule chance de ne pas se tromper complètement.

« L'existence posthume » est le titre sous lequel ont été publiées les réponses de plusieurs écrivains et philosophes aux questions posées à l'automne 1991 par la revue La règle du jeu *(dirigée par Bernard-Henri Lévy). Elles ont paru dans le n° 6, janvier 1992 (p. 176-198), et ont été reprises par* L'événement du jeudi, *n° 375, des 9-15 janvier 1992, sous le titre « Ceci est leur testament ».*

ENTRETIEN
AVEC GEORG CARPAT FOCKE

Georg C. Focke: Quand on regarde autour de soi et qu'on essaie de comprendre son temps, on en vient facilement à croire que la décomposition est notre destin. Tout semble aller d'une manière ou d'une autre vers sa fin, non pas une fin du monde apocalyptique comme on ne cesse de la prédire, mais très certainement à travers le processus anarchique de production et de reproduction, à travers l'usure de l'esprit et la perte du sens. De ce point de vue les livres que vous avez écrits voici des décennies prennent un caractère qu'on pourrait dire visionnaire. Le *Précis de décomposition* fait presque figure de mode d'emploi. On vous a appelé à cause de cela un pessimiste de la civilisation, on vous a reproché de ne voir dans l'histoire qu'un calvaire absurde.

Cioran : Je viens de la Roumanie, une circonstance importante quand il s'agit de la compréhension de l'histoire. Je viens d'un pays où on ne fait pas l'histoire mais où on ne fait que la subir, où l'on est par conséquent objet et non sujet de l'histoire. À l'Ouest il est difficile de comprendre cette situation. Il suffit de penser à tout ce que l'Occident, particulièrement la France, a réalisé : la France a été pendant des siècles au centre de l'histoire, la France *était* l'histoire. Un Français est tout simplement incapable de comprendre ce que cela veut dire d'être un *objet* de l'histoire. Maintenant, depuis la dernière guerre, il en a peut-être davantage l'idée, mais avant ce n'était certainement pas le cas. Pour moi en revanche, qui viens de l'Est, d'un pays qui n'a vécu l'histoire que passivement, il est tout de suite évident que l'homme est fondamentalement objet et non sujet de l'histoire. Tout dépend de cela. Les Français, par exemple, en tant qu'auteurs de la grande Révolution ont fait l'histoire. Ce sont eux qui ont pris les décisions. L'événement est d'abord issu d'eux-mêmes et a été transposé ensuite dans la réalité.

G. C. F. : Mais être l'objet de l'histoire conduit la conscience de soi, qui ne peut surgir que de la liberté et avec la liberté, dans une impasse. Car alors l'homme ne peut devenir ce qu'il veut et d'autre part il refuse de devenir ce qu'il peut. La liberté se réduit-elle à ce refus ? L'histoire n'est-elle que ce débat avec notre impuissance ?

C. : Il y a des moments dans l'histoire où l'homme s'élève à la dignité de sujet, où il est vraiment créateur. Mais, parce que je viens de l'Est, je suis beaucoup plus enclin à voir dans l'histoire le côté passif et à en parler. Il faut être honnête avec soi-même. Mon sentiment profond me dit que ce n'est pas l'homme qui a créé l'histoire mais qu'il a bien plutôt été fait lui-même par l'histoire. Mais comme je vous l'ai dit déjà, j'explique ce point de vue qui est le mien, par mes origines roumaines. Si on ne tient pas compte des événements concrets, du moment psychologique, et que l'on considère seulement les enchaînements par périodes, on voit aussitôt que l'homme est persuadé d'être l'auteur de sa propre histoire. Mais si on examine l'histoire mondiale en elle-même on ne peut pas s'empêcher de sentir qu'il en est la victime et rien d'autre. Nous rencontrons ici le problème de la liberté, en effet. Quand nous agissons, nous sommes persuadés que nous sommes libres. Mais aussitôt que nous examinons notre action nous constatons que nous avons finalement succombé à une illusion ou une semi-illusion. Si nous étions pleinement conscients que nos actions, nos actes sont déterminés, nous ne pourrions plus agir du tout. Toute initiative présuppose l'illusion d'être indépendant. J'ai décidé de faire quelque chose, j'ai pris une décision. Parfait. Mais quand on analyse cette décision de plus près, on reconnaît facilement qu'on a été comme son propre esclave. On a pris cette décision, soit, mais y en avait-il une autre de possible ? Chacun n'est finalement que sa propre victime.

Le grand problème reste pour moi celui de la liberté. Philosophiquement il est insoluble. Et je suis persuadé que s'il comportait une solution, toute la philosophie deviendrait sans objet. Mais il est insoluble et c'est tant mieux. Comme cela la question de la liberté dans l'histoire reste elle aussi insoluble. C'est précisément ce problème qui produit l'histoire.

J'ai dit, tout à l'heure, que nous autres les gens de l'Est nous avons été l'objet de l'histoire tandis qu'ici on se faisait l'effet d'en être le sujet. Mais si on va au fond de la question, peut-être que cela aussi c'est une illusion. Si on considère l'histoire mondiale, on pourrait croire que l'homme est un automate génial qui a tout inventé et est resté malgré cela déterminé par son destin. Était-il bien libre de faire ce qu'il a fait ?

G. C. F. : Mais peut-être ne peut-on se passer aussi simplement de l'idée d'une liberté de la volonté, peut-être l'homme occidental est-il justement né de cette illusion. L'envers de la médaille, le fatalisme soumis à l'histoire, qui peut tout au plus conduire à une certaine mystique et pour le reste s'en tient à la résignation de l'objet, ne rend pas l'homme plus proche de sa vérité. Si on ôte à l'homme cette illusion de la liberté, comme c'est le cas dans la forme tardive de l'hindouisme ou dans le bouddhisme zen, il verse bientôt dans l'absence d'histoire. Tout est alors soumis à un principe démiurgique : le monde comme un projet révocable de Dieu...

C. : Je ne crois pas en Dieu, sans être irreligieux pour autant. Si on supprimait l'idée du péché originel, l'homme ne serait plus qu'une énigme. J'écarte bien entendu l'interprétation théologique du péché originel, mais sans cette idée le processus historique tout entier me resterait absolument fermé.

Ce que je veux dire ici, c'est que l'homme est maudit depuis le commencement. Il y a quelque chose de brisé dans son être. La nature humaine contenait depuis le commencement un vice caché. C'est pourquoi l'homme ne peut atteindre que l'illusion de la liberté et non la liberté elle-même. Mais même l'illusion de la liberté, c'est déjà quelque chose. Il suffit de l'avoir. Si on la perd, il ne reste vraiment plus rien.

G. C. F. : En clair il ne s'agirait donc que d'un jeu auquel on se prêterait, en sachant très bien que de toute manière on perdra, dans un rôle qui de surcroît n'est pas très brillant. Mais supposons que la condition humaine soit capable d'élévation et même par moments d'atteindre au sublime...

C. : Pas du tout. Je ne suis pas un ami de l'homme et pas du tout fier d'être un homme. La confiance faite en l'homme représente même un danger menaçant, la croyance en l'homme est une grande sottise, une folie. Je suis, si on veut, quelqu'un qui au fond méprise l'homme. J'ai certes encore de très bons amis, mais si je pense à l'homme en général, j'arrive toujours à la même conclusion, à savoir qu'il aurait peut-être été mieux qu'il n'eût jamais existé. On pouvait pour ainsi dire très bien se passer de l'homme.

G. C. F. : À travers Zarathoustra, Nietzsche a annoncé la relève de l'homme : l'homme comme quelque chose qui doit être surmonté. Il y avait encore une espérance dans cette idée. Vous, vous refusez également l'humain dans l'homme, mais...

C. : Oui, mais pas au sens de Nietzsche. L'homme ne peut pas être surmonté, on peut tout au plus le renier. On *doit* le renier. Je tiens cette idée de surhomme pour une absurdité complète. La seule pensée des vices propres aux bêtes nous fait déjà frémir. Et ceux de l'homme sont bien pires. Un surhomme aurait bien entendu des qualités, mais il aurait aussi les défauts de ces qualités, et ces défauts seraient terribles, bien plus terribles que l'homme lui-même. Nietzsche me paraît trop naïf. C'était un solitaire, qui n'a pas beaucoup vécu parmi ses semblables, au fond un homme à plaindre, un homme isolé, auquel manquait l'expérience immédiate de l'autre. Toute sa tragédie, ses disputes avec ses amis, les déceptions que lui ont causées ces mêmes amis, prouvent simplement que Nietzsche n'a pas vraiment connu les hommes. En plus il avait une prédilection pour les petites localités, de sorte qu'il était également privé de l'expérience tellement instructive de la grande ville. Il ne savait pas ce que veut dire vivre dans un enfer, car aujourd'hui toute grande ville est un enfer, n'est-ce pas ? L'enfer lui-même est peut-être pire mais pas de beaucoup. Nietzsche me paraît vraiment trop naïf.

À ce propos je me sens beaucoup plus proche des moralistes français comme Chamfort ou La Rochefoucauld. Il est vrai que Nietzsche a subi aussi leur influence. Mais il avait à l'origine, comment dire, une âme innocente... C'est aussi celle qu'il avait à la fin. Au fond c'est toute sa vision des choses, sa vie aussi, qui me paraît trop euphorique. Nietzsche est intéressant et séduisant, mais ses conclusions ne me semblent ni pertinentes, ni vraies.

G. C. F. : Il est quand même difficile de mettre hors cours l'idée de l'homme au simple vu de l'histoire mondiale et des hommes concrets. On ne peut guère contester qu'il ne s'en est pas mal tiré jusqu'ici et qu'il est finalement venu à bout de toutes les situations critiques de son histoire. Dieu est mort, constatait Nietzsche. Est-ce qu'à présent l'homme aussi est mort ?

C. : L'homme représente une aventure incroyable. Quand j'y pense, j'en ai presque le vertige. L'homme est certainement un phénomène intéressant, presque trop intéressant, mais extrêmement menacé, extrêmement fragile. L'homme est sous le coup d'une malédiction, il ne peut pas subsister longtemps, car, si l'on y regarde de plus près, c'est une aberration, remarquable certes, mais une aberration tout de même, une hérésie de la nature. Il a une carrière grandiose derrière lui mais il n'a plus d'avenir. L'homme va disparaître, de quelque façon que ce soit, il va disparaître, soit par épuisement de l'intérieur, et dès maintenant à certains égards on remarque cet épuisement, soit à la suite d'une catastrophe, je ne sais de quelle nature. Loin de moi l'idée de jouer les prophètes, mais j'ai le sentiment et la certitude que l'homme ne peut pas indéfiniment reculer sa disparition. Il ne pourra pas toujours échapper à sa fin. Ce constat ne me rend pas triste. De même que je ne suis pas un pessimiste, mais plutôt un, comment dois-je dire, un... consommateur *(Geniesser)*. À ma façon je supporte assez bien la vie. Mais d'un autre côté je suis poursuivi par le sentiment du provisoire, de la malédiction, de la condamnation, de la fin qui s'approche. Je crois vraiment que la catastrophe est nécessaire, qu'elle est devenue presque indispensable.

G. C. F. : Si la connaissance de soi ne sauve pas l'homme de sa disparition, alors c'est également l'échec de la raison. Pour se reprendre il faudrait alors que l'homme se découvre à nouveau dans son devenir comme le sujet de l'histoire du monde, ou qu'il trouve du moins les conditions susceptibles de lui restituer ce rôle...

C. : Peut-être pas des conditions, mais je dois tout de même avouer que je n'ai jamais cessé de penser que l'homme pour moi... Songez un peu à Rimbaud. Le plus grand poète français, à l'âge de vingt, non, de vingt et un ans, a cessé d'écrire. À vingt et un ans il était tout simplement lessivé. Un génie décide de ne plus en être un, devient un pauvre diable totalement inintéressant. L'homme est menacé du destin de Rimbaud. Une monstrueuse éruption dans un temps limité, un phénomène sans pareil, mais qui dure très peu. L'homme me paraît comparable aujourd'hui à un écrivain qui n'a plus rien à dire, à un peintre qui n'a plus rien à peindre, qui ne trouve plus d'intérêt à rien. Son esprit n'est pas encore épuisé mais lui est tout près de perdre entièrement ses forces. Il est bien encore producteur de réalité, il peut bien entendu produire des outils, peut-être même encore quelques chefs-d'œuvre, mais il est spirituellement à bout de forces. Je le tiens par exemple pour incapable de produire une religion nouvelle, profonde. Il peut produire, mais comme épigone, comme imitateur.

G. C. F. : Heidegger voyait la cause de cet état dans l'oubli de l'être et disait que l'époque moderne a désappris à penser originellement. Est-ce que l'homme de nos sociétés dans son « inauthenticité » n'aurait simplement plus de rapport avec cette pensée ?

C. : J'en suis profondément persuadé. Pour prendre un exemple tout à fait banal, qui est d'ailleurs une observation personnelle : quand vous entrez dans une banque, vous voyez trente à quarante jeunes filles qui du lever du soleil jusqu'à une heure avancée du soir tapent des chiffres. Penser cela ! Qu'on ait fait l'histoire jusqu'à ce jour pour finir ainsi ! Si un destin pareil s'appelle la vie, alors la vie n'a pas de sens. Tout ce que nous aménageons aujourd'hui dans les grandes villes est absolument inutile et dépourvu de sens. Un deuxième exemple de la vie quotidienne : je suis sorti dans Paris il y a quelque temps et je voulais traverser une grande artère. Des centaines de voitures défilaient devant moi à toute allure et sans fin. Je me disais : « Si je ne veux pas être écrasé, il faut que j'attende. » Et j'attendais, j'attendais, sans pouvoir traverser. Cela ne peut que mal finir. C'est une expérience tout à fait banale aujourd'hui, comme on peut en faire dix par jour. Mais une seule suffit. Car enfin, quand on pense...

Un esprit que je respecte infiniment, c'est Épicure. Qu'on pense simplement à son jardin. Ses disciples ne mangeaient que du pain, ne buvaient que de l'eau, et conversaient sur le bonheur ou Dieu sait quoi d'autre. Ou bien qu'on se rappelle la vie que menait Socrate. L'ascétisme dont ces hommes ont fait preuve et la fécondité, la variété des productions de leur esprit ! Comparés à eux nous devons bien avouer que nous ne sommes que des schèmes, des espèces de spectres savants. Tout ce que nous faisons est vide de réalité. Nous lisons des livres, bien entendu, moi, en tout cas, je lis beaucoup, peut-être trop. Mais tout cela n'a aucun sens. Si la vie prend un sens pour moi, c'est plutôt quand je suis au lit et que je laisse errer mes pensées sans but. Alors j'ai l'impression de travailler vraiment. Mais quand je me mets pratiquement au travail, je suis aussitôt miné par la certitude que je ne fais que poursuivre une illusion. Pour moi l'homme n'existe véritablement que quand il ne fait rien. Dès qu'il agit, dès qu'il se prépare à faire quelque chose, il devient une pitoyable créature.

G. C. F. : Y a-t-il encore des moyens de s'en sortir ? Si l'être humain est proche de sa fin parce qu'il ne parvient plus de lui-même à retrouver son humanité, il ne lui reste qu'à finir dignement. La solution est-elle stoïcienne ?

C. : Oui, absolument. Je me suis toujours senti proche de Marc Aurèle. À vrai dire je n'essaie pas d'imiter les stoïciens, mais je les approuve, en partie du moins. En tout cas j'admire la position des stoïciens romains à l'égard de la vie. Le plus grand écrivain de l'Antiquité est certainement Tacite. Ce n'est pas seulement mon opinion, du reste, mais aussi celle du philosophe anglais Hume qui disait que le plus grand esprit de l'Antiquité ce n'était pas Platon mais Tacite. Je suis de son avis. La position des stoïciens est admirable et je me sens toujours bien en compagnie de ces hommes qui étaient tous livrés sans merci à ces fous, à ces autocrates, à ces cinglés qui ont gouverné l'Empire romain. Ils ont vécu complètement à l'écart. Ce qui me fascine surtout, c'est ce qu'on pourrait appeler l'époque des derniers païens. À vrai dire cela n'a à peu près rien à voir avec les stoïciens, mais la situation était pourtant la même, car eux aussi étaient les derniers païens avant que le christianisme ne se répande.

J'ai longtemps cherché à deviner comment des hommes qui ne pouvaient pas devenir chrétiens et qui savaient qu'ils étaient perdus réagissaient à certains événements. Je trouve que notre situation, notre position, ressemble un peu à celle de ce temps-là, avec cette différence, il est vrai, que nous ne pouvons plus attendre aucune nouvelle religion. Mais à cette exception près nous nous trouvons dans la situation des derniers païens. Nous voyons que nous sommes sur le point de tout perdre, que nous avons peut-être même déjà tout perdu, qu'il ne nous reste pas l'ombre d'un espoir, pas même la représentation d'un espoir possible. En cela notre destin est beaucoup plus pathétique, beaucoup plus impressionnant, plus insupportable et du même coup plus intéressant. Il y a quand même cela de positif dans notre époque ; je la trouve extrêmement intéressante, presque trop intéressante. De sorte que d'un côté on peut être malheureux de passer son existence à une époque pareille, mais de l'autre c'est quand même merveilleux d'assister à l'approche du déluge. Cela m'aurait vraiment ravi d'être un contemporain du déluge.

G. C. F. : Quand on lit attentivement vos écrits on ne peut que constater une profonde unité entre l'œuvre et l'auteur, tel qu'il se manifeste en vous précisément dans cet entretien. Vous mettez vos pensées en pratique avec un rare esprit de conséquence même s'il a aussi quelque chose d'inquiétant : vous vous fermez, vous vous taisez, vous fuyez la publicité. Comment expliquer une pareille cohérence ? Vient-elle d'un principe, est-elle le produit de circonstances historiques concrètes, ou bien est-ce une affaire de caractère ?

C. : De tout cela à la fois. J'ai eu la chance de pouvoir tourner le dos à l'Université, et cela d'autant plus facilement que je suis allé à l'étranger et que j'y suis resté, la chance de ne pas devoir écrire une thèse de doctorat, de ne pas faire une carrière universitaire. Après cela je me suis toujours considéré comme un... « penseur privé » serait peut-être trop dire, mais quelque chose de ce genre tout de même. Un peu comme on a dit de Job qu'il avait été un « penseur privé ». C'était même toute mon ambition d'être un penseur privé, un épigone de Job. Si j'ai été le disciple de quelqu'un c'est bien de Job. Si j'avais fait une carrière universitaire, tout cela se serait délayé, je m'en serais d'une manière ou d'une autre détourné, préservé, car j'aurais bien été obligé d'adopter un ton faisant sérieux, une pensée impersonnelle. Comme j'ai dit une fois à un philosophe français titulaire d'une chaire : « Vous êtes payé pour être impersonnel. » Ce sont ces gens qui parlent d'« ontologie », de « la problématique de la totalité », etc.

Je n'ai pas de métier, pas d'obligations, je peux parler en mon nom, je suis indépendant et je n'ai pas de doctrine à enseigner. Quand j'écris je ne pense pas au livre à venir. J'écris pour moi. Et cette irresponsabilité, je dois le dire, s'est révélée être ma chance. Je ne dépendais de personne, et à cet égard au moins j'étais libre. Je trouve que, quand on réfléchit sur un problème, on devrait le faire en dehors de sa profession, se tenir tout à fait en marge. Je ne suis sûrement pas un précurseur, tout au plus peut-être un... un marginal ?

G. C. F. : On a dit que la marginalité était inhérente à la condition humaine, mais que l'homme pouvait atteindre une position centrale par une sorte de vision de l'essentiel. Vous paraissez toujours à celui qui vous observe être dans le cas peu banal du philosophe qui vit comme il écrit, ce qui ne s'accorde guère avec la marginalité.

C. : Je ne sais pas si ce qu'on dit est absolument vrai, mais enfin pour une fois soyons optimiste. Sans vouloir chercher de modèles, je crois que seuls les Grecs ont été les vrais philosophes, ceux qui ont vécu leur philosophie. C'est pour cela que j'ai toujours admiré Diogène et les cyniques en général. Cette unité a disparu depuis. Je me dis que l'Université a liquidé la philosophie. Pas tout à fait entièrement peut-être, mais presque... Je n'irais pas jusqu'aux exagérations de Schopenhauer, mais il y a beaucoup de vrai dans ses critiques. Selon ce que je crois, la philosophie n'est nullement un objet d'étude. La philosophie devrait être une chose personnellement vécue, une expérience personnelle. On devrait faire de la philosophie dans la rue, tresser ensemble la philosophie et la vie. À beaucoup d'égards je me considère effectivement comme un philosophe de la rue. Une philosophie officielle, une carrière de philosophe ? Alors non ! Toute ma vie je me suis dressé et je me dresse encore aujourd'hui contre cela.

G. C. F. : On a dit et répété depuis longtemps que la philosophie était finie. Mais les philosophes se sont défendus si obstinément contre cette opinion qu'il faut bien croire qu'elle n'est pas sans signifier quelque chose. Les réponses des philosophes n'apportent plus de solutions, c'est le souci de la vie d'ici-bas et le pragmatisme qu'on rencontre partout. À quoi peut-on encore se tenir ? À la sagesse peut-être, au chemin suivi par les *Sophoi* ?

C. : Il ne fait aucun doute pour moi que la sagesse est le but principal de la vie et c'est pourquoi je reviens toujours aux stoïciens. Ils ont atteint la sagesse, c'est pourquoi on ne peut plus les appeler des philosophes au sens propre du terme. De mon point de vue la sagesse est le terme naturel de la philosophie, sa fin dans les deux sens du mot. Une philosophie finit en sagesse et par là même disparaît.

G. C. F. : Une boucle, si je comprends bien, se dessine

ici, allant de la sagesse antique à la philosophie spéculative, puis revenant à la sagesse au cours d'une nouvelle méditation sur l'essentiel. Se pourrait-il que la connaissance passe par la découverte de soi ?

C. : Les déçus de la philosophie se tournent vers la sagesse. C'est tout à fait juste. S'il est vrai qu'on doit commencer par la philosophie, on doit être capable aussi bien de se détacher de la philosophie. C'est même probablement le suprême devoir. C'est sans doute la raison pour laquelle la sagesse antique m'a fait une si forte impression, cette philosophie des Anciens qui avait cessé précisément d'être une philosophie au sens où Aristote par exemple la comprenait. Aujourd'hui le problème de la connaissance est devenu accessoire ; ce qui est au premier plan, c'est la façon d'aborder la vie, la question de savoir comment on peut la supporter. Je ne connais finalement que deux grands problèmes : comment supporter la vie et comment se supporter soi-même. Il n'y a pas de tâches plus difficiles. Et il n'y a pas de réponses définitives pour en venir à bout. Simplement chacun doit résoudre au moins partiellement ces problèmes pour lui-même. Y a-t-il dans la vie une souffrance plus grande que de devoir se supporter soi-même, de se lever chaque matin et de se dire : « Encore un jour de commencé, il faut que j'en vienne à bout, que je supporte aussi cette journée » ? Il ne s'agit donc pas seulement d'agir, de créer...

C'est aussi pourquoi je suis contre le travail. Il ne faut pas même écrire. La seule chose importante, c'est d'avoir toujours devant les yeux ces problèmes insolubles et de vivre comme Épictète ou Marc Aurèle. Alors on n'est plus dans les histoires vécues, mais dans la contemplation. Nos contemporains ont perdu la faculté de contempler les choses. Ils ont désappris l'art de perdre intelligemment son temps.

Si je devais faire mon propre bilan, alors je devrais dire que je suis le résultat de mes heures perdues. Je n'ai exercé aucun métier et j'ai gaspillé énormément de temps. Mais cette perte de temps a été réellement un gain. Seul l'homme qui se tient à l'écart, qui ne fait pas comme les autres, garde la faculté de vraiment comprendre quelque chose. Ça ne fait pas du tout moderne ce que je dis là, mais l'Antiquité a vécu tout entière avec cette idée. Aujourd'hui cela nous est impossible. C'est une position qui n'a plus de sens pour le monde d'aujourd'hui. Mais ce monde de toute façon périra, cela ne fait aucun doute.

Entretien publié dans le quotidien de langue allemande Neuer Weg, *de Bucarest, les 10 et 17 avril 1992.*

Traduit de l'allemand par Jean Launay.

ENTRETIEN AVEC BRANKA BOGAVAC LE COMTE

Branka Bogavac Le Comte : Monsieur Cioran, vous avez écrit dans *Histoire et utopie* : « Pour que la Russie s'accommodât d'un régime libéral, il faudrait qu'elle s'affaiblît considérablement, que sa vigueur s'exténuât ; mieux : qu'elle perdît son caractère spécifique et se dénationalisât en profondeur. Comment y réussirait-elle, avec ses ressources intérieures inentamées, et ses mille ans d'autocratie ? À supposer qu'elle y arrivât par bonds, elle se disloquerait sur-le-champ. » Ces lignes sont prophétiques. Mais, en les écrivant, pensiez-vous que cela arriverait un jour ?

Cioran : Non. Il est très important de vous dire que je considère la Russie comme un pays d'avenir. L'échec actuel est peut-être inévitable, mais les Russes ne sont pas un peuple épuisé. L'Occident, oui. Épuisé n'est pas le mot juste, mais l'Occident est en déclin. Parce qu'il est formé de vieilles nations qui ont créé quelque chose et éprouvent maintenant une sorte de fatigue historique. C'est un phénomène fatal dans l'histoire, comme une agonie qui peut durer longtemps. Ce n'est pas une fatigue passagère. C'est une longue usure des civilisations. Tandis que la Russie ne s'est pas dépensée autant que l'Occident et il est donc normal qu'il lui reste plus longtemps à vivre qu'à celui-ci, qui s'éteint lentement. La Russie a encore une histoire devant elle.

B. : Elle prendra donc le relais de l'Occident ?

C. : C'est très possible, c'est même inévitable. Les deux nations les moins usées, ce sont l'Allemagne et la Russie.

B. : Et les Balkans ?

C. : Les Balkans ont un destin médiocre. Leurs peuples peuvent avoir un développement, mais pas un grand destin. Ils peuvent faire des progrès, mais quant à avoir un destin pour une civilisation, c'est très rare. Il se peut qu'il y ait une période de prospérité économique, etc., et même d'épanouissement littéraire, mais ce ne sont pas des peuples qui joueront un rôle dans l'histoire. Quant aux Roumains, s'ils ne s'affirment pas dans les années qui viennent, ils sont fichus. Ce sera un peuple raté. Un échec maintenant serait fatal.

B. : À quoi attribuez-vous ce qui se passe entre les Slaves en Yougoslavie ?

C. : C'est de mauvais augure. Parce que ça les stérilise. C'est une sorte d'échec sur le plan de la civilisation. À mon avis, ce sont des peuples qui ont des destinées provisoires, avec des explosions. Il faut une opportunité historique pour jouer un rôle important. Ce sont des peuples qui ne sont pas bêtes, mais qui passent d'échec en échec, et c'est leur progrès, car d'un échec à l'autre il y a de la vie, de la vitalité, mais quelque chose n'aboutit pas. C'est comme chez les individus. Vous avez des amis qui commencent très bien leurs études, ils sont premiers, mais ils n'ont pas de vraie continuité. On brille en quelque chose, puis il y a un vide, ensuite on brille de nouveau, mais cela n'a pas de consistance historique. Et si tous les peuples étaient doués, ce serait une catastrophe. Or, la plupart des peuples sont des génies ratés, parfois brillants, mais qui ne comptent pas dans l'histoire. Celle-ci enregistre uniquement les peuples qui ont une continuité historique. Tandis que les peuples des Balkans, s'ils ont une certaine vitalité inéniable, ne passent pas moins d'un échec à l'autre. Ce sont des peuples qui donnent l'illusion de l'avenir, ils peuvent avoir des époques brillantes, et médiocres ensuite. Le problème capital est celui de la langue. Elle est la clé de tout. Parce qu'il y a des peuples qui sont intelligents, mais dont la langue reste dans l'ombre. C'est une question fatale. Il y a des langues qui ne persistent pas, qui ne s'imposent pas. Elles demeurent des langues provinciales.

B. : Et il y a des langues fantastiquement belles, comme le russe.

C. : Les Russes sont un grand peuple. Et, il ne faut pas l'oublier, sur tous les plans. Surtout sur le plan religieux, qui est capital pour eux. Il est extraordinairement important que le fond religieux russe ne disparaisse pas. Il a joué un très, très grand rôle pendant des siècles. Que la forme de l'orthodoxie ne soit pas aujourd'hui la même qu'avant, c'est possible, mais que le fond religieux russe s'évapore, c'est exclu. Parce que la Russie s'est définie à travers lui. C'était la base. Il ne faut pas oublier les crises religieuses dans l'histoire de la Russie. C'est capital. De très graves conflits religieux se sont produits périodiquement ; cela prouve que chaque peuple a une sorte d'essence qui le caractérise. Même à l'époque la plus terrible, où les croyants étaient persécutés, le fond religieux russe n'a pas été complètement détruit, il ne peut pas disparaître du jour au lendemain. Les grands écrivains russes sont tous marqués d'une teinte religieuse. Mais les autres aussi, les athées, s'ils étaient tellement athées, c'est parce qu'ils étaient religieux sans le vouloir. Il peut y avoir des gens complètement athées, naturellement. En général, ceux qui n'ont aucune religion en ont une, c'est la négation. La négation en Russie, c'était cela, il y avait des mouvements extraordinairement antireligieux, mais c'était aussi une forme de religion. Le type qui n'a pas de religion attaque Dieu tout le temps, donc Dieu est présent.

B. : En Roumanie, où en est la religion orthodoxe ?

C. : Elle se présente sous une forme plus médiocre. Le fond religieux n'est pas profond.

B. : Pas aussi profond que chez les Russes ? C'est cela, la différence ?

C. : Oui, une grosse différence du point de vue de la dimension intérieure. Les Roumains ont des pensées religieuses, les paysans ne sont pas antireligieux, mais cela ne va pas très loin.

B. : Gabriel Matzneff écrit de vous : « Dans les années cinquante, il fut l'un des premiers, et des seuls à l'époque, à dénoncer les ravages causés par les utopies politiques, ces féeries monstrueuses. » Cela veut-il dire que vous avez compris très tôt ce qu'était le communisme ?

C. : Ce fut une vraie catastrophe, dans le sens que l'homme qui devient areligieux par volonté est un être qui se stérilise. Et le plus antipathique, c'est que cela s'accompagne toujours d'un orgueil exagéré et déplaisant. Ce sont des types qui ont un vide intérieur.

B. : Vous avez écrit : « On n'érigera pas le paradis ici-bas tant que les hommes seront marqués par le Péché. » Qu'est-ce que le Péché à vos yeux ?

C. : Ce par quoi l'on voit que l'homme a commencé par la catastrophe. Le début a été catastrophique, mais en même temps il aurait pu être le point de départ d'une réussite spirituelle. Alors, il s'agit de savoir si l'homme a pu exploiter ce côté positif ou non. S'il est inefficace, ce conflit initial est fatal. Il ne faut pas oublier que la plupart des êtres sont des ratés.

B. : Ceux qui n'ont pas su utiliser cette possibilité ? Est-ce cela, le péché originel ?

C. : Non, le péché originel est essentiel, c'est de naissance, il y a une sorte de stigmates. C'est le début de la catastrophe, mais l'homme peut s'en sortir ou, au contraire, il peut sombrer. C'est très étrange chez les êtres humains, car on voit tout de suite si ce sont des types qui ont une substance intérieure ou non, s'ils sont des types verbaux, sans prolongation intérieure, s'ils vivent dans l'échec. De même, on voit tout de suite si ce sont des gens qui ont un destin, qui ont de la substance.

B. : Qu'est-ce que le destin ?

C. : Le destin, c'est avancer ou non. Parce que, d'habitude, la plupart des existences sont stériles.

B. : Même chez les intellectuels ?

C. : Oui, ce sont des automates. Cela veut dire qu'ils sont desséchés, tandis que d'autres ont un destin, un appel intérieur, donc ils avancent et échappent ainsi à l'échec. L'homme qui l'a dépassé et avance n'est pas ordinaire, n'est pas un esclave.

B. : Est-ce cela, sortir du péché originel ?

C. : Oui, oui, car la plupart des gens ne surmontent pas l'échec.

B. : Mais d'où vient le péché originel, qui l'a inventé ?

C. : Il a un sens profond, on le sent à l'intérieur, on ne le démontre pas. C'est l'homme en conflit avec Dieu, au fond.

B. : Qu'est-ce que Dieu pour vous ?

C. : La limite jusqu'où l'homme peut aller. Le point maximum. Ce qui donne un contenu, un sens. La vie n'est plus une aventure, elle est quelque chose de beaucoup mieux que cela. Tout dans la vie dépend des expériences que nous avons faites, si elles ont une substance ou non. Si c'est seulement intellectuel, cela n'a pas de valeur. L'intellectuel français, c'est un peu cela. Tout dépend du contenu intérieur, pas de l'intelligence. Parce que l'intelligence comme telle, c'est le néant. S'il n'y a pas de contenu intérieur, une idée ne peut pas connaître l'expérience.

B. : Ce contenu intérieur, c'est quoi, l'âme, les sentiments... ?

C. : Oui. Une sorte de pas en avant vers le grand contenu de l'être humain. À partir du moment où il y a un contenu intérieur, le néant disparaît. Sans la présence d'une substance intérieure, tout est superficiel.

B. : La présence de cette substance, est-ce Dieu ?

C. : À la rigueur, oui. Pour moi, ce qui est très important, c'est cette substance intérieure, une chose durable, très forte, qui vous domine et vous dirige. Donc, une sorte de fascination. La vie normale est une vie sans substance. Mais là, ce contenu transcende la faiblesse quotidienne.

B. : Pourquoi les mystiques vous ont-ils fasciné ?

C. : Parce que je ne pouvais pas être comme eux. Sur ce plan, je suis un raté, comparé à eux. Vous comprenez, ils me fascinaient parce qu'ils ont fait un pas en avant, plus qu'un pas, évidemment.

B. : Vous avez un peu séparé les saints des mystiques. Je voudrais connaître la différence entre eux.
C. : Elle n'est pas énorme. C'est peut-être une question d'intensité. Les mystiques sont allés très loin.

B. : Avez-vous eu envie de faire comme eux ?
C. : Maintenant, moins. Mais mes relations avec les mystiques sont complexes, c'est une tension très forte.

B. : Mais, à un moment donné, en avez-vous eu envie ?
C. : À un moment donné, oui. En tout cas, cela m'a profondément intéressé. Mais je ne suis pas un mystique. Au fond, l'échec de ma vie c'est que je ne suis pas allé jusqu'au bout. J'ai été fasciné par la mystique, je suis allé jusqu'à un certain point, mais je n'ai pas abouti. Pas abouti au plan spirituel.

B. : Pourquoi l'homme a-t-il inventé la religion ?
C. : À cause de ses malheurs, de ses épreuves. Uniquement parce qu'il va d'épreuve en épreuve.

B. : La religion sert à le soulager dans ses épreuves ?
C. : Elle lui sert à les connaître, à les clarifier, à réfléchir sur ses douleurs, sur l'expérience intérieure ; c'est cela qui a fait de l'homme ce qu'il est, qui lui a donné une dimension intérieure.

B. : Vous écrivez : « À la longue la vie sans utopie devient irrespirable, pour la multitude au moins. Sous peine de se pétrifier, il faut au monde un délire neuf. » On a donc besoin de l'utopie et de l'illusion ?
C : Sûrement, c'est la vérité. La seule réponse au néant

se trouve dans l'illusion. C'est presque biologique. C'est notre substance même. Ce n'est pas l'illusion, c'est quelque chose de mieux que cela. Mais cela signifie aussi que le danger de la vie consiste à exagérer dans la rigueur, à aller trop loin. Question de tempérament. Ce qu'il y a encore de déplaisant dans la vie, c'est l'aigreur. L'aigri est le type qui s'accorde avec méchanceté une sorte de supériorité.

B. : Tous les hommes qui se manifestent, qui sortent de l'ordinaire — avez-vous dit — ont quelque chose de démoniaque.

C. : C'est malheureusement vrai. C'est le processus de la vie. La vie elle-même a quelque chose de démoniaque. Le fait même de vivre a quelque chose de démoniaque. Il est donc fatal que les hommes soient ainsi. Cela signifie qu'il n'y a pas d'êtres purs. Le démon a été l'obsession continuelle dans l'histoire. Pourquoi ? C'est très important. Il n'a jamais été écarté. On a essayé, mais c'était impossible. On peut dire que c'est une idée profonde, l'idée du péché originel. C'est au début de l'homme que quelque chose a craqué. Dès les fondements, quelque chose n'a pas réussi, ne pouvait pas réussir, car la pureté de la créature n'est pas possible. Donc, l'homme est atteint dès sa naissance.

B. : Dostoïevski était-il obsédé par le démon ?

C. : Oui, plus que les autres. Je connais Dostoïevski très, très bien. Je l'ai énormément aimé, c'est l'une des passions de ma vie. Il est peut-être l'écrivain le plus profond, le plus étrange, le plus compliqué de tous les temps. Je le mets en tête de tout le monde, avec des défauts énormes mais avec des éclats de sainteté.

B. : Vous le mettez même au-dessus de Shakespeare ?

C. : Oui, même au-dessus de Shakespeare. Dostoïevski est l'écrivain qui m'a le plus impressionné, qui est allé le plus loin dans l'examen de l'homme, qui a su exploiter le mal et le bien. Il a touché le plus profondément le mal, comme essence de l'homme, mais en même temps l'inspiration est double chez lui. Pour moi, Dostoïevski est L'ÉCRIVAIN.

B. : Vous dites que l'écrivain écrit toujours sur lui-même. Comment a-t-il pu trouver tout cela en lui-même ?

C. : Parce qu'il a beaucoup souffert, il le dit. C'est cela, la connaissance. C'est par la souffrance et non par la lecture qu'on l'acquiert. Dans la lecture, il y a une sorte de distance. La vie est la vraie expérience : tous les échecs que l'on peut subir, les réflexions qui en découlent. Tout ce qui n'est pas expérience intérieure n'est pas profond. Vous pouvez lire des milliers de livres, ce ne sera pas une vraie école, contrairement à l'expérience du malheur, à tout ce qui vous touche profondément. La vie de Dostoïevski a été un enfer. Il a vécu toutes les épreuves, toutes les tensions. Il est sans doute l'écrivain le plus profond dans les expériences intérieures. Il est allé jusqu'à la limite extrême.

B. : Après Dostoïevski, quels sont les autres écrivains que vous aimez ?

C. : Nietzsche, parce qu'il est allé au bout de tout ce qu'il a entrepris. Pour son côté excessif.

B. : Est-ce la cause de sa folie ?

C. : Il n'a pas sombré dans la folie. Mais il est certain que les gens qui se sont effondrés sont les plus impressionnants. Particulièrement les poètes. Il faut prendre la biographie des poètes.

B. : Comme celle de Baudelaire. Vous avez dit avoir beaucoup fréquenté Baudelaire et Pascal.

C. : Il y a des poètes et des écrivains qui vous accompagnent partout. Des présences quotidiennes. On n'a pas besoin de les relire, ils sont là tout le temps. Pascal est le plus grand écrivain français.

B. : Vous avez bien connu Michaux, vous avez passé de longs moments ensemble.

C. : Michaux était supérieurement intelligent, doué, il n'était pas parisien, il était très agréable, on pouvait parler avec lui de tout, de n'importe quoi. C'était une intelligence extraordinaire.

B. : Et Beckett ?

C. : Beckett était un homme remarquable, mais sa conversation n'était pas intéressante. Il est resté totalement lui-même, il n'a rien attrapé de français. Drôle de type, il n'était pas instruit dans le sens français du mot, mais il avait quelque chose de profond.

B. : Le livre chez un exilé est-il un substitut de son pays ?

C. : Tout écrivain est d'une certaine manière un exilé.

B. : La Roumanie vous a-t-elle manqué ?

C. : À vrai dire, non. En ce sens que je connais ce pays, mes origines. Parce que je suis né dans les Carpates, dans un merveilleux village que j'aimais énormément et où j'ai passé toute ma première jeunesse. Il y avait des côtes, des contreforts sauvages qui montaient dans les Carpates, plus de la moitié de mon village est située comme cela. Quand mon père m'a dit, après l'école primaire, d'aller à Sibiu pour continuer mes études, j'étais désespéré de quitter mon village. Au bout de trois ou quatre ans, je me suis amouraché de cette ville, parce qu'elle était très agréable, il y avait un mélange de peuples, de langues et de cultures très intéressant. Je m'y trouvais bien. Mais, plus tard, je n'avais qu'une idée, c'était de quitter la Roumanie.

B. : Et vous n'avez pas envie de retourner dans votre village ?

C. : Non. Pour la raison très précise que j'en ai un souvenir très précis.

B. : Vous avez dit que l'époque moderne commençait avec deux hystériques, Don Quichotte et Luther.

C. : Ce sont des gens qui ont une destinée à part, qui ne sont pas comme les autres. Qui sont presque des bannis...

B. : Vous avez fait de vous un peu un banni.

C. : Oui.

B. : Vous aimez les Espagnols ?

C. : Énormément ! J'ai une sorte de culte de l'Espagne. J'aime en Espagne toute la folie, la folie des hommes, ce qui est imprévisible. Vous entrez au restaurant, le type vient vous parler. J'étais fou de tout en Espagne. C'est le monde de Don Quichotte.

B. : Vous avez beaucoup aimé la philosophie un certain temps, ensuite vous l'avez abandonnée.

C. : Oui, la philosophie vous gonfle d'orgueil et vous donne une idée fausse de vous et du monde. Quand je lisais Kant, Schopenhauer ou d'autres philosophes, j'avais l'impression d'être un dieu, j'avais quelque chose d'un monstre. La philosophie engendre un mépris total pour ceux qui sont en dehors, c'est pourquoi elle est dangereuse dans ce sens-là. Il faut la connaître pour la dépasser. Ce qui compte avant tout, c'est le contact direct avec la vie.

B. : Vous dites : « Dürer est mon prophète. Plus je contemple le défilé des siècles, plus je me persuade que l'unique image susceptible d'en révéler le sens est celle des cavaliers de *L'Apocalypse.* » Avez-vous aimé d'autres peintres ?

C. : J'ai aimé beaucoup de peintres, je me suis intéressé à certains plus qu'à d'autres.

B. : Parmi les arts, vous m'avez dit préférer la musique. A-t-elle joué un grand rôle dans votre vie ?

C. : Sans la musique, la vie n'a aucun sens. La musique vous touche en profondeur. En apparence, ce n'est pas visible, mais cela touche à quelque chose qui nous émeut profondément, sans qu'on en soit toujours conscient. Elle a joué un rôle énorme dans ma vie. Énorme. L'être qui n'est pas sensible à la musique ne m'intéresse absolument pas. C'est zéro.

B. : Vous avez écrit : « La beauté ne crée pas, car il lui manque l'imagination, tandis que la haine crée et soutient. En elle se trouve le mystère de ce malaise et l'inconvénient qu'on appelle la vie. » Pourquoi la haine est-elle plus créative que la beauté ?

C. : Parce qu'elle est plus dynamique. Elle touche en profondeur. Ensuite, cela crée des événements intérieurs.

B. : Ce qui m'étonne, c'est la bestialité de l'homme, dont il n'arrive pas à se libérer. On a l'impression qu'il se regarde être violent sans pouvoir échapper à sa violence. Et vous-même, vous cherchez à vous venger dans votre œuvre, c'est comme une revanche. Comment expliquez-vous cela, pourquoi l'homme ne peut s'affranchir de cette bestialité ?

C. : Cela a toujours existé, naturellement. Maintenant, c'est plus fort à cause du progrès, tout s'est aggravé, il y a une sorte de férocité, l'homme a toujours été fou, mais à des degrés différents. C'est pourquoi il faut une méfiance permanente pour survivre et pour éviter des malheurs. Parce que l'homme est un animal, il est né comme ça. Il est pourri dès la naissance. C'est un animal condamné et très subtil en même temps. C'est un vice de naissance. Qu'est-ce que l'histoire ? La démonstration de l'inhumanité de l'homme. Quelque chose d'impur, de méprisable. Je crois que c'est sans remède. On peut constater le phénomène, mais il n'y a rien à faire. Maintenant je suis vieux et j'ai vécu assez pour pouvoir constater que l'homme est un animal incurablement mauvais. Et il n'y a rien à faire pour y remédier. Il y a seulement des époques où l'animal, l'homme, se calme. En général l'histoire est une saloperie, donc il n'y a pas de remède.

B. : Par conséquent, vous ne pensez pas, comme Rousseau, que l'homme naît bon.

C. : C'est une erreur fondamentale ! C'est complètement faux. Regardez les enfants, comme ils sont méchants ! Je crois qu'il faut l'accepter, car on n'a pas le choix. L'homme le sait, il le sent, il est même pire que les animaux.

B. : Vous dites que la bonté est le sentiment que l'homme connaît le moins.

C. : Cela ne sert à rien de dire qu'on a de bons sentiments, cela existe aussi, mais fondamentalement, non. C'est pourquoi — malheureusement il en est ainsi — il ne faut pas cacher la réalité derrière des illusions. C'est très mauvais et dangereux. Il vaut mieux dire aux enfants au départ : « Attention, attention ! » et ne pas vivre dans le mensonge. L'homme vit dans le mensonge. Il y a toujours des escroqueries. Les grandes déceptions de la vie viennent de là : on s'est fait de la vie une fausse image. Ensuite, l'un des sentiments fondamentaux de l'homme est la jalousie. À mon avis, c'est le sentiment le plus profond et on ne peut pas l'extirper. J'ai quitté la Roumanie il y a cinquante ans et quelqu'un qui en est venu récemment m'a dit : « Vous ne pouvez pas imaginer la quantité de gens qui vous détestent parce que vous vivez à Paris. » La jalousie des Roumains : pour eux il n'y a que Paris, ils ont une terrible fascination pour Paris.

B. : Vous avez dit à plusieurs reprises qu'il ne fallait pas se vanter dans la vie, justement à cause de la jalousie.

C. : Absolument ! Il ne faut jamais se vanter. Les gens préfèrent avoir pitié. C'est ce qui provoque leur sympathie. Chez les riches et chez les pauvres, c'est pareil. Je l'ai déjà dit, l'homme est un animal condamné. Pour commencer, il ne faut jamais se vanter du moindre succès. C'est capital. Même dans une société très raffinée. J'ai fréquenté pendant quelques années la société parisienne, des gens assez fins, intelligents. Et j'ai remarqué une chose : à un dîner, par exemple, il y avait des gens qui ne pouvaient pas rester jusqu'au bout. Dès qu'ils sortaient, ils étaient la cible de ceux qui restaient, c'est pourquoi je partais toujours le dernier. Ce fait m'avait frappé, chez des gens cultivés, très subtils ; notamment chez une dame très riche, qui m'invitait souvent et où j'ai compris que les gens sont pareils, riches ou pauvres. Ce n'était même pas de la méchanceté personnelle, mais l'homme déteste l'homme. C'étaient des faux jetons. On dînait bien, c'était très agréable, mais les gens étaient liquidés dès qu'ils sortaient. Tous ces gens n'étaient pas foncièrement méchants, mais ils gardaient cet instinct de l'âme, ce besoin de faire du tort, de diminuer l'autre. Il n'y a rien à faire. Je crois que ç'a toujours été ainsi. Peut-être est-ce moins fort chez les moines... L'homme est donc habitué à sa méchanceté et surtout à son besoin de noircir l'autre, et cela dans ce qu'on appelle la haute société. Pour moi, c'était une révélation. Naturellement, j'avais vu des saloperies en Roumanie, mais je n'imaginais pas cela en France et dans une société pareille. Mais on peut perdre toutes ses illusions et vivre quand même.

B. : Ces gens méritaient-ils qu'on dise du mal d'eux ?
C. : Oui et non. C'étaient des gens très riches, qui avaient beaucoup de défauts, entre autres l'ignorance. Dans ces sociétés-là, on voit les gens monter, s'enrichir. C'étaient surtout des écrivains qui devenaient riches en deux mois.

B. : Vous est-il arrivé aussi de médire ?
C. : Ah, oui !

B. : Était-ce mérité ?
C. : C'était un peu exagéré, mais pas complètement faux. Le trait fondamental des Français est la vanité. Même chez les gens très éduqués. C'est la plaie de la race. Je voulais ajouter : le type dont vous avez dit du mal l'a su. C'est cela, la société. Le monde. Le péché originel. Le mal est plus vivant que le bien. Ce qui est le plus profond dans la religion, c'est le péché originel. Vous êtes marqué par le péché naturellement et vous aurez beau faire des efforts, ils ne serviront à rien, car il existe.

B. : Vous n'avez pas une bonne opinion des hommes politiques. Selon vous, ils sont tous mauvais et on ne peut faire de politique que si l'on est un tricheur.

C. : C'est en partie vrai. Un type innocent ne peut pas faire de politique, car il ne peut pas être un salaud. Un homme politique naïf est une catastrophe pour son pays. Les hommes politiques médiocres sont des naïfs qui se font des illusions et cela a des conséquences fâcheuses. Si l'homme politique est naïf, il est dangereux. Ce sont des choses apparemment simples, mais au fond très importantes. Ce qui est curieux, c'est que l'expérience de la vie montre combien se trompent des gens qui se croient très intelligents. Les vrais hommes politiques sont ceux qui ne se font pas d'illusions. Autrement, ils nuisent, ils sont dangereux pour leur pays. C'est pourquoi un homme politique propre est quelque chose de tellement rare.

B. : À votre avis, l'homme est prédestiné ?

C. : L'homme est prédestiné. Malheureusement, les circonstances s'en mêlent parfois. Par exemple, vous êtes doué dans un certain domaine, mais vous vivez dans un pays où les conditions vous sont défavorables. Mais il y a aussi un taux de chance qui peut jouer. Cela vous marque et vous n'êtes pas maître de vous-même. Naturellement, si vous avez un don il est plus facile de triompher. Il y a énormément de gens qui auraient mérité d'avoir un sort meilleur. Beaucoup de talents se sont perdus ainsi. J'ai eu des amis en Roumanie et des Juifs français qui auraient dû avoir un autre destin. Surtout en Roumanie, mais la vie les a écrasés. Ce qui joue ensuite, ce sont les guerres, les révolutions ratées, les hasards. Il n'y a pas de loi. La psychologie est presque de la fantaisie.

B. : Votre attitude envers Dieu est un sujet qui m'intéresse particulièrement. Croyez-vous en Dieu ?

C. : Non, je ne crois pas. J'ai parcouru toutes les étapes sans devenir croyant, mais la présence de la religion en moi est réelle.

B. : Alors, d'où cette lutte perpétuelle avec Dieu si vous ne croyez pas ?

C. : Cela a commencé ainsi : mon père était prêtre orthodoxe. C'est très important. Il souffrait beaucoup chaque fois qu'il ne pouvait pas résoudre un problème, aider quelqu'un. Mes parents souffraient beaucoup et ils me le cachaient. Quand mon père disait une prière, je m'éclipsais car je voyais combien il souffrait. Il a bien remarqué que j'évitais ses prières. Et moi, je me disais : à quoi ça sert d'avoir la foi si l'on souffre tant, si l'on est victime tout le temps ? Ils ont bien vu que ça n'allait pas en moi, je n'étais pas gai. Mon frère a fait, malgré tous les efforts de mon père, sept ans de prison. Mon père était très généreux. C'était quelqu'un que le destin persécutait, sur qui le destin s'acharnait. Mon frère a énormément souffert.

B. : C'est cela qui vous a fait douter ?

C. : C'était une raison suffisante pour douter. C'était aussi un objet de discussions en Roumanie. J'avais un professeur de philosophie remarquable, très intelligent, très fin, fascinant. Il était croyant, il savait que je ne l'étais pas du tout, mais que je m'intéressais à la religion, que je lisais des textes mystiques, qui sont très profonds et qui ne peuvent pas ne pas vous toucher, que vous ayez la foi ou non. Ensuite, j'ai vu trop de terribles injustices en Roumanie et j'ai pensé : on ne peut pas dire qu'un dieu veille sur le monde. Et j'ai remarqué que je n'étais pas fait pour la religion. Mais elle m'a toujours intéressé, sans que je croie. Mon professeur était un esprit religieux, mais très ouvert, il publiait un journal de philosophie, bien qu'il n'eût pas d'argent. Nous étions très amis. Il me laissait parler, me répondait avec un peu d'ironie. Il avait beaucoup compris de ce qui se passait en moi. Lui, il était un mélange fantastique, comme il y en a dans les Balkans, où, dans chaque individu, il peut y avoir trois, quatre ou cinq individus différents. Une psychologie inouïe !

Mon père et ma mère étaient des gens tout à fait différents. J'ai vécu différentes étapes en Roumanie, j'étais déjà plein de contradictions. Ensuite, j'ai compris qu'il fallait quitter la Roumanie, qu'il fallait aller à l'étranger, partir à tout prix. Mais c'était difficile pour moi, je devais trouver une bourse. J'avais fini mes études à l'université et j'ai eu la chance de rencontrer quelqu'un qui s'est occupé de moi, qui m'a énormément aidé. M.D., qui dirigeait l'Institut français de Bucarest et attribuait les bourses pour Paris. Si je suis ici, c'est grâce à lui. À son retour de Roumanie, il a été nommé professeur à la Sorbonne. Il était très intelligent, mais ennuyeux comme professeur. Pendant un an, je suis allé à ses cours par reconnaissance. Mais c'était un supplice mortel : il n'était pas un imbécile, mais il était sans tempérament, sans intérêt. Au bout d'un an, je me suis dit : « Ça suffit ! La reconnaissance est épuisée. » Impossible d'aller plus loin.

B. : Comment avez-vous fait pour vivre pendant dix ans, avant la publication de votre premier livre en France ?

C. : Je me suis débrouillé avec des bourses.

B. : Vous aviez décidé de vivre sans profession, autrement dit d'être libre, mais vous écrivez à ce propos :

« Essayez d'être libre : vous mourrez de faim. La société ne vous tolère que si vous êtes successivement servile et despotique ; c'est une prison sans gardiens, mais d'où l'on ne s'évade pas sans périr. »

C. : Absolument, la société ne vous pardonne pas d'être libre. J'habitais à quelques mètres d'ici *(il se lève pour montrer de sa fenêtre la rue Monsieur-le-Prince)*, au cœur de Paris. C'est la ville des ratés. Vous savez pourquoi ? Parce que tout le monde vient à Paris avec une idée précise de réussite. Mais cette idée, cette « mission » ne dure pas longtemps. Parce qu'on échoue. Et, pour moi, c'était très simple : *j'ai décidé de vivre sans profession.* Et le grand succès de ma vie, c'est d'avoir vécu, d'avoir réussi à vivre sans profession. Dans une ville de ratés, je suis tombé sur des tas de gens, des gens bizarres, un peu louches, toutes sortes de gens. J'ai vécu dans de petits hôtels. Ici, c'est la diversité de l'échec, c'est la ville de l'échec.

B. : Qu'est-ce qui vous a sauvé de l'échec, vous ?

C. : J'avais déjà écrit en Roumanie. Ce fut ce qui me sauva à un moment donné là-bas. Et je me suis rendu compte qu'il fallait absolument que j'écrive, parce que c'était une libération, parce que c'était une explosion sans conséquence pour les autres, c'était mieux que de casser la gueule à quelqu'un.

B. : Contre qui étiez-vous furieux ?

C. : Contre l'humanité, contre ceux qui instituent l'ordre. C'est une tension interne et il faut qu'on se dépense. Vous ne pouvez pas gueuler dans la rue. Ma thérapeutique consistait donc à dire du mal de l'humanité, à insulter l'univers, à dire du mal de Dieu, de Dieu évidemment, ça on n'y peut rien, ça c'est une thérapeutique extraordinaire. Si vous dites du bien de Dieu et de tout le monde, vous êtes foutu. Écrire, c'est la libération intérieure.

B. : Et la rencontre avec la langue française, le fait d'écrire en français ?

C. : Pour moi, c'était une épreuve. J'avais l'habitude des langues, car à Sibiu on parlait allemand, hongrois, roumain. Le français, en apparence, est une langue facile, sans substance, sans vie, mais en fait c'est une langue qui ne supporte pas n'importe quoi. En réalité, elle n'est pas facile ; son apparente facilité est trompeuse. C'était un vrai combat. Les gens pensent, surtout les Roumains, qu'ils la connaissent s'ils en possèdent quelques notions. Quand j'ai commencé à écrire en français, c'était bien un combat, une rigueur en permanence.

B. : Est-il vrai, à votre avis, qu'on pense différemment selon la langue utilisée ?

C. : C'est tout à fait vrai. Je connais l'allemand et en le parlant je suis dans un autre monde. La langue impose une autre mentalité. J'écrivais mieux en allemand qu'en français quand je suis arrivé.

B. : Vous avez écrit : « Je n'ai jamais été attiré par les esprits confinés dans une seule forme de culture. *Ne pas s'enraciner, n'appartenir à aucune communauté,* telle a été et telle est ma devise. Tourné vers d'autres horizons, j'ai toujours cherché à savoir ce qui se passait ailleurs. »

C. : L'avantage d'être né dans un espace culturel dit mineur, c'est une curiosité qui nous pousse à nous instruire au maximum. Voilà pourquoi je dis que les gens d'Amérique latine et d'Europe de l'Est sont plus informés et plus cultivés que ceux de l'Occident. C'est une nécessité, pour nous autres.

B. : Pour vous, que signifie écrire ?

C. : Il a fallu que je fasse quelque chose dans ma vie, puisque je vivais sans profession. Ce n'est pas plus compliqué que cela. J'ai essayé de ne pas travailler, j'ai beaucoup lu et écrit. Tout ce que j'ai écrit, je l'ai écrit à des moments de dépression. Quand j'écris, c'est pour me délivrer de moi-même, de mes obsessions. Ce qui fait que mes livres sont un aspect de moi, ils sont des confessions plus ou moins camouflées. Écrire est une façon de se vider soi-même. C'est une délivrance. Autrement, ce qu'on porte en soi deviendrait un complexe.

B. : Écrivez-vous encore ?

C. : J'ai cessé d'écrire il y a deux ans. Je ne sais pas du tout comment ça s'est passé. Mais c'est un processus. J'en avais marre, car en France tout le monde vous demande : « À quand le prochain livre ? » « Jamais, c'est fini ! » ai-je répondu un jour. Tout le monde écrit des livres et cela a fini par me dégoûter. Alors, j'ai arrêté cette comédie. Du coup, on me demande : « Pourquoi avez-vous cessé d'écrire ? — Parce que j'en avais assez de dire du mal de Dieu et de l'univers ! »

B. : Après une très longue expérience litteraire, pouvez-vous me dire quelques mots sur la condition de l'écrivain ?

C. : C'est une question qui se pose tout le temps. Tout dépend de la profondeur de nos convictions, si l'on est disposé à accepter n'importe quoi, l'humiliation, le manque d'argent au nom de l'écriture, à la mettre au-dessus de tout le reste, à accepter toutes les défaites éventuelles — et il y en a toujours —, à se forcer d'être maître de soi. Il faut s'accepter et ne pas dépendre des autres : vous êtes votre maître, c'est un combat que vous livrez. Les autres ne le connaissent pas, mais ils le connaîtront à travers vos livres. Pourquoi publie-t-on un livre ? Pour montrer ce combat. Il ne faut pas dramatiser, c'est quelque chose de vous-même que vous projetez à l'extérieur, qui doit sortir, qu'il ne faut pas conserver, car ce ne serait pas bon. Il faut considérer cela comme une thérapeutique. Écrire est une façon de se libérer de ses complexes ; sinon, ils deviendraient tragiques.

B. : La littérature est une délivrance ou une protestation ?

C. : Une délivrance. Tout ce qui ne va pas, il faut que ça explose, il faut le dire et c'est une explosion. L'expression est tout de même ce qu'il y a de plus efficace pour se décharger de l'homme. Ce n'est jamais négatif. S'il y a une façon de se décharger d'une épreuve, il ne faut pas reculer.

B. : Pourquoi avez-vous choisi le fragment comme genre littéraire ?

C. : C'est très compliqué parce que, au fond, je n'ai pas écrit pour publier des livres. Mais uniquement pour donner une expression à un sentiment immédiat. Ce n'est pas avec l'idée d'écrire un livre, c'est donc un moment de ma vie. Une page de ma vie.

1 *B.* : Vous avez toujours résisté aux prix littéraires.

C. : La vanité est un vice très profond et en partie héréditaire, surtout chez les gens vivant à Paris. Chacun a sa politique. Dans ma vie, je suis passé par des moments de pauvreté, de misère, et quand on me proposait un prix, je disais : « Je ne prends pas d'argent en public. » C'est l'orgueil d'un côté, et puis le refus de la publicité.

Je n'ai pas eu faim, pas exactement, parce que j'ai mené une vie d'étudiant jusqu'à il y a quelques années. La consécration est la pire des punitions.

Entretien réalisé à Paris et publié dans la revue littéraire Književna reč, *de Belgrade, en avril 1992.*

ENTRETIEN AVEC MICHAEL JAKOB

Michael Jakob : Monsieur Cioran, quand on vous lit on a l'impression que vous ne croyez pas au dialogue, vous dites aussi que tout rendez-vous est pour vous une sorte de crucifixion... Je suis conscient de la difficulté que peut représenter un entretien avec vous, mais je suis ici pour essayer tout de même. Si l'on commençait par votre enfance en Roumanie ? Est-ce que votre enfance vous est encore bien présente ?

Cioran : Oui, *extraordinairement* présente. Je suis né à Răşinari, un village dans les Carpates, à la montagne, à douze kilomètres de Sibiu-Hermannstadt. Ce village, je l'aimais énormément ; j'avais dix ans quand je l'ai quitté pour aller au lycée de Sibiu et je n'oublierai jamais le jour, ou plutôt l'heure, où mon père m'y emmena. On avait loué une voiture à cheval et j'ai pleuré, j'ai pleuré tout le temps, car j'avais le pressentiment que le paradis était fini. Ce village montagneux avait pour moi, enfant, un énorme avantage : après le petit déjeuner je pouvais disparaître jusqu'à midi, je rentrais à la maison et, une heure après, je disparaissais à nouveau partout dans les montagnes. Cela a duré jusqu'à l'âge de dix ans. Par la suite, il y a eu un autre « avantage » d'habiter là-haut : pendant la guerre de 14 mes parents — en tant que

Roumains — furent déportés par les Hongrois, et mon frère, ma sœur et moi, nous sommes restés avec notre grand-mère, en somme nous étions totalement libres ! C'était l'époque idéale ! J'aimais beaucoup les paysans et, plus encore que les paysans, les bergers : j'avais une sorte de culte pour eux. Quand j'ai dû quitter ce monde-là, j'ai eu le pressentiment que pour moi quelque chose s'était brisé à jamais. Je pleurais et pleurais et je ne l'oublierai jamais.

M. J. : À vous entendre parler on dirait que vous avez été littéralement arraché du sol natal ? !

C. : De la terre et de ce monde primitif que j'aimais tant, avec le sentiment de liberté qui s'ensuivait. Je me suis retrouvé donc à Sibiu, ville très importante en Autriche-Hongrie, une sorte de ville frontière avec beaucoup de militaires. Trois ethnies y cohabitaient, sans drame, je dois le dire : les Allemands, les Roumains et les Hongrois. C'est peut-être curieux, mais cela m'a marqué pour le reste de ma vie : je ne peux pas vivre dans une ville où l'on ne parle qu'une seule langue, je m'y ennuie tout de suite. J'aimais justement la diversité de ces trois cultures, la vraie culture étant bien entendu l'allemande ; les Hongrois et les Roumains étaient une sorte d'esclaves qui tentaient de s'affranchir. Il y avait dans cette ville de Sibiu une bibliothèque allemande qui était très importante pour moi. En tout cas, après mon village natal et Paris, Sibiu (Sibiu-Hermannstadt ou Nagyszeben en hongrois) est la ville que j'aime le plus au monde, que j'aimais le plus au monde. Si le mot nostalgie a un sens, c'est quand même le regret d'avoir dû quitter une ville comme celle-là et même d'avoir dû quitter mon village. Au fond le seul monde véritable est le monde primitif où tout est possible et rien n'est actualisé.

M. J. : En fait, vous vous êtes déraciné à plusieurs reprises ?

C. : Oui, plusieurs fois. Il y a d'abord le fait d'avoir abandonné mon enfance. Et ensuite ma vie à Sibiu. Pourquoi Sibiu a été une ville importante pour moi ? Parce que c'est là que j'ai subi le grand drame de ma vie, un drame qui a duré plusieurs années et qui m'a marqué pour le reste de mes jours. Tout ce que j'ai écrit, tout ce que j'ai pensé, tout ce que j'ai élaboré, toutes mes divagations trouvent leur origine dans ce drame. C'est qu'à peu près à vingt ans j'ai perdu le sommeil et je considère cela comme le plus grand drame qui puisse arriver. Je me souviens que je me promenais pendant des heures en pleine ville — Sibiu est une très belle ville, une ville allemande, qui date du Moyen Âge. Je sortais donc vers minuit et je me promenais tout simplement dans les rues, il n'y avait que quelques putains et moi dans une ville vide, le silence total, la province. J'errais pendant des heures dans les rues, comme une sorte de fantôme et tout ce que j'ai écrit plus tard a été élaboré pendant ces nuits-là. Mon premier livre, *Pe culmile disperării (Sur les cimes du désespoir),* remonte à cette époque-là. C'est un livre que j'ai écrit à vingt-deux ans, une sorte de testament parce que je pensais qu'après j'allais me suicider. Mais j'ai survécu. C'est que je n'avais pas pratiqué un métier et cela a été très important. Au fond, comme je ne dormais pas pendant la nuit et me promenais en ville, je n'étais bon à rien pendant la journée, je ne pouvais pas pratiquer un métier. J'avais une licence, j'avais terminé mes études de philosophie à Bucarest, etc., mais je ne pouvais pas être professeur, parce qu'on ne peut pas, après avoir veillé toute la nuit, faire le pitre devant les élèves, parler de choses qui ne vous intéressent pas. Ces nuits de Sibiu sont donc à l'origine de ma vision du monde.

M. J. : Mais ces nuits-là vous ont permis également de découvrir tout un espace extraordinaire, donc quelque chose d'ouvert, de fascinant...

C. : C'est certain. Mais il y avait dans mon cas des antécédents quant à ma vision des choses. J'ai eu cette vision des choses beaucoup plus tôt, mais c'est à partir de l'âge de vingt ans que je l'ai compris de façon systématique. Il faut que je précise d'abord que mon père était prêtre, mais ma mère n'était pas croyante, curieusement ou à cause de cela, et elle était beaucoup plus indépendante d'esprit que mon père. J'avais donc vingt ans et un jour — il était deux heures de l'après-midi, je m'en souviens parfaitement — en présence de ma mère je me suis jeté sur un canapé et j'ai dit : « Je n'en peux plus. » Ma mère m'a répondu : « Si j'avais su, je me serais fait avorter. » Cela m'a fait une impression extraordinaire mais pas du tout négative. Au lieu de me révolter j'ai eu, je me rappelle, une sorte de sourire, et cela a été comme une révélation ; être le fruit du hasard, sans aucune nécessité, cela a été d'une certaine façon une libération. Mais cela m'a marqué pour le reste de ma vie. Ma mère curieusement, après avoir lu des choses que j'avais écrites en roumain (elle ne savait pas le français), les avait plus ou moins acceptées. Mon père par contre était très malheureux ; il avait la foi, mais sans être fanatique, c'était son métier d'être prêtre ; évidemment tout ce que j'écrivais le mettait mal à l'aise, et il ne savait pas comment réagir. Ma mère seule me comprenait. Et c'est très curieux, car au début je la méprisais, mais un jour elle m'a dit : « Pour moi il n'y a que Bach. » À partir de ce moment-là j'ai compris que je lui ressemblais, et effectivement j'ai hérité d'elle pas mal de défauts, mais aussi quelques qualités. Ce sont là des révélations qui marquent une vie. Et alors il s'est passé une chose, vous savez, j'ai écrit un livre — mon deuxième ou mon troisième livre — qui s'appelle *Des larmes et des saints.* C'est un livre que j'ai écrit donc plus tard et qui a paru en Roumanie en 1937. Ce livre a été extrêmement mal reçu ; premièrement l'éditeur — le livre était presque prêt — il était à Bucarest et moi j'étais à cette époque à Braşov, il m'a téléphoné pour me dire qu'il n'allait pas le publier, parce qu'il ne l'avait pas lu et au moment de la parution on lui avait dit : « Avez-vous lu ce livre ? » Alors il l'a lu et il m'a dit : « J'ai fait ma fortune avec l'aide de Dieu et je ne peux pas publier votre livre. » *(Rire.)* Ça c'est balkanique. Je lui dis : « Mais c'est un livre profondément religieux. » Il a rétorqué : « Peut-être, mais je n'en veux pas. » C'était l'année où je suis venu en France. Je lui ai dit : « Je dois quitter le pays, je dois aller à Paris dans un mois. — C'est possible, mais je ne veux pas de votre livre. » Voilà tout ce qu'il a répondu ! C'est à ce moment-là que je suis allé dans un café, j'étais désespéré, je me disais : « Qu'est-ce que je vais faire ? » J'aimais assez ce livre parce qu'il était le fruit d'une crise religieuse et finalement j'ai trouvé un éditeur ou plutôt un typographe, un imprimeur qui m'a dit : « Je vais vous le faire paraître. » Alors j'ai quitté la Roumanie et je suis venu en France, le livre a paru en mon absence en 1937 et il a été extrêmement mal reçu ; Eliade par exemple a écrit un article violent contre ce livre. Mes parents se sont trouvés dans une situation très délicate ; ma mère m'a écrit à Paris : « Je comprends ton livre etc. mais tu n'aurais pas dû le publier de notre vivant car tu mets ton père dans une situation très difficile et moi-même qui suis présidente des femmes orthodoxes... en ville on se moque de moi. » Et alors ils m'ont demandé comme service de retirer ce livre ; mais le livre a été publié sans éditeur, il n'a donc pas eu de diffusion. C'est un phénomène typiquement balkanique que l'on peut difficilement expliquer en Occident, où les choses se passent différemment. Il n'a pas été diffusé, je ne sais pas du tout ce qu'a été son destin, il a probablement été détruit, du moins la plupart des exemplaires. Ma mère a compris ce livre ; elle m'a dit : « On voit que chez toi c'est la rupture intérieure ; d'un côté le blasphème, de l'autre la nostalgie. » (C'est idiot de parler de ses parents, mais enfin ça a un sens malgré tout.) Ce livre est l'aboutissement d'une crise qui a duré sept ans, une crise faite de veilles. C'est pour cela que j'ai toujours méprisé les gens qui peuvent dormir, ce qui est passablement absurde, parce que je n'avais qu'un désir : dormir. J'ai pourtant compris une chose : les nuits blanches sont d'une importance capitale !

M. J. : Ce sont les nuits blanches où l'on produit...

C. : Pas seulement, mais où l'on comprend, surtout. Regardez, la vie est très simple : les gens se lèvent, passent la journée, travaillent, sont fatigués, ensuite ils se couchent, ils se réveillent et recommencent une autre journée. L'extraordinaire phénomène de l'insomnie fait en sorte qu'il n'y ait pas de discontinuité. Le sommeil interrompt un processus. Mais l'insomniaque est lucide au milieu de la nuit, à n'importe quel moment, il n'y a pas de différence entre le jour et la nuit. C'est une sorte de temps interminable.

M. J. : L'insomniaque vit-il dans une autre temporalité ?

C. : Absolument ; c'est un autre temps et un autre monde, puisque la vie n'est supportable qu'à cause de la discontinuité. Au fond, pourquoi est-ce que l'on dort ? Non pas tellement pour se reposer, mais pour oublier. Le type qui se lève le matin après une nuit de sommeil a l'illusion de commencer quelque chose. Mais si vous veillez toute la nuit, vous ne commencez rien. À huit heures du matin vous êtes dans le même état qu'à huit heures du soir et toute la perspective sur les choses change nécessairement. Je pense que si je n'ai jamais cru au progrès, si je n'ai jamais été dupe de cette duperie, c'est aussi à cause de ça.

M. J. : S'agit-il d'un temps où l'on voit le monde au négatif ?

C. : Oui, au négatif ou au positif, comme on veut, mais on a un autre sentiment du temps. Ce n'est pas le temps qui passe, c'est le temps qui ne passe pas. Et ça change votre vie. C'est pour cela que je considère que les nuits blanches sont la plus grande expérience que l'on peut faire dans la vie, elles vous marquent pour le reste de votre existence. On comprend bien pourquoi autrefois la torture — maintenant je crois que cela n'existe plus — consistait à empêcher les accusés de dormir : au bout de quelques nuits ils avouaient tout ! Le secret de l'homme, le secret de la vie, c'est le sommeil. C'est ça qui rend la vie possible. Je suis absolument persuadé que si l'on empêchait l'humanité de dormir, il y aurait des massacres sans précédent, l'histoire finirait. Ce phénomène m'a ouvert les yeux pour toujours, pour ainsi dire. Ma vision des choses est le résultat de ces veilles, j'ose dire les « veilles de l'esprit », c'est prétentieux, mais enfin c'est un peu ça. Et, phénomène très curieux, mon adoration pour la philosophie, pour le langage philosophique — j'étais fou de la terminologie philosophique — eh bien, cette superstition, car c'en est une, a été balayée par les veilles. Parce que j'ai vu que ça ne pouvait pas m'aider, ça ne me faisait pas supporter la vie, surtout pas les nuits. C'est ainsi que j'ai perdu ma foi dans la philosophie.

M. J. : Mais vous avez trouvé bien des amis dans les Lettres...

C. : Oui, absolument. Cela s'est passé au moment où j'ai vu que la philosophie ne pouvait pas m'aider, que les philosophes n'ont rien à me dire. De toute façon ce sont les écrivains que je préfère ; pour moi Dostoïevski est le plus grand génie, le plus grand romancier, tout ce qu'on veut, tous les superlatifs. J'ai énormément lu les Russes, Tchekhov, naturellement.

M. J. : Quand est-ce que vous avez commencé à lire Dostoïevski ?

C. : Je l'ai lu depuis toujours. Mais je l'ai compris un peu plus tard. C'est dans la période des nuits blanches que j'ai compris *Les Possédés*. En tout cas, je n'aimais que les grands malades, à vrai dire, et, pour moi, un écrivain qui n'est pas malade est presque automatiquement un type de second ordre.

M. J. : Votre livre sur les larmes et les saints est très dostoïevskien avec cette conception de la femme à la fois putain et sainte...

C. : Oui, en effet. Je vais vous raconter pourquoi ce livre a eu une certaine importance dans ma vie. J'étais à Braşov et ce fut celle-là la seule année de ma vie où il m'arriva de travailler... J'étais professeur de philosophie au lycée, mais ce métier se révéla bientôt impossible pour moi ; je n'avais qu'une idée : l'abandonner et aller en France pour échapper à cette situation. Mon passage au lycée de Braşov fut véritablement catastrophique, j'eus des histoires avec mes élèves, les professeurs, le proviseur... bref, avec tout le monde. Je réussis enfin à partir pour Paris, mais — comme je vous l'ai dit auparavant — quand mon livre sur les saints parut, tout le monde se déchaîna contre moi. Sauf une jeune Arménienne de dix-sept ans qui m'écrivit une lettre bouleversante. Ce fut donc un échec qui me fit comprendre définitivement que si j'avais une inquiétude religieuse, je n'aurais pour autant jamais la foi. Au fond je perdis une illusion capitale... Je relus les mystiques, mais ce que j'aimais en eux c'était le côté excessif et surtout le fait qu'ils parlaient avec Dieu d'homme à homme, si j'ose dire... Quant à moi, j'avais beau me tourmenter, la foi n'en restait pas moins une impossibilité. Même actuellement je ne peux pas dire que je suis un esprit tout à fait areligieux, ce que je constate c'est une impossibilité de croire. La croyance c'est un don. Bien sûr il y a un tas de gens qui entretiennent une équivoque à ce sujet, mais pour moi c'est impossible.

M. J. : Donc à ce moment-là déjà les philosophes mystiques étaient pour vous plus importants qu'un Hegel ou un Kant...

C. : Infiniment plus importants. Sainte Thérèse d'Avila a joué un très grand rôle dans ma vie ; et j'ai été très bouleversé par la lecture de la biographie d'Edith Stein... Savez-vous comment elle s'est convertie ? Un jour elle se rend chez une amie philosophe et, comme celle-ci lui avait laissé un mot qu'elle rentrerait une heure plus tard, Edith Stein tombe en attendant sur la vie de sainte Thérèse d'Avila et en est complètement saisie... C'est l'origine de sa conversion. Or, dans tous les articles sur Edith Stein, on s'étonne et on trouve cela très curieux, mais ça ne l'est point : Thérèse d'Avila a un ton qui effectivement vous bouleverse... Évidemment moi je ne me suis pas converti, parce que je n'ai pas de vocation religieuse ; sainte Thérèse m'a énormément appris, j'en ai été « littérairement » bouleversé, mais on naît avec la foi... Je peux passer par toutes les crises, sauf par la foi même, qui est une crise également, mais une forme de crise qui n'est pas la mienne. C'est-à-dire que je peux connaître la crise, mais je ne peux connaître la foi. J'avais une admiration sans bornes pour Thérèse d'Avila, pour sa fièvre, pour le côté « contagieux ». Mais je n'étais pas fait pour avoir la foi ; elle reste pour moi l'un des esprits les plus attachants ; je me suis même rendu ridicule parce qu'à l'époque je ne parlais que d'elle partout où je me rendais.

M. J. : Voilà un homme qui ne cache pas ses passions...

C. : Oui, c'est certain. Mais plutôt qu'un type passionné, je suis un type obsédé. Il faut que j'épuise ça. Ce n'est pas par des arguments qu'on peut me faire changer d'avis, c'est uniquement par la fatigue, par l'épuisement d'une obsession. Cela a des rapports avec la foi. Mais je considère que ce qui est important dans la vie ce sont les rencontres, les petites choses apparemment. J'ai toujours été très sensible, j'ai toujours parlé à des inconnus et j'ai énormément appris par ces rencontres : c'est ça qui est capital. Et surtout j'ai un faible pour les types un peu dérangés. En Roumanie, parmi les soixante mille habitants de Sibiu, je connaissais tous les types un peu tarés.

M. J. : Les poètes aussi...

C. : Les poètes aussi, ils en font partie... Et puis il y a ce phénomène très balkanique : le raté, c'est-à-dire un type très doué qui ne se réalise pas, celui qui promet tout et ne tient pas ses promesses. Mes grands amis en Roumanie n'étaient pas du tout les écrivains, mais les ratés. Surtout il y eut un homme qui exerça une énorme influence sur moi, un type qui avait fait des études de théologie et qui aurait dû devenir prêtre ; seulement il lui fallait se marier pour cela. Le dimanche du mariage, alors que tout le monde l'attendait, il se dit à lui-même que c'était une folie et disparut. On l'a attendu pendant toute la journée à l'église, mais il avait tout simplement disparu et on ne l'a plus revu pendant des mois. Il a eu une très grande influence sur moi. Il n'avait aucun don, il ne pouvait pas écrire et il lisait très peu, mais sa connaissance de la nature humaine, sa psychologie innée étaient tout simplement extraordinaires. Je ne l'ai jamais vu se tromper sur qui que ce soit. Il était d'une lucidité absolue, criminelle et agressive. Je le fréquentais régulièrement et l'un des souvenirs les plus marquants de ma vie est une nuit passée ensemble à Braşov, jusqu'à cinq heures du matin, dans la rue. On a erré pendant toute la nuit et au bout de cette conversation j'ai eu le vertige parce que l'on avait tout détruit ensemble, absolument tout. Et il était beaucoup plus fort que moi dans la négation, de loin le plus fort. Il m'a aussi raconté un tas de secrets de sa vie pendant cet entretien nocturne, des choses qu'il n'avait révélées à personne. Je ne veux pas dire que je lui dois directement beaucoup, mais c'était quand même un interlocuteur très important pour moi parce que c'est avec lui que j'ai compris jusqu'où l'on peut aller. Dans la négation, lui il était allé véritablement jusqu'à la limite.

M. J. : Et votre négation à vous s'est poursuivie dans les livres ?

C. : Dans les livres, mais pas uniquement. Pour moi en tout cas cet homme représentait un cas désespéré et dangereux de lucidité. Au fond la lucidité n'est pas nécessairement compatible avec la vie, même pas du tout. Ce genre de négation peut aller au-delà du suicide, c'est vraiment le néant, on arrive à la conscience absolue du néant. Et cela n'est pas compatible avec l'existence, il faut le dire. Dans ces moments on n'a que le choix de se suicider ou de devenir religieux ou de faire je ne sais pas quoi ; c'est une limite extrême à laquelle j'ai eu accès plusieurs fois dans ma vie, mais jamais avec l'intensité de cet homme. Ce qui était très curieux, c'est qu'il était un très gros type qui donnait l'impression d'être très prospère et serein. Il m'a démoli tout le monde, tous nos amis communs, tout, tout, tout. Il n'était pas méchant, il n'était pas un salaud, mais il était incapable d'avoir la moindre illusion sur quoi que ce soit. Cela représente aussi une forme de la connaissance — car au fond, qu'est-ce que la connaissance, sinon la démolition de quelque chose ?

M. J. : La connaissance malsaine ?

C. : Pas uniquement la connaissance malsaine ; toute connaissance poussée jusqu'au bout est dangereuse et malsaine, parce que — je parle de la vie même et non pas des connaissances dites philosophiques — la vie est supportable uniquement parce que l'on ne va pas jusqu'au bout. Une entreprise n'est possible que si l'on a un minimum d'illusions, autrement ce n'est pas possible, une amitié non plus. La lucidité complète c'est le néant. Je vais vous donner un exemple pour vous montrer le côté démoniaque de mon ami. Un jour je m'étais amouraché d'une jeune femme. Il avait vu que j'étais très séduit par elle et il m'a dit : « C'est absolument insensé. » Je venais de la connaître, c'était le coup de foudre, il le savait mais il a continué : « Est-ce que tu as regardé sa nuque ? » J'ai répondu que je n'avais pas commencé par là. « Regarde bien », m'a-t-il dit, et je trouvais ça d'une bêtise totale, d'une mesquinerie inouïe, mais je l'ai fait quand même, j'ai regardé et j'ai découvert un bouton sur sa nuque : il m'avait tout foutu en l'air. Cela m'a terriblement impressionné, ce démon en lui. Il était absurde que ce type devienne prêtre et il a dû le sentir inconsciemment pour qu'il ait foutu le camp le jour de son mariage. Il avait une vision négative de la vie, mais la vision négative de la vie n'est pas nécessairement une fausse connaissance, c'est une forme incompatible avec la vie même.

M. J. : Ce type n'est-il pas un pur produit du monde balkanique ?

C. : C'est évident, de par son manque de mesure. On va trop loin. L'Occident, la civilisation française, toute l'idée de la politesse — qu'est-ce que c'est ? Ce sont des limites que l'on accepte de par la réflexion. Il ne faut pas aller plus loin — cela ne vaut pas la peine — c'est du mauvais goût. Mais on ne peut parler de civilisation dans les Balkans ; il n'y a pas de critères. On est porté à l'excès, et le monde russe, la littérature russe c'est à peu près ça. Par exemple je suis très sensible au phénomène de l'ennui. Je me suis ennuyé toute ma vie — et la littérature russe tourne autour de l'ennui, c'est le néant continu. Moi-même j'ai vécu le phénomène de l'ennui peut-être de façon pathologique, mais je l'ai fait parce que je voulais m'ennuyer. Le problème est que quand on s'ennuie partout, c'est fichu, n'est-ce pas ?

M. J. : L'ennui dans ce sens-là fait partie de cette catégorie de la temporalité qui est *autre*, différente ?

C. : Oui, exactement, parce que l'ennui est finalement axé sur le temps, l'horreur du temps, la peur du temps, la révélation du temps, la conscience du temps. Ceux qui ne sont pas conscients du temps ne s'ennuient pas ; la vie n'est supportable que si l'on n'est pas conscient de chaque moment qui passe, autrement on est fichu. L'expérience de l'ennui c'est la conscience du temps exaspéré.

M. J. : J'aimerais vous demander — avant que vous ne

me parliez de votre arrivée en France — de raconter quelque chose à propos d'une autre expérience importante vécue en Roumanie : l'occupation hongroise et son corollaire d'angoisses pour un enfant roumain, telle la figure du gendarme hongrois...

C. : J'habitais, comme je l'ai déjà dit, dans un petit village et ce policier qui représentait l'autorité nous faisait peur. Cela n'a rien à voir avec le nationalisme, j'étais un enfant à l'époque ; mais ce type en uniforme qui ne parlait pas le roumain était une présence étrange dans un village de montagne. Cela ne correspondait pas du tout aux sentiments de mes parents qui avaient fait leurs études en hongrois. Le nationalisme n'avait pas les proportions qu'il allait connaître par la suite, puisqu'il y avait dans l'Empire austro-hongrois quelque chose que j'appellerais la superstition de la légalité. À la base il y avait quelque chose qui n'allait pas, mais dans le déroulement quotidien il y avait quand même le respect de l'autre. Ce n'était pas à vrai dire une tyrannie, c'était autre chose ; c'était le fait qu'il y avait six peuples qui habitaient la même région et l'un d'entre eux était devenu l'autorité — c'était ça le problème, et cela n'avait rien à voir avec la haine. C'est beaucoup plus complexe que l'image du gendarme hongrois qui faisait peur à un petit enfant. La Transylvanie reste un phénomène à part en Roumanie. Quand j'y habitais cela faisait partie d'un empire qui n'était pas si mal que ça !

M. J. : Dans votre période roumaine y a-t-il eu pour vous des lectures importantes en roumain ? Je vous pose cette question parce que l'on parlait, avant de commencer notre entretien, de George Bacovia...

C. : Personnellement je ne me suis jamais beaucoup intéressé à la littérature roumaine ; à Bacovia oui, parce qu'il était très connu. En tout cas, en Roumanie, il n'y avait d'original que la poésie. Et moi-même je lisais à l'époque surtout les philosophes.

M. J. : Est-ce à cette époque-là que vous avez fait la connaissance de Mircea Eliade ?

C. : Oui, et je me souviens qu'il était à peine rentré de l'Inde. C'était le seul Roumain à être allé là-bas et il apportait quelque chose de complètement neuf pour nous, quelque chose d'important. Nous étions amis à l'époque, beaucoup plus que plus tard. Entre nous il y a eu un conflit assez grave en public à cause d'une femme. Maintenant qu'il est mort, je peux le raconter, pourquoi pas ? Il y avait une artiste qui était métaphysicienne, une chose plutôt rare en Roumanie, une femme très passionnée et une très bonne actrice. Elle était tombée amoureuse d'Eliade qui était très jeune, qui rentrait de l'Inde... C'est une anecdote, mais cela a un sens, malgré tout. Moi je l'avais connue à Bucarest et on étai^ devenus amis ; je ne l'aimais pas du tout physiquement, elle faisait trop paysanne pour moi, paysanne russe-moldave, elle avait une tête de paysanne russe, mais c'était une femme extrêmement intéressante et cultivée. Elle était folle d'Eliade et ils se sont donné rendez-vous à Sibiu. Elle était arrivée à Sibiu avec une avance de dix jours, et voilà qu'Eliade m'envoie un télégramme en me disant qu'il ne viendrait pas. Elle s'est évanouie en ma présence et j'ai pensé vraiment qu'elle allait mourir. Eliade l'avait donc abandonnée et il l'avait fait d'une façon balkanique. À la suite de cela j'ai écrit un article très violent contre Eliade dont personne n'a compris la signification, une sorte d'exécution.

M. J. : Mais Eliade l'a-t-il bien compris ?

C. : Absolument, c'était la raison de l'article même. Ce texte je ne l'ai jamais republié, mais j'y fais allusion dans mon livre *Exercices d'admiration* où je parle également d'Eliade. Ça a créé entre nous quelque chose qui était moins qu'une rupture, mais quand même quelque chose de très sérieux. J'étais intervenu dans un sujet très délicat et mon article minimisait aussi bien son œuvre que sa personne, tout, tout.

M. J. : Ce qu'il y a de profond dans cette anecdote, c'est qu'elle montre à quel point tout écrit masque une voix souterraine...

C. : Il y a les dessous de tous nos actes, et c'est cela qui est psychologiquement intéressant, nous ne connaissons que la surface, le côté superficiel. On accède à ce qui est formulé, mais ce qui est important, c'est ce qui n'est pas formulé, ce qui est implicite, le secret d'une attitude ou d'un propos. C'est pour cela que tous nos jugements sur les autres mais aussi sur nous-mêmes sont partiellement faux. Le côté mesquin est camouflé, or le côté mesquin est profond, et je dirais même que c'est ce qu'il y a de plus profond chez les êtres et c'est ce qui nous est le plus inaccessible. C'est pour cela que les romans sont une façon de camoufler, de s'exposer sans se déclarer. Les grands écrivains sont précisément ceux qui ont le sentiment de ces « dessous », Dostoïevski surtout. Il révèle tout ce qui est profond et apparemment mesquin ; mais c'est plus que mesquin, c'est tragique ; c'est ça les vrais psychologues. Moi je connais beaucoup de gens qui ont écrit des romans et qui ont échoué — même Eliade a écrit beaucoup de romans et il a échoué — pourquoi ? Parce qu'ils ne traduisent que les phénomènes de surface et non pas l'origine des sentiments. L'origine d'un sentiment est très difficile à saisir, mais c'est ça qui est important et cela est vrai pour tout phénomène : pour la foi religieuse, etc. Comment cela a commencé ? Pourquoi cela continue ? — là est l'enjeu et ce n'est que celui qui a la divination qui est capable de voir d'où ça vient. Et ça ne vient pas du raisonnement.

M. J. : Et dans vos lectures vous allez à la recherche de cette « origine » ?

C. : Oui, et dans ma vie aussi. Ce qui est formulé n'est qu'une partie de la pensée ; sa vraie partie nous échappe très souvent, presque toujours. Et c'est pour cela qu'il y a aussi peu de vrais romanciers ; tout le monde peut écrire un roman, mais il ne s'agit pas seulement de l'écrire. Dostoïevski est pour moi le seul qui soit allé jusqu'aux origines des actes ; on voit très bien pourquoi ses personnages ont fait ceci ou cela, mais on ne le voit pas tout de suite. Mon attitude n'a rien à voir avec la psychanalyse, rien du tout, car celle-ci veut guérir, mais ce n'est pas cela qui est intéressant. C'est le démon qui habite les êtres qui importe — mais comment le saisir ?

M. J. : Et comment lisez-vous la poésie ? En partant de ce genre de prémisses ?

C. : Certainement. Pourquoi est-ce qu'un type est un bon poète et un autre ne l'est pas ? Alors que l'autre est plus subtil ? Pourquoi est-ce que sa poésie ne résiste pas ? Parce que ce qui fait l'origine des actes, ce qui est profond, ne passe pas ; c'est brillant, c'est remarquable, c'est poétique, mais sans plus. Pourquoi est-ce qu'un autre qui a moins de talent est un plus grand poète ? Pourquoi est-ce qu'un type est un génie, c'est-à-dire plus qu'un talent ? Parce qu'il réussit à transposer quelque chose qui nous échappe, et qui échappe même à lui-même. Donc c'est un phénomène qui reste mystérieux. Il y a à l'heure actuelle beaucoup de gens qui écrivent des aphorismes, c'est devenu une sorte de mode en France. Si vous lisez, ce n'est pas si mal que ça, mais ça s'épuise dans les formules, ça n'a pas de prolongement. Et l'on n'a pas besoin d'approfondir, il n'y a rien à faire, c'est une confession sans secrets. Ça ne cache rien, malgré le fait que tout y est bien formulé, a un sens, mais cela reste sans lendemain. Ce qui constitue le secret d'un être, on ne le sait pas soi-même. Et c'est ça qui fait aussi l'intérêt de la vie, du commerce entre les êtres, autrement on finit dans un dialogue de fantoches.

M. J. : Mais cela se complique beaucoup dans votre cas, étant donné que vous apercevez ce fait avec autant de lucidité. Comment écrire, comment dire quelque chose pour ne pas le dire ?

C. : On ne dit toujours qu'une partie de ce que l'on veut dire. C'est le ton qui est très important. On a un ton, pas seulement comme musicien, mais en général, pour tout ce que l'on fait. Très souvent il y a un manque de ton, le ton n'y est tout simplement pas. Et cela est vraiment très mystérieux, car on ne peut pas le définir, on peut seulement le sentir. Vous ouvrez un livre par exemple, vous en lisez une page qui est pourtant remarquable, pourquoi cela ne vous dit rien ? Et pourtant ce n'est pas nul, mais on n'en sent pas les prolongements. On ne sait pas d'où ce ton si mystérieux émane, il y a là une sorte d'irréalité, dans tout ce qui est littérature. C'est ce que l'on appelle le manque de nécessité — mais pourquoi ce manque de nécessité ? Dans le commerce quotidien avec les êtres c'est la même chose. Vous rencontrez quelqu'un que vous n'avez pas vu depuis longtemps ; vous parlez pendant des heures, mais c'est le néant. Vous rencontrez quelqu'un d'autre, vous vous parlez et vous rentrez chez vous bouleversé. C'est ça la vraie originalité des êtres, ce qu'ils cachent et qui transperce malgré tout dans ce qu'ils disent.

M. J. : C'est comme la musique ?

C. : C'est tout à fait comme la musique. Et pour moi les gens qui disent : « Pour moi la musique ne signifie rien », je considère que c'est liquidé, je n'ai pas besoin de continuer, c'est quelque chose d'extrêmement grave, parce que la musique touche justement à cela, à ce qui est le plus intime chez quelqu'un. Avec celui qui ne sent pas la musique je n'ai aucun point commun, c'est d'une gravité sans nom et une sorte de malédiction dont le type n'est pas conscient.

M. J. : En parlant de musique il faut tout de suite penser à Bach dans votre cas, Bach que vous avez déjà évoqué...

C. : Bach est un dieu pour moi. Il m'est inconcevable de penser qu'il y a des gens qui ne comprennent pas Bach, et pourtant cela existe. Je crois que la musique est vraiment le seul art capable de créer une complicité profonde entre deux êtres. Ce n'est pas la poésie, c'est la musique seule. Quelqu'un qui n'est pas sensible à la musique souffre d'une infirmité énorme. C'est impensable que quelqu'un ne puisse pas être sensible à Schumann ou à Bach, tandis que j'admets très bien que quelqu'un puisse affirmer ne pas aimer la poésie. Mais dans le cas de la musique c'est autre chose, c'est quelque chose de très grave.

M. J. : Quand est-ce que vous écoutez la musique ?

C. : Tout le temps, surtout maintenant que je n'écris plus. J'ai cessé d'écrire, je considère que ce n'est pas la peine de continuer, mais cette sécheresse est comblée par la musique. La vie sans la musique est vraiment une absurdité pour moi. Mais on n'a pas besoin d'écrire étant donné que l'on ne peut pas transcrire avec des mots une sensation qui est d'ordre musical. Donc rien de ce qui fait le sens de la musique ne passe dans l'écriture. Et pourquoi écrire dans ces conditions ? Et de toute façon pourquoi écrire en général ? Pourquoi multiplier les livres, pourquoi vouloir à tout prix être écrivain ? Tout le monde écrit trop d'ailleurs — c'est le drame depuis longtemps, cette surproduction inutile et absurde, tout le monde écrit, surtout à Paris. Mais pourquoi ? Moi-même, je pensais que j'allais ne pas écrire ou très très peu, mais on se laisse prendre au jeu. Maintenant j'ai compris que je ne voulais plus continuer cette comédie. Avant ce n'était pas une comédie parce que le fait d'écrire correspondait quand même à une sorte de nécessité, c'était une façon de me débarrasser de moi-même. Il faut dire que la seule façon de simplifier tout c'est de s'exprimer. Dès que vous avez écrit quelque chose, ça perd tout de suite tout son mystère, c'est foutu ; vous avez tué la chose et vous-même. Ça a rempli une fonction chez moi ; plus maintenant. J'ai remarqué que les gens qui n'écrivent pas ont plus de ressources que ceux qui s'expriment, parce qu'ils ont tout en eux. Mais le fait d'avoir écrit, c'est d'avoir expulsé de vous tout ce qu'il y avait d'important. Donc celui qui écrit c'est quelqu'un qui se vide. Et au bout d'une vie c'est le néant et c'est pour cela que les écrivains sont si peu intéressants. Je le pense sérieusement, ils sont vidés d'eux-mêmes et il n'y a que les restes d'eux-mêmes qui subsistent encore, c'est des fantoches. J'ai connu pas mal d'écrivains et ce que je vous dis correspond tout à fait à la réalité. Ce sont des êtres très brillants, mais qui n'ont plus d'être.

M. J. : Et quelqu'un comme Beckett ? Comment le situer parmi ces écrivains que vous fréquentez ?

C. : Vous savez, on se voit beaucoup moins maintenant. Mais Beckett est un homme qui est toujours parfaitement lucide et qui ne réagit pas en écrivain. Ce problème ne se pose pas chez lui — ce qui est très beau dans son cas — parce qu'il n'a jamais réagi en écrivain. Il n'est pas du tout un « emballé » comme nous, nous sommes tous des « emballés », lui, il est au-dessus de tout ça, il a un style de vie à lui, c'est un cas tout à fait à part. Mais en général, j'ai remarqué que les gens qui ont trop produit dans quelque domaine que ce soit sont des fantoches, au bout d'un certain temps. Et c'est pour cela que les grandes présences sont très souvent des gens qui n'ont rien produit, des gens qui ont tout accumulé.

M. J. : Aviez-vous décidé avant votre arrivée en France de ne pas travailler dans ce pays non plus ?

C. : Oui, c'est d'une façon ultra-lucide que j'ai compris qu'il faut accepter n'importe quelle humiliation ou souffrance pour se refuser à exercer un métier, à faire des choses qu'on n'aime pas et qu'on ne peut pas aimer, à exercer tout travail impersonnel. Seul j'aurais accepté un travail physique. J'aurais accepté de balayer les rues, n'importe quoi, mais pas d'écrire, de faire du journalisme ! Il fallait tout faire pour *ne pas* gagner sa vie. Pour être libre il faut supporter n'importe quelle humiliation et c'était presque le programme de ma vie. À Paris j'avais très bien organisé ma vie, mais ça n'a pas marché comme je l'avais prévu. J'étais immatriculé à la Sorbonne et pendant des années, jusqu'à l'âge de quarante ans, j'ai mangé à l'université en tant qu'étudiant. Malheureusement quand j'ai eu quarante ans on m'a convoqué pour me dire : « Monsieur, maintenant c'est fini, il y a une limite d'âge, c'est fixé à vingt-sept ans. » Et d'un coup tous mes projets de liberté s'étaient effondrés. Je me rappelle que j'habitais un hôtel tout près d'ici, une vieille mansarde que j'aimais beaucoup et je me suis dit : maintenant la situation est très grave.

Jusque-là le problème s'était résolu automatiquement : tout ce qu'il fallait c'était une immatriculation à la Sorbonne pour manger quasiment pour rien dans les foyers d'étudiants. Que faire ? Je n'avais pas les moyens de manger au restaurant ou de mener une vie normale. Cela n'a peut-être pas marqué un tournant dans ma vie, mais c'était un souci extraordinaire. Cependant, comme j'avais décidé de tout accepter, sauf faire ce qu'on n'aime pas, ça compliquait énormément ma vie. Il y avait heureusement encore la chambre d'hôtel qui était au mois et qui ne coûtait presque rien. J'adorais vraiment cette mansarde délicieuse tout près d'ici, rue Monsieur-le-Prince. Et d'un coup j'ai vu qu'on mettait à la porte tous les gens qui étaient au mois, comme moi, exception faite pour moi-même. Je connaissais le gérant et il n'a pas osé, mais je me suis dit : ça va venir un jour, il faut donc absolument trouver autre chose, car autrement ce sera ma fin. C'était en 1960, j'avais publié un livre qui s'appelle *Histoire et utopie* et je connaissais une dame qui s'occupait d'appartements. Je lui ai envoyé mon livre, elle m'avait promis de m'aider et trois jours après j'ai eu cet appartement pour un prix décidément insignifiant, il s'agit de vieux loyers. On ne peut pas nous augmenter le loyer et moi qui ai horreur de la vieillesse j'en tire un certain profit, même si je pense que cela est très injuste envers le propriétaire. Ainsi j'ai réussi à résoudre mon problème et tout cela était nécessaire pour vivre sans exercer une profession. Mais tout ça c'est fini, les jeunes aujourd'hui n'ont plus cette possibilité. Il y a des jeunes qui viennent me rendre visite et qui me disent qu'ils aimeraient vivre comme moi. Mais c'est trop tard. Quand je suis arrivé à Paris, il y avait des chambres au mois et cela autant que l'on voulait, mais tout cela a disparu, c'est fichu maintenant.

M. J. : Mais vous avez continué à travailler, à écrire quand même, vous publiez beaucoup dans la *N.R.F.* ?

C. : Oui, c'est vrai. On ne peut pas absolument vivre en paradis — pas en paradis, en parasite ; j'ai compris qu'il fallait écrire et cela correspondait certainement à un besoin. J'ai publié donc mon premier livre en français, c'était *Précis de décomposition* et après j'avais des intentions vagues et je me demandais déjà à l'époque pourquoi multiplier les livres. Pourquoi ? De toute façon, de quelqu'un ne restent que quelques phrases, n'est-ce pas ? Mais il faut dire que les journées sont trop longues, ensuite il y avait certainement aussi une forme de vitalité en jeu, un besoin de se manifester. J'étais totalement inconnu pendant trente ans, mes livres ne se vendaient pas du tout. J'ai très bien accepté cette condition et elle correspondait aussi à ma vision des choses, jusqu'au moment où l'on est arrivé aux livres de poche. Et personnellement je suis pour les livres de poche, cela peut sembler paradoxal, mais je trouve que c'est la seule façon de vraiment toucher des lecteurs qui s'intéressent sincèrement à vous. Ensuite c'est le mécanisme de toute carrière littéraire ; mais les seules années importantes sont celles de l'anonymat. Être inconnu c'est une volupté ; ça a des côtés amers parfois, mais c'est un état extraordinaire. Moi, pendant des années on me présentait dans les salons — parce qu'il fut un temps où j'aimais beaucoup boire du whisky et comme je ne pouvais pas me permettre de m'en acheter j'allais aux réceptions — et l'on me présentait toujours comme l'ami de Ionesco et de Beckett. Mais j'acceptais très bien cette condition, pourquoi pas ? Pourquoi être connu ?

M. J. : Pourquoi aviez-vous décidé tout à coup d'écrire en français ?

C. : Voilà pourquoi. J'avais pris la décision de ne plus

retourner en Roumanie. Pour moi c'était fini, tout ça me semblait vraiment du passé dans le sens absolu du terme. J'étais près de Dieppe, à la mer, en été, en 1947, dans un village et j'essayais de traduire Mallarmé en roumain. Et d'un coup je me suis dit : « Je ne suis pas du tout doué pour ça », et c'est subitement que j'ai pris la décision qu'il fallait écrire en français. Jusqu'alors curieusement j'avais négligé le français, tandis que j'avais beaucoup étudié l'anglais et j'ai même suivi les cours d'agrégation d'anglais à la Sorbonne. Ma décision d'écrire en français — décision prise dans un moment — s'est révélée être beaucoup plus difficile à réaliser que je ne l'avais cru. Ça a été même un supplice ; non pas le premier jet, mais la réécriture du livre. Et je l'ai écrit quatre fois, mon premier livre, et cela m'a même dégoûté d'écrire. Après avoir écrit le *Précis de décomposition,* je me disais donc que ce n'est plus la peine de continuer de me tourmenter. Et j'ai publié *Syllogismes de l'amertume* par fatigue. Ce n'est pas la peine de faire des phrases, etc. Ensuite le processus a malgré tout continué et il faut dire aussi que Paulhan me sollicitait tout le temps pour que je collabore à la *N.R.F.* Je promettais, pour me déchirer après coup de l'avoir fait, ensuite je voulais tenir mes promesses et c'est ainsi que je suis entré dans une sorte d'engrenage. J'admettais parfaitement que je sois à la périphérie, j'étais totalement inconnu, mais ce n'est pas désagréable du tout finalement. Et c'est cela les années de la vie d'un écrivain, l'écrivain sans lecteur — connaissant quand même quelques personnes et c'est tout — ; ça a des côtés désagréables sur le plan pratique, mais c'est cela l'époque de la vraie écriture, parce que vous avez l'impression d'écrire pour vous-même.

M. J. : Est-ce qu'il y eut aussi une motivation politique

qui vous poussait à vous détacher du roumain, de la Roumanie ?

C. : Qu'est-ce que vous voulez que je fasse avec mon roumain à Paris ? J'avais rompu avec la Roumanie : elle n'existait plus pour moi. J'avais promis en Roumanie de faire une thèse — ce que je n'ai jamais fait. De toute façon la Roumanie ne représentait que le passé pour moi. Alors à quoi bon écrire en roumain ? Et pour qui ? Ensuite ce que j'écrivais n'aurait de toute façon jamais été accepté par le régime. Maintenant ils le font, ils acceptent mes écrits et ils publient tout le temps mes articles dans des revues. Ils vont publier bientôt un livre qui réunit plusieurs de mes écrits, mais il y a toujours des textes qui ne peuvent pas paraître en Roumanie. Il y a une forme de cynisme — ce sont eux qui l'appellent ainsi — qu'ils ne peuvent pas accepter. Si vous dites que l'existence est une absurdité — ils l'acceptent ; mais si vous dites que toute forme de société est absurde, ils ne peuvent pas l'accepter. Vous êtes libre sur le plan métaphysique et vous pouvez tout foutre en l'air, mais pas dans le social. Le drame de ces régimes c'est qu'il y a un optimisme obligatoire. Ils n'acceptent pas l'irrémédiable ; il y a des choses qui ne peuvent pas être résolues, qui tiennent à l'essence de l'homme et à l'infamie de l'histoire. Vous pouvez dire tout ce que vous voulez, vous pouvez bien être bouddhiste, n'importe quoi, aussi longtemps que vous ne touchez pas à ce qui regarde la société, l'histoire.

M. J. : Est-il vrai que vous avez été ouvertement et fanatiquement antidémocrate à la fin des années quarante ?

C. : Écoutez, il y a autre chose, vous savez, la démocratie en Roumanie ce n'était pas une vraie démocratie. J'étais antidémocrate, parce que la démocratie ne savait pas se défendre. J'ai attaqué la démocratie à cause de sa débilité. C'était un régime qui n'était pas croyable, parce qu'il n'avait pas d'instinct de conservation. Et j'ai attaqué quelqu'un pour lequel j'avais la plus grande estime, c'était Juliu Maniu, le chef des démocrates roumains. J'ai écrit un article où je disais que Maniu, qui est le plus grand démocrate au monde, aurait dû être chef de parti en Suède, dans les pays nordiques. Mais pas dans un pays comme la Roumanie. La démocratie doit se défendre avec toutes les méthodes et faire preuve de vitalité. Mais Maniu ne luttait qu'avec des concepts purs et ces concepts-là n'ont aucune chance dans les Balkans. La démocratie a véritablement été déficiente en Roumanie, elle n'a pas été au niveau de la situation historique. On ne peut pas suivre des gens comme ça, c'est l'utopie incarnée dans les Balkans, ce n'est pas possible. Il y a eu la démocratie en Roumanie, le parti libéral de Maniu, mais dans les situations difficiles ce genre de parti ne tient pas le coup, ils ont été complètement dépassés par l'histoire.

M. J. : Et la démocratie occidentale ?

C. : Il y a quand même un certain automatisme en Occident, parce que la démocratie est née ici, elle peut survivre à elle-même. On ne le sait pas, ça peut craquer, ce n'est pas sûr du tout. Le drame du libéralisme et de la démocratie c'est que dans les moments graves ils sont foutus ! On l'a vu. La carrière de Hitler, le dictateur, est le résultat de la faiblesse démocrate, c'est uniquement ça. L'histoire de Hitler est très simple.

M. J. : Ces réflexions concernant la démocratie ont-elles été un point de départ pour votre concept d'utopie ?

C. : Oui, le livre que j'ai écrit sur l'histoire et l'utopie est aussi une réflexion sur les déficiences de la démocratie. Je dis dans ce livre que l'avenir appartient à la Russie ; c'est même un miracle que la Russie ne se soit pas approprié toute l'Europe, mais l'histoire n'est pas finie. Malheureusement l'histoire n'est rien d'autre que la succession des grandes puissances, c'est ça l'histoire. La Russie est menacée historiquement par ses succès, et c'est uniquement ça qui peut sauver à long terme le reste de l'Europe, les nations libres de l'ouest de l'Europe.

M. J. : Vous parlez de sauvetage, mais pourtant votre perspective générale de l'histoire est négative, c'est une vision de l'histoire en tant que décadence ?

C. : Tout à fait. Je pense personnellement que l'Occident ne peut être sauvé que si la Chine devient une grande puissance et que la Russie la redoute. Mais si cela continue de la sorte, l'Occident cédera à la pression russe. S'il y a une logique de l'histoire, une logique cynique, certes, c'est que la Russie doit devenir maîtresse de l'Europe. Il y a toutefois des exceptions dans l'histoire et le réveil de l'Asie peut sauver l'Europe.

M. J. : Quel est le pont dans votre pensée entre l'individu et l'histoire, étant donné que le moi reste la mesure de tout, mais se trouve submergé par l'histoire elle-même ? Il ne semble pas y avoir de lien véritable entre l'individu et la société, si on essaie de vous suivre. Comment alors se fait-il ce lien ?

C. : Il se fait très mal, ça se fait par le malaise. Il n'y a pas de pont, et le malaise devient la « solution », c'est certain. On doit être lucide en tant qu'individu tout en sachant que l'excès de lucidité rend la vie insupportable. La vie n'est supportable que si l'on ne tire pas les dernières conséquences.

M. J. : Est-ce la pensée indienne, qui a pour ainsi dire pénétré votre œuvre ? Le Nirvana, dont vous parlez souvent... Est-ce que cela marque un renoncement par rapport à la lucidité et à la nostalgie d'une philosophie du sommeil ?

C. : Je suis au-delà de ça aussi, mais cela a effectivement joué, il y a une dizaine d'années, un rôle important, cet emballement pour le bouddhisme. J'ai toujours été un peu bouddhiste, si l'on peut l'être un peu. Pour vous dire la vérité : si j'avais le choix, s'il fallait opter pour une religion parmi toutes, je serais bouddhiste. Mis à part certains points le bouddhisme me semble être acceptable et même confortable.

M. J. : Mais peut-on choisir lucidement une religion ?

C. : C'est par affinité secrète malgré tout que ce choix se fait, il y a des points très précis comme la vision de la souffrance que j'accepte ; mais la transmigration ou d'autres aspects du bouddhisme — comment les accepter ? Il faut appartenir à une tradition, pour pouvoir souscrire à ce genre de choses, il faut partager un certain style de pensée, de conception du monde. Comment croire à la métempsycose, aux étapes de la vie, par exemple ? Les dogmes ne sont pas acceptables, mais l'esprit l'est tout à fait. Tout ce que le bouddhisme constate sur la souffrance, sur la mort, etc. est acceptable, le côté négatif. Et c'est ce côté-là qui a déterminé Bouddha à quitter le monde. Ensuite c'est quand même la religion qui demande le moins de foi. Le christianisme ou le judaïsme exigent des choses très précises et si vous refusez de les croire c'est foutu, c'en est fini ; le bouddhisme non, il admet le compromis. Les raisons qui ont poussé Bouddha à quitter le monde, on peut les accepter sans difficulté, à condition d'avoir le courage de tirer les dernières conséquences. Le bouddhisme ne vous demande aucun aveu, aucune reconnaissance ; et c'est pour cela que le bouddhisme est sur le point de supplanter le christianisme. Cela peut arriver, surtout en France, où je suis stupéfait par le nombre croissant de gens que je rencontre qui ne croient que dans le bouddhisme. Et ça va continuer.

M. J. : Quand on connaît votre œuvre on peut difficilement s'imaginer que vous ayez voyagé. Est-ce que je me trompe ?

C. : Vous avez raison : j'ai peu voyagé. Je ne connais que quelques pays et surtout maintenant je ne voyage presque plus. La dernière fois que j'ai voyagé c'était en Grèce, on m'avait invité et j'ai accepté, vu que l'on me payait le voyage. Il faut dire que j'ai quand même beaucoup voyagé à vélo — j'ai toujours eu une grande passion pour la bicyclette — et je me suis même rendu en vélo en Angleterre. J'étais plus jeune à l'époque. La bicyclette me donnait la possibilité extraordinaire d'être en dehors ; vous êtes dans un pays et vous vous trouvez en même temps en marche. J'ai beaucoup parlé avec les gens lors de mes voyages à bicyclette. J'ai parcouru toute la France à vélo et j'ai rencontré énormément de gens, le peuple, et non pas les intellectuels. C'était pour moi un très grand plaisir. J'ai été souvent profondément touché par des gens qui n'ont jamais ouvert un livre.

M. J. : Vous vous promenez toujours beaucoup ?

C. : Oui, bien sûr.

M. J. : Et vous allez souvent dans les cimetières ?

C. : Pas seulement. J'ai, il est vrai, un faible pour les cimetières, mais maintenant les cimetières ne sont plus beaux, ils sont surchargés. Quand je vois des amis, mais aussi des inconnus qui passent par des moments de détresse, de désespoir, je n'ai qu'un conseil à leur donner : « Allez vingt minutes dans un cimetière et vous allez voir que votre chagrin ne sera pas certes éteint, mais presque dépassé. » L'autre jour j'ai rencontré une jeune fille que je connais, une fille désespérée par un chagrin d'amour, je lui ai dit : « Écoutez, vous n'êtes pas loin de Montparnasse, allez-y, promenez-vous pour une demi-heure et vous allez voir que votre malheur vous semblera tolérable. » C'est beaucoup mieux que de voir un médecin ; il n'y a pas de médicament contre ce genre de douleur, mais une promenade au cimetière est une leçon de sagesse, presque automatique. Moi-même j'ai toujours pratiqué des méthodes pareilles ; ça ne fait pas très sérieux, mais c'est relativement efficace. Qu'est-ce que vous voulez dire à quelqu'un qui est dans un désespoir profond ? Rien ou à peu près rien. Mais là on voit de quoi il s'agit. Je suis, même si cela peut sembler curieux, assez compatissant, je suis très sensible au désespoir des gens. J'ai toujours aidé les gens, beaucoup plus que l'on ne peut le penser. Quelqu'un qui n'est pas accoutumé au désespoir se trouve tout à coup dans une situation extrême et complètement inhabituelle qu'il ne comprend pas et qu'il ne peut pas s'expliquer. Pour ma part, j'ai toujours essayé de donner des conseils, mais des conseils pratiques qui offrent la possibilité de changer de perspective complètement. La seule façon de vraiment supporter ce genre de vide, c'est d'avoir la conscience du néant, autrement la vie n'est pas supportable. Mais si vous avez la conscience du néant, tout ce qui vous arrive garde ses proportions normales et ne prend pas les proportions démentes qui caractérisent l'exagération du désespoir.

M. J. : C'est une sorte de solution « cathartique » que vous recommandez là ?

C. : Certainement. Il faut voir ce qu'on est. J'ai connu par exemple beaucoup de jeunes écrivains qui n'ayant pas de succès voulaient se suicider, ce que je comprends à la rigueur. Mais il est très difficile de calmer quelqu'un qui en est arrivé à ce point-là. Ce qui est terrible dans la vie, c'est l'échec, et il y en a pas mal, chez tout le monde. C'est cela que l'on retient le plus de gens que l'on connaît. La plupart des gens qui viennent me voir sont dans un désespoir extrême provoqué par l'échec.

M. J. : Mais l'on tire quelque chose de l'échec ? Quand on survit...

C. :... c'est une leçon extraordinaire, mais il y a beaucoup de gens qui ne la supportent pas, et cela à tous les niveaux, chez les domestiques comme chez les gens « importants ». En fin de compte l'expérience de la vie, c'est l'échec. Ce sont surtout les ambitieux, ceux qui se font un plan de vie, qui sont touchés, ceux qui pensent à l'avenir. C'est pour cela que j'envoie les gens au cimetière et ce n'est pas faux du tout ; il suffit de voir les résultats. C'est la seule façon de minimiser une situation tragique, c'est évident...

M. J. : Et non pas la littérature ou la poésie ?

C. : Ça aussi, mais dans une moindre mesure. Il faut aller surtout devant la tombe d'un ami ; c'est là que l'on comprend. On apprend tout dans la vie, sauf comment surmonter ce genre d'expérience, et le milieu littéraire surtout est marqué par d'énormes déceptions.

M. J. : Très jeune, vous aviez anticipé ces phénomènes, en pensant la mort, l'échec, le désespoir...

C. : C'est certain et mon premier livre, *Pe culmile disperării*, traitait déjà de ces choses-là ; tout ce que j'ai écrit plus tard s'y trouve déjà. Il a été réédité en roumain, mais c'est un livre très mal écrit, sans aucun style, un livre fou, il contient cependant toute ma pensée. On ne peut pas le traduire, parce qu'il n'y a aucune rigueur, c'est le style roumain, tout fout le camp ; mais l'obsession du suicide y est déjà. Tout mon drame y est, les veilles, etc.

M. J. : Ce livre a été l'éruption de la plaie ouverte qu'était cette longue veille dont vous avez déjà parlé. À quel moment est-ce que vous avez pu surmonter cette situation ?

C. : Ce n'est que sept, huit ans après que ça a commencé et c'est le fait de partir à bicyclette à travers la France qui m'a guéri. Pendant des mois en parcourant la France, je dormais dans les auberges de jeunesse, et l'effort physique, les cent kilomètres par jour que je faisais m'ont permis de surmonter la crise. Quand vous faites tous ces kilomètres dans la journée, vous devez dormir la nuit, il n'y a pas de choix, sinon vous ne pouvez pas continuer. Ce ne sont donc pas des réflexions philosophiques qui m'ont guéri, mais l'effort physique qui en même temps me faisait plaisir. J'étais tout le temps dehors, et c'est là aussi que j'ai compris la France en discutant avec les gens simples, avec les ouvriers, les paysans. Ça a été une expérience très féconde pour moi.

M. J. : Mais votre vision du monde était déjà faite, désormais ?

C. : Oui, mais la base pathologique a diminué ; ma vision était formée, certes, mais elle a su perdre son caractère purement morbide, parce que dès que j'ai pu dormir, fermer mes yeux pour quelques heures, ce n'était plus la même tension. Il fallait que cette tension diminue, parce que la vie trop intense est insupportable à la longue.

M. J. : Vous n'avez donc jamais eu besoin de drogue pour avoir des expériences « intenses », comme Michaux, par exemple ?

C. : Pas du tout. Je n'ai jamais compris pourquoi Michaux a utilisé des produits chimiques pour avoir ses « révélations ». Je n'ai jamais été d'accord avec lui là-dessus ; surtout en tenant compte du fait que les expériences de Michaux étaient très raisonnables et sans risque, entreprises uniquement dans le but de les décrire. Ce n'est pas la peine et je trouve qu'il s'agit là de l'aspect périssable de son œuvre ; je ne lui ai jamais dit cela parce que nous étions très amis et je ne voulais pas lui faire mal. Ou bien l'on connaît ce genre d'étapes par une sorte de fatalité ou bien il n'y a rien à dire ; il y a quelque chose d'absolument artificiel dans ces procédés et Michaux avait quelque chose d'un médecin en lui, un côté scientifique très prononcé. Il allait très souvent voir des films scientifiques qui étaient terriblement exaspérants. À l'époque où il habitait tout près de chez moi il m'emmenait souvent voir des films scientifiques sur n'importe quoi qui m'ennuyaient à mort. Il avait ce pli scientifique, quelque chose d'un très grand chimiste ou d'un grand médecin. Mais un poète n'a pas à employer des procédés scientifiques.

M. J. : Vous avez dit que vous n'écrivez plus maintenant. Est-ce que vous croyez que ça va durer ?

C. : Je n'en sais rien, mais il est très possible que je n'écrirai plus. J'ai horreur de voir tous ces livres qui sortent... ces auteurs qui publient au moins un livre par an... c'est malsain, ce n'est pas bien. Je trouve qu'il ne faut plus écrire, il faut savoir renoncer. Maintenant cela ne m'amuse plus, dans un certain sens. Il faut un minimum d'enthousiasme, il faut qu'il y ait une attente. Quand on se met à écrire un livre, il y a une sorte de complicité, comme le livre est extérieur à vous, c'est une forme de conspiration à deux, et maintenant je n'y vois plus l'intérêt. Je me dis que j'en ai assez de pester contre le monde et contre Dieu, ce n'est pas la peine.

M. J. : Mais dans la pensée vous pestez toujours ?

C. : Moins, forcément moins. Il y a une sorte de résignation qui est le fruit de l'âge et la fatigue est maintenant un état très réel dont il faut tenir compte. On peut toujours écrire et tout dire, mais justement : il ne faut pas tout dire. De toute façon il n'y a que quelques phrases qui restent d'un auteur. On peut toujours écrire, mais si cet acte ne correspond plus à une nécessité intérieure, ça c'est de la littérature. C'est ce que je ne veux pas, peut-être parce que j'ai toujours cru — c'est mon côté naïf — dans ce que j'écrivais ; ce n'est pas bien et c'est même en contradiction avec ma vision des choses, mais en fait tant pis. Il ne faut pas tricher, mais dans l'absolu qu'est-ce que ça veut dire si l'on triche ? On peut avoir la conscience du néant, mais on ne peut pas en tirer toutes les conséquences. Il est évident que si l'on a la conscience du néant, il est absurde d'écrire un livre, c'est ridicule même. Pourquoi écrire et pour qui ? Mais il y a des nécessités intérieures qui échappent à cette vision, elles sont d'une autre nature, plus intimes et plus mystérieuses, irrationnelles. La conscience du néant poussée au bout n'est compatible avec rien, avec aucun geste ; l'idée de fidélité, d'authenticité, etc. — tout fout le camp. Mais il y a quand même cette vitalité mystérieuse qui vous pousse à faire quelque chose. Et peut-être c'est ça la vie, sans vouloir employer de grands mots, c'est que l'on fait des choses auxquelles on adhère sans y croire, oui, c'est à peu près ça.

Entretien réalisé en langue française, publié pour la première fois en allemand dans l'ouvrage de Michael Jakob Aussichten des Denkens, *Wilhelm Fintz Verlag, München, 1994.*

DU MÊME AUTEUR

Aux Éditions Gallimard

PRÉCIS DE DÉCOMPOSITION

SYLLOGISMES DE L'AMERTUME

LA TENTATION D'EXISTER

HISTOIRE ET UTOPIE

LA CHUTE DANS LE TEMPS

LE MAUVAIS DÉMIURGE

DE L'INCONVÉNIENT D'ÊTRE NÉ

ÉCARTÈLEMENT

EXERCICES D'ADMIRATION

AVEUX ET ANATHÈMES

L'ÉLAN VERS LE PIRE

LE LIVRE DES LEURRES

BRÉVIAIRE DES VAINCUS

DANS LA MÊME COLLECTION

1. Yukio Mishima — *Le Japon moderne et l'éthique samouraï (La Voie du Hagakuré).*
2. Kazimierz Brandys — *Carnets de Varsovie (1978-1981).*
3. Peter Handke — *La leçon de la Sainte-Victoire*
4. Paul Bairoch — *De Jéricho à Mexico (Villes et économie dans l'histoire).*
6. Rainer Maria Rilke — *Lettres à une amie vénitienne.*
7. Nikolaus Harnoncourt — *Le dialogue musical (Monteverdi, Bach et Mozart).*
8. Cioran — *Exercices d'admiration (Essais et portraits).*
9. Julien Hervier — *Entretiens avec Ernst Jünger.*
10. Jean-Paul Sartre — *Mallarmé (La lucidité et sa face d'ombre).*
11. Cioran — *Aveux et Anathèmes.*
12. Jorge Luis Borges — *Neuf essais sur Dante.*
13. Lawrence Grobel — *Conversations avec Truman Capote.*
14. Peter Handke — *Après-midi d'un écrivain.*
15. Primo Levi — *Les naufragés et les rescapés (Quarante ans après Auschwitz).*
16. Mario Vargas Llosa — *Contre vents et marées.*
17. Ossip Mandelstam — *De la poésie.*
18. Franz Kafka — *Lettres à ses parents (1922-1924),* précédé d'*Une année de la vie de Franz Kafka* de Pietro Citati.
19. Peter Handke — *Essai sur la fatigue.*
20. Varlam Chalamov — *Correspondance avec Boris Pasternak.*
21. Mircea Eliade — *Cosmologie et alchimie babyloniennes.*

22. Elsa Morante — *Pour ou contre la bombe atomique.*
23. Octavio Paz — *L'autre voix (Poésie et fin de siècle).*
24. Peter Handke — *Essai sur le juke-box.*
25. Jean-Pierre Faye — *L'Europe une (Les Philosophes et l'Europe).*
26. Cioran — *Le livre des leurres.*
27. Mircea Eliade — *Contributions à la philosophie de la renaissance* suivi d'*Itinéraire italien.*
28. Joseph Brodsky — *Acqua alta.*
29. George Steiner — *Epreuves.*
30. Varlam Chalamov — *Essais sur le monde du crime.*
31. Cioran — *Bréviaires des vaincus.*
32. Frédéric de Towarnicki — *A la rencontre de Heidegger. Souvenirs d'un messager de la Forêt-Noire.*
33. Peter Handke — *Essai sur la journée réussie (un songe de jour d'hiver).*
34. Eugenio Montale — *La poésie n'existe pas.*
35. Octavio Paz — *Un au-delà érotique : Le marquis de Sade.*
36. Robert Walser — *Sur quelques-uns et sur lui-même.*
37. Primo Levi — *Histoires naturelles* suivi de *Vice de forme.*
38. Kvetoslav Chvatik — *Le monde romanesque de Milan Kundera.*
39. Apollinaria Souslova — *Mes années d'intimité avec Dostoïevski.*
40. William Faulkner — *Lettres à sa mère 1918-1925.*

Composition Bussière
et impression B.C.I.
à Saint-Amand (Cher), le 12 avril 1995.
Dépôt légal : avril 1995.
Numéro d'imprimeur : 847-1/734.
ISBN 2-07-073394-7./Imprimé en France.